Aquello que creíamos perdido

Aquello que creíamos perdido

Adi Alsaid

Traducción de Santiago del Rey

Rocaeditorial

Título original: *Let's get lost*

Publicada en acuerdo con Rights People, Londres.
Producida por Alloy Entertaiment, LLC.

Primera edición: septiembre de 2015

Av. Marquès de l'Argentera 17, pral.
08003 Barcelona
info@rocaeditorial.com
www.rocaeditorial.com

Impreso por EGEDSA
Roís de Corella 12-16, nave 1
Sabadell (Barcelona

ISBN: 978-84-9918-934-5
Depósito legal: B-17.561-2015
Código IBIC: YFB

RE89345

Para mi familia

HUDSON

1

Hudson oyó el motor del coche a varias manzanas de distancia. Salió del taller, cerró los ojos y aguzó el oído, tratando de distinguir los sonidos para averiguar antes de levantar el capó qué era lo que tendría que arreglar.

Apoyado allí fuera, en la entrada del taller, escuchando el coche todavía lejano, se olvidaba de todo lo demás: de la escuela, de las chicas, de su futuro, de si sus amigos eran realmente idiotas o lo aparentaban... Con los ojos cerrados, el mundo entero quedaba reducido a un motor, nada más. Y en ese mundo no solo conocía el nombre de todas las piezas, incluidas las más diminutas, sino que sabía para qué servían, cómo funcionaban y cómo podían arreglarse.

Abrió los ojos al oír el chirrido de los frenos y vio que el coche reducía la velocidad para girar hacia el taller. Era un viejo Plymouth Acclaim, ese tipo de vehículo ante el que no cabían medias tintas: o bien lo mandabas al chatarrero, o bien lo amabas con toda tu alma y te negabas a separarte de él. Desde luego, había conocido tiempos mejores: tenía la pintura roja deslucida y descascarillada, y el silenciador no silenciaba demasiado. Le indicó a la conductora con una seña que se acercara a la entrada. Aún estaba identificando los problemas del coche cuando la chica apagó el motor y se apeó.

Hudson solamente se permitió echarle un vistazo rápido, pero en cuanto la vio, supo que era esa clase de chica que podía hacerte sentir que tu vida no estaría completa si ella no entraba en la ecuación. Físicamente, era una suma de contradicciones: de corta estatura, pero piernas largas; ojos verdes e intensos, pero de expresión amable; cara aniñada pero inteligente... Llevaba una camiseta roja ceñida, a juego con el coche. El pelo, negro y suelto, le llegaba por debajo de la barbilla.

—Buenas —dijo ella educadamente.

Él respondió con amabilidad, procurando adoptar el tono profesional que gastaba con la mayoría de sus clientes. Le pidió que abriera el capó y se acercó para soltar el gancho. Pensaba concentrarse de inmediato en el trabajo, pero —en contra de lo que le decía el instinto— le robó otra mirada. ¿Cuánto tiempo lo atormentaría el recuerdo de aquella cara? ¿Días? ¿Semanas?

—¿Tienes algún problema en concreto?

—En realidad, no —dijo ella metiéndose las manos en los bolsillos traseros de los pantalones cortos, lo cual provocó un cambio en su postura que Hudson advirtió inevitablemente. También el silencioso mundo del exterior del taller y el aire húmedo de Misisipi percibieron aquel cambio de postura. Hasta las manchas de grasa esparcidas por el suelo lo advirtieron—. Acabo de iniciar un viaje por carretera y hace mucho ruido; quería asegurarme de que está en condiciones.

Hudson cogió un trapo limpio del estante y comprobó el aceite y el líquido de transmisión. Le gustaba trabajar en relativo silencio, percibiendo el murmullo del motor al enfriarse y el roce de sus manos y el de las herramientas en los entresijos del vehículo. Pero algo había en esa chica que lo volvía locuaz.

—¿A dónde vas?

—Al norte —dijo ella—. Hasta arriba de todo.

—¿Eres de por aquí?

De repente se sintió cohibido porque arrastraba las palabras al hablar, porque aspiraba las vocales y por su deslucido aspecto general.

—No. ¿Y tú?

Él sofocó una risita mientras examinaba el motor y buscaba grietas en las correas.

—Nacido y criado aquí. —Asintió para sí poco a poco mientras, mentalmente, hacía una lista de lo que debería arreglar—. ¿Te importa que te pregunte de dónde eres?

—No —contestó ella. A Hudson le pareció por el sonido de su voz que sonreía, pero, al levantar la vista, vio que la chica estaba deambulando por el taller y examinaba con curiosidad los cachivaches de los estantes—. Nací en Texas. En una ciudad pequeña no muy distinta de esta.

—Si eres de Texas y vas hacia el norte, ¿qué te ha traído por Vicksburg? No está de camino precisamente.

—Tenía que arreglar el coche y he oído que eras el mejor mecánico de la zona. —Hudson volvió a mirarla. «Semanas —se dijo él—. Voy a pasarme semanas pensando en esta cara.» Ella rodeó el vehículo y se situó a su lado, frente al capó abierto—. Bueno, ¿qué te parece? ¿Aguantará todo el viaje?

—Cuando acabe de repararlo, sí. Voy a cambiar los líquidos y a comprobar que las bujías estén bien. Quizá habrá que sustituir esta correa, pero me parece que tenemos recambio. Revisaré también los frenos, porque no sonaban de maravilla cuando has llegado. Pero no hay nada grave.

Por un momento se olvidó de la chica y pensó solo en poner manos a la obra: en ensuciárselas de grasa y embadurnarse también el mono de trabajo, añadiéndole otras marcas que exhibir con orgullo.

—Te gusta, ¿verdad?

Él alzó la vista y advirtió que la tenía tan cerca que podía notar su fragancia entre los olores del taller.

—¿El qué?

—Mi cara —dijo ella, y enseguida le dio un golpe juguetón en el brazo—. Esto, tonto: arreglar coches. Se te nota.

Él se encogió de hombros, con esa expresión que pone uno cuando resulta inevitable que le guste algo.

—Si quieres, puedes entrar en la oficina mientras preparo el presupuesto.

—No es necesario un presupuesto. Tú haz lo que haga falta. Me fío de ti.

—Humm, esto puede alargarse unas horas —dijo él—. Ahí dentro tenemos café y televisión. También, algunas revistas. Y al final de la calle hay un buen garito de hamburguesas... —Se interrumpió, dándose cuenta de que no deseaba que ella se fuera. Normalmente, por muchas distracciones que hubiera alrededor, él era capaz de abstraerse de todo y concentrarse en su tarea. Lo mismo ocurría cuando estudiaba en la biblioteca: ya podían venir sus amigos a tomarle el pelo; ya podían las chicas monas de la clase sentarse a su lado y desear entablar conversación, que Hudson no se dejaba distraer. Pero algo había en esta chica que lo impulsaba a querer conocer sus opiniones, saber cómo le había ido el día, explicarle cómo le había ido a él...

—O bien puedes quedarte a hacerme compañía —sugirió.

La chica se apartó de él, pero no para salir del taller: cogió una silla plegable que estaba apoyada en la pared y se la preparó.

—Si no te importa.

Él dio un suspiro de alivio. Qué deprisa había cambiado su suerte. Había vuelto de la escuela, resignado a enfrentarse a una tarde entera de inquietud por la entrevista del día siguiente con el decano de admisiones, y sin otra distracción que algún triste cambio de aceite. Pero ahora tenía un buen encargo por delante y la compañía de una chica preciosa. Se limpió las manos en el trapo y empezó a trabajar, mientras se devanaba los sesos para encontrar algo que decir.

La veía con el rabillo del ojo, tranquilamente sentada, moviéndose apenas para echar una ojeada alrededor. Su mirada se detenía en él de tanto en tanto, y el corazón le daba un brinco cada vez que lo hacía.

—¿Sabías que en algunas escuelas de mecánica tienen salas de operaciones con una zona para el público, como en la Facultad de Medicina? Ocurre lo mismo que con los cirujanos que se están formando: lo que puedes aprender en un aula es limitado. La única diferencia es que aquí no tienes que usar un traje esterilizado.

Hudson asomó la cabeza por un lado del capó para ver qué cara ponía la chica.

Ella se volvió a mirarlo, arqueó una ceja y se mordió los labios para reprimir una sonrisa.

—He oído decir que algunos estudiantes se desmayan la primera vez que ven abrir un coche por dentro. No pueden resistir la visión de tantas vísceras —bromeó Hudson.

—Ya, claro. Con todo ese aceite, no es de extrañar —dijo ella sonriéndole ahora abiertamente—. Eres un zumbado.

Él le devolvió la sonrisa y luego colocó el coche sobre el elevador para cambiarle el aceite y el líquido de transmisión. Qué le había llevado a hacer ese estúpido comentario, no lo sabía. Y tampoco era capaz de explicar por qué le había sentado bien que ella lo llamara «zumbado».

—¿Habías estado alguna vez en Misisipi? —preguntó Hudson, después de alzar el coche.

—La verdad es que no.

—¿Cuánto tiempo piensas quedarte?

—No estoy segura. En realidad, no sigo un itinerario a rajatabla. Quizá solo esté de paso.

Hudson colocó el embudo bajo el tapón del cárter y escuchó el ¡glú, glú, glú! del espeso líquido al deslizarse hacia el bidón que había junto al elevador. Buscó algo más que decir, impulsado por el deseo de entrar en confidencias.

—Bueno, si te sirve mi opinión, no deberías marcharte hasta que hayas visto bien este estado. Hay muchos tesoros por aquí.

—¿Tesoros? ¿De los enterrados, quieres decir?

—Claro. Bueno, metafóricamente enterrados.

Le lanzó una mirada, suponiendo que ella pondría los ojos en blanco o desecharía su comentario con un gesto de desdén. En realidad, nunca había expresado esa idea ante nadie; básicamente, porque temía que la gente pensara que estaba loco por considerar especial un sitio como Vicksburg. La chica, sin embargo, parecía aguardar intrigada a que continuara.

O sea, no necesariamente enterrados, sino ocultos en la vida cotidiana, o en los garitos de comida rápida y del aburrimiento general. A la gente suele gustarle Vicksburg únicamente por lo que Vicksburg no es. Pero no le gusta por todo lo que es. —Volvió a poner el tapón del cárter y purgó el viejo líquido de transmisión. Esperaba no estar farfullando.

—¿Qué quieres decir?

—No es una gran ciudad, no está contaminada, no es peligrosa, no es extraña... —¡Por Dios, ya empezaba a notar que se aceleraba!—. Todo eso es cierto, y está muy bien, desde luego. Pero Vicksburg no es eso realmente, ¿sabes? Es como si dijeras: «Me caes bien porque no eres un asesino». Vale, sí, eso no deja de ser una gran cualidad en una persona, pero tampoco te dice mucho sobre ella.

«Buen trabajo, chaval —se dijo Hudson—.Tu sigue hablando de asesinos; es la manera perfecta de producir una buena impresión.» Mientras el líquido de transmisión iba bajando, examinó las bandas de rodamientos de los neumáticos, que parecían estar en bastante buen estado, y se distanció de todo lo relacionado con el mundo del delito.

—Lo siento. Normalmente no me enrollo tanto. Supongo que es porque resulta fácil hablar contigo —se excusó Hudson.

Como por milagro, la chica le sonreía.

—No lo sientas. Ha sido un discurso estupendo.

Él se sacó del bolsillo un trapo y se limpió las manos.

—Gracias. A la mayoría de la gente no le interesan estas cosas.

—Bueno, has tenido suerte. Yo sí sé apreciarlas.

La chica continuó sonriéndole y se volvió hacia la entrada del taller, guiñando los ojos por el resplandor del sol. Hudson se preguntó si alguna vez se había sentido tan cautivado observando simplemente cómo alguien miraba a lo lejos. Ni siquiera ante las chicas monas a las que había perseguido sin mucho entusiasmo —Kate, Suzanne, Ella...— recordaba haber estado jamás tan hechizado, tan incapaz de apartar la vista de una persona.

—Bueno, ¿cuáles son esos tesoros ocultos? —inquirió ella.

Él rodeó el coche como si estuviera comprobando algo.

—Humm —murmuró, impresionado por el hecho de que la chica estuviera aceptando la conversación con tanta naturalidad—. Ahora no se me ocurre nada. Pero tú ya me entiendes, ¿no? Esa sensación que tienes a veces de ser la única persona del mundo que ve algo, ¿sabes lo que quieres decir?

Ella se echó a reír con una risa cálida y sonora, y comentó:

—Yo te voy a decir uno: esto es muy tranquilo. —Se

limpió con la mano la fina capa de sudor que tenía en la frente, aprovechando la humedad para peinar hacia atrás un par de mechones sueltos.

Hudson oyó cómo su padre probaba, en la parte trasera, el motor del tráiler que había entrado en el taller unas horas antes. Se concentró de nuevo en el coche. La inquietud por la entrevista del día siguiente había quedado en segundo plano.

—Me recuerda el lugar donde me crié —explicó la chica. Hudson oyó rechinar la silla en la que estaba sentada, y vio con el rabillo del ojo que se levantaba y caminaba hacia él. Creyó que iba a situarse a su lado, pero se quedó detrás de él, fuera de su campo visual—. En la escuela de primaria donde yo estudié, había un campo de fútbol. No parece gran cosa cuando pasas por delante en coche: tan solo un descuidado campo de hierba. —Él tuvo que hacer un esfuerzo para no volverse y contemplar cómo movía los labios mientras hablaba—. Pero todos los niños de Fredericksburg conocen los hormigueros que hay allí: uno en cada extremo del campo. Uno de ellos está lleno de hormigas negras; el otro, de hormigas rojas. Todos los veranos el campo queda invadido por esa guerra entre hormigas. No sé bien si luchan por el territorio o, simplemente, se alimentan unas de otras, pero es un espectáculo increíble: esos bichitos negros y rojos atacándose mutuamente… Es como contemplar un millar de partidas de ajedrez desde muy lejos. Un pequeño tesoro que tiene Fredericksburg. Solo para nosotros.

Hudson se descubrió a sí mismo sonriéndole al motor, en vez de estar cambiándole las bujías.

—Qué bueno —dijo, aunque estas palabras le parecieron enseguida demasiado insulsas. La chica no solo le había dejado explayarse, sino que había comprendido perfectamente lo que quería decir. Nadie, ni siquiera su padre, le había entendido nunca tan bien.

Hubo un silencio que no supo cómo romper. Pensó en preguntarle por qué el coche estaba registrado con una dirección de Luisiana, y no de Texas, pero no le pareció el momento oportuno. Se sintió aliviado cuando oyó que arrancaba el tráiler en el que su padre había estado trabajando.

El camión maniobró para salir del taller entre una cacofónica serie de pitidos de marcha atrás y de chasquidos del cambio. Cuando hubo salido y se había alejado calle abajo, Hudson se volvió hacia la chica, pero, cohibido por su mirada, fingió que buscaba algo en los estantes que había junto a ella.

—Cuando termine con tu coche, ¿quieres salir a buscar el tesoro?

No sabía muy bien cómo le había salido la pregunta, pero se alegraba de no haberlo pensado; así no había tenido tiempo de acobardarse.

La propuesta pareció pillarla desprevenida.

—¿Quieres enseñarme la ciudad? —Se miró los pies, que se veían totalmente desnudos, excepto por el contorno rojo de las chanclas.

—Si no estás ocupada, vamos.

Ella parecía algo recelosa, lo cual era completamente razonable por su parte. Hudson no se acababa de creer que le hubiera propuesto a una desconocida salir en busca del tesoro.

—Vale, de acuerdo —aceptó ella por fin.

Justo entonces él oyó que su padre entraba en el taller y lo llamaba.

—Perdona un segundo —le dijo a la chica, alzando una mano para disculparse mientras pasaba por su lado. Reprimió el impulso de tocarla al estar tan cerca (un simple roce en la cintura, o en el hombro), y fue a reunirse con su padre en la entrada del taller.

—Hola, papá —dijo poniendo los brazos en jarras, exactamente igual que su padre.

—¿Un buen día en la escuela?

—Sí. Nada en especial. He hecho otro simulacro de entrevista con mi tutor a la hora del almuerzo. Me ha salido bastante bien, me parece. Y poco más.

El padre asintió varias veces y luego se acercó al coche.

—¿En qué andas ahí?

—Una revisión general. Filtros, aceites, bujías... Y una correa de transmisión nueva.

—Puedo terminarlo yo. Deberías descansar un poco para estar fresco mañana.

—Ya casi acabo. —Se sintió incómodo como cada vez que le pedía algo a su padre, sabiendo que no le gustaría—. Pero es que... —Se volvió para comprobar si ella le oía—. Bueno, esta chica, eh, quiere que le enseñe un poco la ciudad. —Aguardó para ver si su padre se pasaba la mano por el entrecano pelo, un signo inequívoco de desaprobación—. Te prometo que estaré de vuelta a la hora de cenar.

Su padre echó un vistazo a su viejo reloj Timex.

—Una hora —dijo, y le recordó que al día siguiente tendría que madrugar mucho para recorrer los ochenta kilómetros que había hasta el campus de la Universidad de Misisipi, en Jackson—. No te conviene estar cansado.

—No lo estaré, te lo prometo —aseguró él, mientras su mente empezaba a poblarse de pequeñas fantasías sobre la hora que iba a pasar con la chica. El dorso de sus manos rozándose (no del todo casualmente) al caminar juntos; la pierna de ella pegada a la suya mientras se sentaban en alguna parte y se iban conociendo... Devanándose ya los sesos para que se le ocurrieran lugares a donde llevarla, dio las gracias a su padre con un beso rápido y volvió junto al coche. Ella tenía una mano sobre el capó y miraba vagamente el bloque del motor—. Solo me quedan un par de cosas que hacer, y luego ya nos podemos poner en marcha —le dijo Hudson.

—Estupendo. Me llamo Leila, por cierto —dijo tendiéndole la mano.

Él se limpió la suya en los pantalones del mono y le dijo su nombre mientras se la estrechaba. «Meses —se dijo, notando los dedos casi enloquecidos por el contacto con la piel femenina—. Me pasaré meses pensando en ella.»

2

Al terminar de arreglar el coche, y mientras Leila le pagaba la factura a su padre, Hudson fue a la parte trasera a quitarse el mono de trabajo. Cuando salió, ella lo esperaba en el asiento del acompañante, con el motor al ralentí.

—¿Conduzco yo? —preguntó abriendo la puerta.

—Tú eres el guía turístico —replicó ella haciendo un amplio gesto, como para indicar que entendía que lo que había más allá del parabrisas era un mundo vasto e inexplorado—. Guíame.

Le sonrió, y él pensó que se le daba de maravilla sonreír. Puso el coche en marcha y salió a la calle, todavía dudando de a dónde llevarla y cómo conseguir que siguiera sonriendo. El tesoro más obvio era el lago en herradura, pero se hallaba demasiado lejos. Los lugares que había en las inmediaciones estaban impregnados de recuerdos entrañables: el museo de la Coca-Cola que había visitado en cada cumpleaños hasta que cumplió los doce, la heladería que invitaba a los clientes a proponer sabores nuevos, por extraños que fueran, y que una vez le había aceptado su sugerencia de beicon con chocolate... Pero para transplantar sus recuerdos a esos lugares y lograr que a ella le pareciesen tesoros, el único sistema era hablar. Hudson, normalmente, no tenía dificultades para charlar con las chicas, incluso si eran guapas. Pero con Leila, aunque no se sintiera totalmente cortado, no sabía por dónde empezar.

—Todo es rojo en este coche —dijo al fin.

—Ya. Por eso lo compré. Fue un amor a primera vista.

—Me arriesgaré a suponer que el rojo es tu color favorito.

—Me gusta el rojo, sí, pero no vayas a creer que solo el rojo. Siento un profundo aprecio por cualquier cosa dispuesta a ser total y absolutamente ella misma. Si vas a ser rojo, adelante, sé rojo, maldita sea. Sé rojo desde el volante hasta los tapacubos.

Hudson asintió para sus adentros. Nunca había conocido a nadie que se expresara así, tal como él pensaba. Los frenos chirriaron ruidosamente cuando se detuvo en una señal de STOP. Le aseguró a Leila que funcionaban a la perfección, pero les gustaba cantar. Giró a la izquierda por Maryland para que el sol no lo cegara mientras pensaba qué podía mostrarle.

—¿Y tú? —preguntó al completar el giro—. ¿Tú qué eres?

—¿Yo? —dijo ella con aire inocente. Se sacudió las chanclas y puso los pies en el salpicadero. Hudson se imaginó cómo serían las cosas si él fuese su novio. Era la primera vez en su vida que se le ocurría la idea y no la desechaba en el acto. ¿Cómo sería hacer juntos largos trayectos en coche, mientras ella tarareaba tímidamente la canción de la radio, o tumbarse sobre la hierba en alguna parte y hacerse confidencias, o encontrar maneras de abrazarse en el cine sorteando los sujetavasos?—. Yo soy una turista en busca de tesoros. Y mi guía turístico aún no me ha enseñado ninguno. ¿A dónde vamos?

La llevó hacia el centro. Dejaron atrás un par de moteles situados junto a la autopista, así como una serie de restaurantes y locales de comida rápida: todo ello con ese aire anodino y ese matiz del color beis que parecía todavía más soso que el gris. Nada de aquello parecía un tesoro digno de ser mostrado.

Como temía que Leila se aburriera, nada más ver la bolera entró con el coche en el aparcamiento. A través de la enorme luna de cristal observó que el local estaba a tope. Las bolas fluorescentes rodaban por las dieciocho pistas a distintas velocidades y desaparecían en silenciosas explosiones blancas.

—Cuando era un crío, vine aquí a una fiesta de pijamas —dijo mientras contemplaba el achaparrado edificio de color azul cielo. Lo inundaban los recuerdos entrañables de aquella noche y quería encontrar el modo de compartirlos con Leila, mostrarle lo especial que había sido—. Jugamos a los bolos hasta las dos de la madrugada y luego extendimos los sacos de dormir en las pistas. Cada vez que paso por aquí, me pregunto cuántos chavales habrán tenido la oportunidad de dormir en una pista de bolos.

A través del parabrisas, admiró la fachada de la bolera, que armonizaba con el cielo despejado, y el rótulo vulgar y deslucido de la luna de cristal, que no había cambiado desde su infancia. Vio que Leila miraba alrededor y cayó en la cuenta de que llevaba un rato callado.

—¡Vamos! Te lo voy a enseñar.

En el local sonaba el estruendo habitual: las bolas rodaban por las pistas y se estrellaban contra los bolos. Un niño pequeño quería impedir que la bola cayera en la canaleta a base de pegar gritos, y un grupo de gente celebraba ruidosamente un *strike*. Las paredes estaban pintadas del mismo azul cielo que el exterior del edificio. Junto al mostrador donde proporcionaban el calzado especial había un «cuadro de honor». El diminuto bar chorreaba, prácticamente, grasa de pizza.

—Esto se convierte en un club de salsa los martes por la noche —dijo Hudson—. Las pistas de bolos funcionan de maravilla para bailar.

Leila hizo una mueca y le dio un leve empujón para

demostrarle que no se lo había tragado. Aun así, miró en derredor como buscando algún indicio de que pudiera ser cierto. Al girar ella la cabeza, Hudson entrevió una cicatriz que le asomaba por el nacimiento del pelo, detrás de la oreja: apenas una pequeña línea de piel correosa. Enseguida se volvió hacia él, y, colocándose un mechón sobre la oreja, ocultó la cicatriz.

—Imposible, no puede ser.

—No discutas con tu guía, por favor. —Y la condujo hacia el mostrador. A diferencia de otras boleras, que gastaban una parte de su presupuesto en casilleros, el Riverside Lanes contaba con un sistema distinto para almacenar los zapatos.

—Esto es absurdo —comentó Leila mirando la enorme montaña de zapatos que cubría el mostrador (también había algunos por el suelo). A todo esto, apareció un grupo de chicas de primero de secundaria, hablando con excitación de sus planes para el fin de semana, y cada una de ellas arrojó de cualquier manera un par de zapatos sobre el mostrador. El montón se desplazó. Hudson vio que Leila ya se preparaba por si se les venía encima.

—No creas, es fantástico —la corrigió—. Siempre que el montón se desmorona, un empleado grita: «¡Avalancha!», y entonces todos los que están en el local se llevan una partida gratis.

—¿Y no lo derriban expresamente?

Él negó con la cabeza, como si nadie se hubiera planteado la idea hasta entonces.

—¿Dónde estaría la gracia?

Cruzó los brazos sobre el pecho, admirando el panorama de aquel cúmulo de zapatos desparejados, asomándoles los cordones por todas partes, como brazos desesperados pidiendo socorro entre un montón de escombros.

Le echó un vistazo a Leila, deseando averiguar si se lo estaba pasando bien, mientras una pareja de veinteañeros se acercaba al montón y hurgaba en él.

—La excursión continúa por aquí —le dijo a Leila, tocándole un momento el hombro para guiarla por el local. Caminó hacia atrás, como un guía turístico de verdad—. A su izquierda, pueden contemplar la cafetería, que continúa anunciando pretzels recién hechos pese a que llevan doce años agotados. A su derecha, en la pista seis, pueden observar a una auténtica leyenda local de los bolos, El Castor, que una vez ganó tres partidas perfectas seguidas y jamás ha sonreído a nadie, salvo a los bolos caídos. Por favor, no se permite hacer fotografías con *flash*. —Señaló a un corpulento sesentón cuya gran barriga le sobresalía por encima del cinturón.

»Nuestra siguiente parada es en el baño de caballeros —anunció a continuación, pensando en la pizarra que había sobre los urinarios. Siempre estaba decorada con una combinación de vulgaridades inocuas, dibujitos y algún que otro mensaje sincero, escrito con una letra descuidada que indicaba que el autor o estaba borracho, o se había distraído con otra tarea que tenía entre manos—. Ahí se pueden ver cosas encantadoras.

Se produjo un silencio antes de que Hudson comprendiera lo que acababa de decir.

—No me he expresado bien. Quería decir que algunas personas muestran en ese sitio una parte de sí mismas que, normalmente, mantienen oculta. —Apretó un puño, frenándose—. No, así tampoco queda claro. Lo que quería decir… —murmuró, pero las carcajadas de Leila lo interrumpieron.

Él sonrió nerviosamente.

—Verás, hay una pizarra ahí dentro… —farfulló, pero estaba demasiado embelesado por el sonido de su risa para poder continuar. Esa risa le dejaba la mente en blanco.

—No te preocupes. Ya me imagino que no era lo que parecía —replicó ella recobrando el aliento.

Él se avergonzó de su propia torpeza, se giró hacia el baño y abrió la puerta de un empujón.

—¡Grupo turístico de visita! —anunció.

Al ver que nadie respondía, le sostuvo a Leila la puerta con un ampuloso gesto de bienvenida.

—Usted primera, señora.

—Esta es la excursión más extraña que he hecho en mi vida —afirmó Leila. Mirando a Hudson de forma inquisitiva y expresando cierta seriedad, entró en los lavabos.

—Mantengan los brazos y las piernas pegados al cuerpo en todo momento —dijo él, y la siguió.

Dos urinarios, un cubículo y un lavamanos: en eso consistía todo el baño. En la pared había un secador de manos automático que ya solo ronroneaba. Leila observó la pizarra que había sobre los urinarios. El chico siguió su mirada para adivinar qué grafiti estaba leyendo.

Alguien había dibujado un dragón impresionante. ¡JOAN SE ACOSTÓ CON EL CASTOR!, se leía en mayúsculas en lo alto de la pizarra. Y más abajo, en una letra diminuta, como si el autor del mensaje hubiera pretendido que fuera una especie de susurro: *Has estado sin cesar en mis pensamientos*. La letra de una canción de Johnny Cash, un versículo de la Biblia y el dibujo de un pene figuraban, entre otras cosas, a lo largo de la pared. Hudson no pudo evitar sonreír ante aquella colección de pensamientos furtivos plasmados en la pizarra. Miró a Leila y vio que ella también sonreía. Tenía las manos entrelazadas detrás, como quien admira una obra de arte.

—¿Ves los tesoros? —preguntó Hudson.

Ella asintió mientras dejaba vagar la mirada por los garabatos de tiza blanca y azul y, señalando una línea que rezaba *Les suplico, por favor, que se den cuenta cuando son felices*, afirmó:

—Esa es mi frase preferida de Vonnegut.

Hudson notó que se ruborizaba y dudó si debía confesar que había sido él quien la había escrito hacía una semana.

—Esto es fantástico —opinó Leila. Cogió uno de los

trozos de tiza de la repisa metálica de la pizarra y, tomándose un instante para pensar, se puso de puntillas y escribió en un hueco libre. Su pulcra letra resaltaba entre los demás garabatos. *Gente de Vicksburg, vivís en un sitio especial.*

Era increíble lo gratificante que le resultó a Hudson ese simple comentario, y las ganas que le entraron de seguir cotorreando, de llevarla a cada uno de los lugares donde él había disfrutado alguna vez, aunque hubiera sido un milisegundo.

La escoltó de nuevo hasta el coche, deseoso de enseñarle todo lo demás. Fueron a la iglesia que se había quemado hasta los cimientos y que el ayuntamiento había reconstruido; al campo de Captura la Bandera, que estaba en un parque situado junto a su casa; a la tienda de caramelos donde había aparecido en su día un cadáver y que permanecía cerrada desde entonces, motivo por el cual la última bolsa de caramelos con sabor a cerveza de raíz que él tenía guardada en casa se había convertido en una especie de tesoro.

—Oye, ¿sabes qué? ¿Por qué no vamos allí para que la veas?

—¿A tu casa?

—Sí —dijo él, sorprendido por su propia audacia, pero contento de sentirse así—. Para que veas los caramelos de cerveza de raíz, ¿eh?

Leila lo miró. Él alzó una mano, comprendiendo sus recelos.

—Actúo puramente como un guía de tesoros. Quizá no sea el sitio más interesante del mundo para mucha gente, pero es uno que conozco lo bastante bien como para saber dónde están los detalles ocultos. ¿No quieres ver la habitación donde Hudson, el famoso mecánico, ha dormido durante diecisiete años?

Ella ladeó la cabeza y guiñó los ojos como si lo estuviera estudiando. El chico temió haber estropeado las cosas hasta que entrevió la divertida expresión de Leila y comprendió que lo estaba escrutando en broma.

—¿Tienes una de esas camas con forma de coche de carreras? —preguntó.

—No —replicó él, fingiéndose ofendido, mientras aceleraba—. Se me quedó pequeña el año pasado.

Leila estalló en carcajadas otra vez. Por miedo a que le saliera una risita orgullosa si abría la boca, Hudson se mantuvo en silencio a lo largo del breve trayecto hasta su casa.

Aparcó el coche de Leila frente a la casa y le dio las llaves mientras cruzaban el césped hacia un estrecho porche. El coche de su padre no estaba en el sendero: seguramente, había salido a hacer la compra para la cena.

—Esto es el porche —dijo señalándolo innecesariamente con el brazo mientras buscaba las llaves en el bolsillo—. No lo usamos mucho.

—¿Por qué?

—Nuestra vecina es bastante chismosa —respondió él observando el bloque de viviendas: las camionetas y los coches aparcados en garajes abiertos, las banderas americanas caídas flácidamente como cortinas por la falta de viento, las bicicletas tiradas con descuido en los senderos después del horario escolar...—. Mi padre y yo nos perdimos una vez una película porque ella se empeñó en ponernos al corriente de los cotilleos del barrio. La prima de no sé quién había adoptado a un bebé asiático, y el asunto requería por lo visto una perorata ligeramente racista de treinta minutos. —Ya había logrado sacar las llaves y se volvió hacia la puerta—. El verdadero tesoro de Vicksburg son sus habitantes.

Giró la cabeza para guiñarle un ojo y la hizo pasar. Recorrieron la casa bastante deprisa: la sala de estar, el baño y la cocina. También le enseñó el patio trasero, donde los modestos muebles de plástico estaban distribuidos alrededor de una barbacoa. El trozo de césped era grande y muy verde; se extendía entre las cercas de las casas vecinas hasta concluir en una hilera de árboles. Al cabo de un momento, cuando el sol acababa de esconderse por detrás de las copas de los árboles, Hudson la llevó otra vez adentro para enseñarle el resto de la casa.

La escalera tenía justo la anchura suficiente para que subieran el uno al lado del otro.

—Bueno —preguntó él—, ¿y para qué viajas hacia el norte? —No es que tuviera un gran deseo de saberlo, pero serviría para subrayar que iba a marcharse, y, posiblemente, muy pronto.

—¿Aún no te lo he dicho? Para ver la aurora boreal.

—¡Ah, qué bien! —exclamó él con el corazón un poco encogido—. ¿Hasta dónde has de llegar para verla?

—Bueno, eso varía. Voy a subir tanto como pueda hacia el norte para tener las máximas posibilidades.

—¡Vaya! Qué envidia.

—Ya. Estoy entusiasmada —afirmó ella, aunque su voz no transmitía ese entusiasmo—. Espero que… —Se interrumpió.

—Que… ¿qué?

—No, nada. —Habían llegado a lo alto de la escalera. Leila extendió el brazo para que el chico se detuviera—. Espera. —Miró las cuatro puertas cerradas del segundo piso—. Déjame adivinarlo. —Señaló la puerta más cercana y luego las demás, de izquierda a derecha—. El dormitorio principal, el baño y tu habitación. Y no creo que haya otro dormitorio más, porque tienes pinta de ser hijo único, así que yo diría que este es el cuarto de la plancha.

—Increíble.

—Tengo un don especial.

—Es especial, ya lo creo —replicó Hudson, todavía intrigado por lo que iba a decir Leila cuando se había interrumpido—. ¿Cómo sabes que soy hijo único?

—Porque nos reconocemos entre nosotros.

En cuanto entraron en la habitación, Leila se acercó a la estantería donde él tenía amontonadas las revistas de coches y las novelas que había leído para la escuela y le habían gustado lo suficiente como para comprarse un ejemplar. Vuelta de espaldas, su silueta se recortaba a la luz menguante de tal modo que parecía un poco irreal: no tanto una chica preciosa que lo comprendía y que estaba allí, en su habitación, sino más bien una especie de aparición que podía disiparse en cualquier momento. Hudson pulsó el interruptor, pero no dijo nada; prefirió que ella explorase por su cuenta. No quería que tuviera el aspecto de una aparición; quería que siguiera siendo real el mayor tiempo posible.

—¿Qué es esto? —preguntó la chica cogiendo una concha marina que había en el alféizar de la ventana.

Él se acercó.

—Un recuerdo de la primera vez que fui al mar. Yo estaba capeando las olas, ya me entiendes, disfrutando del agua que me cubría y me quitaba la mugre de encima. Y, de repente, me agarra una ola y me lanza contra la orilla. Noté que me golpeaba la frente con algo duro, más duro que la arena. Lo cogí, y era esta concha. Creo que todavía se me ve la cicatriz. —Se apartó el pelo y bajó la cabeza para mostrársela.

Ella alzó la mano y pasó un dedo por la cicatriz. Hudson oía su respiración; captaba un olor dulce en su aliento.

—¿Por qué guardaste la concha?

—No lo sé. Supongo que me gustó la idea de tener un recuerdo de aquel día fantástico. No quería que la cicatriz fuese lo único que conservara.

El dedo de Leila ya no rozaba la cicatriz, sino que descendía resiguiéndole el maxilar. Apenas entreabrió los labios, lo justo para que Hudson atisbara el brillo de la dentadura destacándose sobre la rosada lengua.

Entonces retumbó abajo la puerta del garaje, y el chico

oyó cómo entraba el Camaro de su padre en el sendero de acceso. Leila había dejado caer la mano y él dio instintivamente un paso atrás, cosa que lamentó en el acto. Deseaba cogerle la mano y ponérsela otra vez en la mejilla. Pero se quedó inmóvil, escuchando cómo entraba su padre desde el garaje hasta la cocina. Se percató de que el momento se le escapaba sin remedio.

3

Abajo, en la cocina, el padre de Hudson estaba de rodillas ante el frigorífico, cambiando cosas de lugar para hacerle sitio a un paquete de refrescos.

—Hola, papá.

—Hola, hijo. —El hombre acabó de ordenar la nevera antes de levantarse. Entonces vio a Leila—. Perdón, no sabía que tenías compañía. —Esbozó una sonrisa y los sorteó para salir de la cocina—. ¿Te importa encender la barbacoa? Voy a darme una ducha. —Ya se dirigía a la escalera, pero se detuvo y se volvió hacia ella—. Te puedes quedar a cenar si quieres.

—Me encantaría.

—¿Unas hamburguesas te van bien?

—Perfecto. Gracias, señor…

—Llámame Walter —sugirió él tendiéndole la mano. Luego le dijo a su hijo—. ¿Vas a descansar un poco después de la cena?

—Claro. Pensaba caminar como un sonámbulo hasta Jackson para estar lo más descansado posible antes de la entrevista.

—Te crees muy listo, ¿eh?, porque vas a ser médico.

—Tú también me crees listo, papá. Desde que te enseñé a hacer una conexión inalámbrica de Internet, me has considerado un genio.

—No se te ocurra hacerle a este ningún cumplido —le dijo Walter a Leila poniéndole la mano en el hombro a su hijo —. Nunca más se le olvida.

Era un hombre alto, más alto que Hudson, aunque más flaco y musculoso. Compartían otros rasgos: la misma mandíbula cuadrada y los grandes ojos castaños. Hudson consideraba que su padre era joven, o al menos que no era viejo todavía, y se quedaba consternado cada vez que advertía lo canoso que se le había vuelto el cabello.

—Bueno, chicos, nos vemos fuera.

Cuando ya estaba a media escalera, Leila le dijo:

—¡Tiene una casa muy bonita!

—Gracias —respondió él. Sus pasos se fueron alejando, y se oyó la puerta de su dormitorio.

—Es muy amable —comentó ella.

—Sí —dijo Hudson, entretenido en quitar una astilla del armario de la cocina.

—¿Qué es esa entrevista para la que debes estar tan descansado?

—Una entrevista con el decano de admisiones de la Universidad de Misisipi. Para ver si me ofrecen una beca completa.

—¡Oh! Impresionante.

—Sí, supongo. Mi padre conoce al tipo y ha contribuido a concertar la entrevista. Por eso está un poco paranoico con el tema. —Como no quería pensar en el día siguiente, cuando Leila tal vez ya no seguiría allí, se dirigió a la puerta trasera—. Vamos a preparar la barbacoa.

Ella asintió y lo ayudó a llevar algunas cosas de la cocina. Salieron al patio trasero para encender el carbón. Había refrescado agradablemente con el crepúsculo; ya solo se colaban unas vetas anaranjadas entre la fronda de los árboles, donde cantaban las cigarras. El patio era amplio y el césped, lozano; había un cobertizo de herramientas en medio, no lejos del hoyo para la hoguera que Walter había excavado y delimitado con ladrillos. Alrededor había varios tocones y algunas sillas de *camping*. Una lata de cerveza yacía olvidada entre las hierbas desde la última vez que habían venido los amigos de su padre. A Hudson le habría gustado ser capaz de parar el tiempo, de detener la rotación de la Tierra para poder permanecer junto a Leila un poco más.

—O sea que médico… ¿eh?

—Sí, pero no es nada del otro mundo. Nada comparable con ese truco para ver a través de las puertas.

—Es un superpoder, no un truco —lo corrigió ella cogiendo una cerilla y arrojándola al montón de trozos de carbón—. Y estoy segura de que tú también tienes algunos poderes.

—La verdad es que no. —En ese momento, el único superpoder que creía poseer era su capacidad para estar con una chica como aquella y conseguir que se quedara a cenar.

—Tonterías —replicó ella dándole un empujón amistoso con la cadera—. La corta labia —especificó tras una pausa—. Podría pasarme el día escuchando tus discursos sobre tesoros.

Hudson intentó inútilmente controlar la magnitud de su sonrisa, sobre todo al advertir que ella le sonreía a su vez.

—También se me da muy bien poner la mesa —dijo, despistando para que no se notara que se había ruborizado—. Sé hacerlo con una sola mano. Y ni siquiera he de mirar en Internet en qué lado se pone el cuchillo.

—Ya sabía yo que me ocultabas algo.

—Te lo demostraré. —Y empezó a poner la mesa con un esmero exagerado que esperaba que resultara gracioso. Leila se sentó a mirarlo, divertida. Cuando él hubo terminado, tomó asiento junto a ella y ambos aguardaron a que ardiera el carbón.

Para Hudson, esta era su época favorita del año, su hora favorita del día, su lugar favorito de la casa. Y esa era la primera vez, en una buena temporada, que se sentaba allí sin un libro delante. Casi había olvidado lo agradable que llegaba a ser el patio trasero cuando uno podía sentarse simplemente y dejar vagar la mirada sin tener que estudiar. Leila se arrellanó en la silla, alzó las piernas y apoyó los talones en el regazo del chico. Lo hizo con tal naturalidad que él no sabía qué pretendía con ese gesto; si realmente pretendía algo o, sencillamente, necesitaba un sitio donde poner los pies y no hacía distingos entre su físico y cualquier otra superficie. O tal vez, solo tal vez, estaba disfrutando tanto de su compañía como él de la suya.

Apenas se movió, concentrándose en el peso de los pies de Leila sobre su regazo. Cuando su padre apareció en el patio, a él se le habían dormido las piernas.

—Estamos esperando a que se encienda bien el carbón.

—Bueno, casi parece a punto —contestó Walter, aunque Hudson sabía muy bien que ya lo estaba desde hacía un rato. El padre cogió la bandeja de hamburguesas, puso tres en la parrilla y se mostró satisfecho cuando la carne crepitó sobre las brasas.

—¿Te ayudo, papá?

—Ya puedo yo, gracias.

Otros padres se habrían girado y le habrían dedicado un guiño a su hijo, o un gesto de complicidad. A Hudson, en cambio, le gustaba la manera reservada que tenía su padre de demostrar afecto, la silenciosa aceptación de sus deberes de cocinero.

—Bueno, Leila —dijo Walter llevando las hamburguesas a la mesa cuando estuvieron listas—, Hudson me ha dicho que no eres de Vicksburg. ¿Qué te trae por aquí?

—Estoy subiendo en zigzag por todo el país para ver la aurora boreal —respondió ella.

Walter rascó la etiqueta de su cerveza y no paró hasta que la esquina se despegó del cristal.

—Eso es un viaje tremendo. ¿Lo haces tú sola?

—Sí.

—Bueno, todo el mundo debería hacer al menos un viaje largo por carretera en su vida —opinó Walter—. Probablemente, yo tenía tu edad cuando hice el mío.

—¿A dónde fue?

—De California a Nueva York. De un mar a otro mar reluciente. —Siguió despegando la etiqueta, absorto en sus pensamientos. Hudson había observado que su padre siempre ponía esa expresión cuando hablaba de ese viaje. Le había pedido que le explicara la experiencia infinidad de veces, pero por mucho que Walter le contara, el chico nunca lograba hacerse una idea de cómo había sido su padre en aquella época. Resultaba extraño pararse a pensar que había una parte de la vida de su padre que él jamás conocería, dos décadas enteras de recuerdos que no lo incluían a él.

—Este joven aún no ha hecho ninguno —dijo Walter, saliendo de su ensimismamiento y señalando a Hudson.

—Pero ¿qué dices? He hecho un montón de viajes por carretera contigo.

—Eso no cuenta —dijo el padre, y dio un sorbo de cerveza—. Por tu propia cuenta, quería decir. Consigue en la universidad un trabajo a tiempo parcial, algo que no interfiera con tus estudios, y tal vez podrás ahorrar lo suficiente para viajar en verano. Y si me dejas impresionado con tus notas —hizo una pausa enfática—, quizá te haga un cambio de aceite gratis para tu primer viaje.

—Ya veo de dónde ha sacado Hudson el ingenio —comentó Leila dándole a este una patada juguetona por debajo de la mesa.

Él se la devolvió suavemente, pensando que le habría gustado estar descalzo. Enseguida se sintió incómodo por pensarlo.

—¿Y por qué la aurora boreal, precisamente?

Leila se encogió de hombros y replicó:

—Es una cosa que sé que tengo que hacer.

—¿Como si fuera una lista de tareas pendientes?

—Algo parecido.

—¿Este es tu primer viaje por carretera? —preguntó Walter.

La chica le dio otro mordisco a la hamburguesa. ¡Por Dios! Resultaba atractiva incluso masticando, pensó Hudson. Le entraron ganas de cocinar para ella.

Leila asintió levemente. Cuando terminó de masticar, dio un sorbo a su refresco y se secó la comisura de los labios con una servilleta de papel.

—Actualmente, estoy en un breve período de descanso y he pensado que era un buen momento para hacer un viaje.

Hudson asintió, pero al cabo de un instante advirtió que no tenía ni idea de qué había querido decir ella.

—¿Antes de la universidad? ¿Te has tomado un año sabático al terminar la secundaria? —No resultaba nada fácil adivinar cuántos años tenía. Entre dieciséis y... ¿veinte?

—No. —Leila tomó el último bocado de la hamburguesa. Pareció como si lo hubiera hecho para no tener que decir nada más. Después de tragar, dijo—: Me he quedado estancada en parvulario durante años. Este viaje por el país es para ver si consigo aprenderme de una vez el alfabeto.

Mientras Walter sofocaba la risa, Leila le sonrió a Hudson y este sintió cómo se le grababa su rostro en la mente.

—Te estoy tomando el pelo, Hudson. No has andado todo el día con una chica de párvulos.

—¿Ah, no? Yo habría jurado que sí. Solo las chicas de párvulos se ríen de mis chistes.

—Eso lo he notado. Y gracias por no aprovechar la ocasión para reírte de mi estatura. Me las arreglo muy bien.

—Me gusta lo baja que eres —dijo él cogiendo una patata frita de la bolsa que había en medio de la mesa. Se apresuró a masticarla para no tener que disculparse por el comentario.

El cielo se había oscurecido por completo, y la única luz que llegaba al patio era la de las parpadeantes estrellas y la de las cocinas de los vecinos. Pese a ello, Hudson advirtió que Leila parecía estar contenta; poco después se arrellanó en la silla y volvió a ponerle los pies en el regazo.

—¿Qué tienes pensado ver por el camino? —preguntó Walter mientras se servía una segunda hamburguesa y la condimentaba como siempre con unos cuantos chorritos de salsa picante.

—No he hecho demasiados planes. Voy a ir improvisando sobre la marcha, a ver qué me encuentro.

—Ya has visto Vicksburg —intervino Hudson—. A partir de aquí todo es menos interesante.

Leila se rio entre dientes de un modo que él nunca había oído, con una risa suave y gutural que lo sorprendió hasta el punto de ponerle la carne de gallina.

—Estoy segura de que el resto del país lo va a tener difícil para dar la talla.

Al cabo de unos minutos, Walter se levantó para quitar la mesa. Al quedarse ellos dos solos, Leila retiró los pies del regazo de Hudson, y dijo:

—Bueno, creo que debería dejarte descansar. Tienes esa entrevista mañana. —Se puso las chanclas y se levantó.

Hudson comprendía que se le estaba escapando de las manos el placer que había sentido desde que la había conocido, pero no sabía qué decir para impedir que se fuera. La siguió por el patio hacia la puerta corredera de cristal que daba al interior de la casa. Pero Leila no la tocó. Se quedó allí, mirándose los pies como si estuviera sopesando una idea.

Se encendieron las luces de la cocina, y Hudson oyó

que su padre la limpiaba. Ahora volvía a ver a Leila claramente, con las manos en los bolsillos traseros y una estrecha franja de piel visible entre la camiseta y la cinturilla de los pantalones cortos. Ella se acercó entonces y lo atrajo hacia sí para darle un abrazo. Un abrazo de una fuerza sorprendente tratándose de una chica de su tamaño, de una chica a la que había conocido apenas hacía unas horas. Era una auténtica delicia sentirla apretada contra su cuerpo.

—Ha sido fantástico conocerte —aseguró Leila—. Buena suerte con todas tus cosas.

Le dio un beso en la mejilla y entró en la casa. Él se quedó prácticamente paralizado: por el beso, por el tacto de sus labios y por la distancia creciente que se abría entre ambos. Tan paralizado se había quedado que cuando entró al fin, Leila ya se había despedido de su padre y estaba en la puerta, mejor dicho, casi la había franqueado. Al verlo, se detuvo un instante; le dijo adiós con la mano y cerró la puerta tras ella.

Hudson permaneció en el pasillo, entre la cocina y la sala de estar, a duras penas sobreponiéndose a la conmoción de verla marcharse tan de repente. Cuando volvió en sí, oyó el ruido del grifo y vio que su padre estaba en el fregadero lavando los platos.

—¿Te ayudo, papá?

Su padre se volvió; tenía la parte inferior de la camisa mojada.

—No, gracias.

—De acuerdo. Voy arriba. Buenas noches. —Pero no se movió y siguió mirando la puerta principal.

—Buenas noches —contestó su padre—. Te llamaré a las seis para asegurarme de que te levantas. Mañana es un gran día.

—Sí. —Cuando Hudson salió por fin de su estupor, subió la escalera con desgana, entró en su habitación y, desplomándose en la cama, sacó un montón de documentos que se había bajado de Internet llenos de preguntas posibles que podían plantearle en una entrevista de admisión. Hojeó algunas páginas, más consciente del ruido que hacían al pasarlas que de las palabras impresas en el papel. Echó un vistazo al conjunto que habían escogido entre su padre y él para la entrevista: el traje azul de rayas, una camisa blanca y una corbata de color verde jade. Estaba todo colgado del pomo del armario, y habían protegido el traje con una bolsa para que no se arrugara.

Al cabo de un par de minutos, oyó que su padre subía la escalera. Las luces del pasillo se apagaron. Cayó en la cuenta de que aún no había leído ni una palabra; se levantó de la cama y se acercó a la ventana. Suspiró profundamente, como si todos los pensamientos sobre Leila se le acumularan en los pulmones y le bastara con soltar el aire para desprenderse de ella. Su aliento agitó las persianas y entonces advirtió que el coche de la muchacha seguía aparcado afuera. Se acercó más y miró entre las lamas. La vio sentada dentro, apoyando un codo en la ventanilla y la otra mano en el volante. Ella retiró enseguida el codo y alzó la vista hacia él. Los ojos le brillaban incluso a esa distancia. Hudson pensó en el lago en herradura, en recorrerlo por completo junto a Leila, escuchando el rumor del río Misisipi como música de fondo mientras charlaban.

«Esta noche, no», se dijo asomando la cabeza por la puerta de su habitación para comprobar que las luces del dormitorio de su padre estaban apagadas. «No voy a quedarme esta noche en casa cuando tengo la oportunidad de pasar un rato con ella.» Volvió a entrar, tiró del cordón de la persiana y abrió la ventana. Se deslizó lentamente hasta el tejado del porche y se descolgó con sigilo sobre la hierba del patio delantero, echando un vistazo atrás para asegurarse de que las luces de la habitación de su padre seguían apagadas.

Echó a correr hacia el coche. Leila tenía bajado el cristal de la ventanilla y vio cómo se acercaba sin decir nada. Él se inclinó junto a la ventanilla.

—Cambia de asiento —dijo casi susurrando—. Conduzco yo.

—¿No tenías que descansar?

—Te he prometido enseñarte un tesoro.

4

Estaba todo oscuro mientras recorrían el trayecto; no se veía nada en la carretera rural, salvo los faros del propio coche, que iluminaban de vez en cuando alguno de los retroflectores de la cuneta: un destello amarillento que se desvanecía enseguida en las tinieblas.

Hudson echaba miradas de reojo al perfil de Leila, deseando descifrar qué era lo que la convertía en una chica tan atractiva, pero la única idea inteligible que sacaba después de cada mirada era: «Me gusta su cara. Me gusta muchísimo su cara».

—Bueno, ¿y cómo descubriste ese tesoro?

—Es una tradición local. Siempre hay un grupo de chicos dispuestos a proclamar que es suyo. Luego, cuando cambian de vida (universidad, hijos, vida adulta o lo que sea), los reemplaza un nuevo grupo. Los hermanos mayores de uno de mis amigos solían andar por allí y, cuando empezaron a encontrar trabajo en Jackson y Biloxi, mis amigos se apropiaron del lugar.

Únicamente al decir esto cayó en la cuenta de que quizá no tendrían el lago para ellos solos. En un viernes por la noche en Vicksburg, ¿qué otra cosa se podía hacer? Confió en que sus amigos se hubieran ido a jugar a los bolos.

—¿Y qué hacéis ahí? ¿Chorradas de chicos?

—Más o menos. —Puso el intermitente y tomó otra carretera secundaria que no se distinguía en nada de la anterior—. Jugar a la pelota, encender fogatas... Beber un poco. Yo no bebo demasiado, así que suelo ser el conductor oficial.

—Humm. Lástima que no tengamos nada para beber. Sería divertido emborracharse contigo.

Él dejó que el comentario quedara flotando en el aire y fingió concentrarse en la carretera mientras giraba y tomaba un camino sin asfaltar. El coche avanzó traqueteando y despidiendo guijarros, que acribillaban el chasis por debajo y repicaban con un campanilleo.

—¿Está muy lejos?

—Ya casi hemos llegado —dijo Hudson señalando de forma poco convincente un tramo de oscuridad que quedaba más allá del cono de luz de los faros.

En cuanto detuvo el coche, Leila se apresuró a abrir la puerta para bajarse, y dio paso a un sonido vibrante. No era el ruido del río, cuya corriente solía ser muy tranquila, sino todo cuanto lo rodeaba: la vida nocturna de la naturaleza, los insectos, los arbustos mecidos por el viento, semejantes a pulmones expandiéndose y contrayéndose sin cesar... Era imposible demostrarlo, pero Hudson tuvo la sensación de que el curso entero del río contribuía a crear aquel sonido: los barcos-casino que navegaban a unas millas río abajo, la corriente que iba a desembocar al golfo de México, en Nueva Orleans, con un estruendo de platillos de jazz... Todo se sumaba para crear esa cascada sonora que casi parecía algo tangible.

—Por aquí —indicó Hudson, y echó a andar entre los árboles hacia la pendiente.

Leila se dispuso a seguirlo y, antes de que él mismo se diera cuenta de lo que hacía, la cogió de la mano.

—De acuerdo —dijo ella, estrechándole los dedos sin hacer aspavientos—, tú abres la marcha.

Agradecido a la oscuridad, que ocultaba su satisfacción

irreprimible, la guio entre los árboles. Estaba tan distraído por el contacto de la mano de la chica que poco le faltó para perder pie un par de veces. Llegaron a la orilla del río y caminaron corriente abajo. Confiaba en que la barca de remos estuviera ahí. Si estaba, quería decir que dispondrían del lago para ellos y que sus amigos habían ido a otro sitio.

—Me gusta este pintoresco itinerario —comentó ella—. Parece realmente una búsqueda del tesoro.

—Te va a encantar el sitio —le aseguró Hudson al localizar el grupo de ramas bajas donde ocultaban la pequeña barca de remos. Ahí estaba. Le soltó la mano para agacharse y empujar la barca fuera del escondite. No era más que una vieja canoa, de madera agrietada y nudosa y cuya pintura blanca se había oscurecido de verde por las aguas del río.

—¡Ah, ya la veo! —exclamó Leila, mirando hacia el centro del río con las manos en los bolsillos traseros: otra vez esa postura que parecía poner el mundo del revés—. ¿A qué distancia está?

—No muy lejos. A unos sesenta o setenta metros. —Poniendo un pie en la barca, le tendió la mano para ayudarla a subir.

Ella lo miró y luego desvió la vista hacia la isla. Se le acercó con una pícara expresión, pero en vez de sujetarse de él y subir a la barca, se arrodilló y metió la mano en el río.

—Está helada —dijo—. Pero la corriente no es demasiado fuerte. —Se irguió cuanto pudo, aunque su estatura, ciertamente, no era mucha, y propuso—. Vayamos nadando.

Se quitó una de las chanclas y metió el pie en el agua. Hudson le lanzó una mirada.

—¿Es que no lo has hecho nunca?

—No.

—Ah, entonces decididamente vamos a hacerlo.

—¿Y la ropa?

—Bueno, se mojará. Y al cabo de un rato se secará.

—¿Y los móviles? ¿Y las llaves del coche?

—Déjalo todo en el coche. —Se le acercó más, lo agarró de la mano y lo sacó de la barca de un tirón—. Hudson, vas a cruzar el río a nado conmigo.

Él se resistió un poco, arrastrando los pies. Pero luego recordó que se había descolgado por la ventana y escabullido de su casa porque quería entregarse a la diversión para variar.

—Es muy difícil decirte que no.

—¿Y por qué ibas a querer decirme que no?

Leila se echó a reír, le apretó la mano y lo arrastró de vuelta hacia el coche. Hudson miró la hora antes de dejar el móvil en la guantera. Si al día siguiente estaba cansado, le diría a su padre que con los nervios le había costado dormirse. Dejaron los zapatos, las billeteras y las llaves dentro, y luego volvieron hacia la orilla caminando con cuidado para no lastimarse los pies descalzos con las piedras o las ramas.

Se plantaron en el borde, de cara a la isla. Las ondas del río les lamían los pies, como para incitarlos a meterse en el agua.

—Mira todas esas estrellas —murmuró Hudson.

—Preciosas —dijo Leila alzando la vista hacia el cielo. Entonces le preguntó—. ¿Eres buen nadador?

—Lo normal. ¿Y tú?

—Ahora lo veremos, ¿no? —Y sin decir más, se zambulló.

Hubo un intervalo entre la acción de Leila y la reacción del propio Hudson: una fracción de segundo durante la cual se cuestionó quién demonios era aquella chica y qué hacía de repente metida en su vida. Pero apenas hubo tenido ese pensamiento fugaz, se lanzó tras ella.

El agua helada fue todo un impacto. Leila le sacaba un par de cuerpos de ventaja y nadaba con brazadas rápidas, frenéticas, llenas de júbilo. El sonido de su risa reverberaba en el aire cada vez que sacaba la cabeza para respirar. Cuando Hudson estuvo a punto de tragarse una bocanada entera del Misisipi, advirtió que él también se reía entre brazada y brazada, que tenía el corazón disparado por la adrenalina y que estaba totalmente embriagado por el río, por la noche, por Leila. Nadó más aprisa hasta que casi logró darle alcance: las patadas de ella le salpicaban a unos centímetros de la cara. Se desplazó un poco para sortear los pies de la muchacha y, finalmente, se situó a su lado. Notaba que los músculos le ardían por el esfuerzo. Era curioso que fuese necesario sentir algo de dolor para recordar que ciertas partes de ti mismo estaban vivas.

Alcanzaron la orilla de la isla prácticamente al mismo tiempo, treparon hasta la hierba enlodada y se desplomaron boca arriba. El brazo de Leila descansaba sobre el pecho de Hudson. Sin pensárselo mucho, este alzó la mano y la puso suavemente sobre su muñeca. Esperaba que su piel conservara cierta calidez, pero estaba muy fría a causa del agua. Se la frotó para que entrase en calor.

—Estamos muy mojados —observó Leila despegándose la camiseta del estómago con la otra mano.

—Sí, ya lo creo.

Ella retiró el brazo para escurrir la camiseta.

—Sí, esto no sirve de nada. —Se levantó y se sacudió la hierba que se le había pegado en las pantorrillas.

Al levantarse ella, Hudson se quedó pasmado un segundo. En realidad no fue un segundo: llevaba así el día entero. Desde que Leila había bajado del coche, se había quedado pasmado por su presencia, por su belleza. No podía quitarle los ojos de encima.

—Me tomaré esa mirada como un cumplido —dijo ella riendo.

—Perdona. —Bajó la mirada al suelo. Incluso estando avergonzado, no pudo apartar los ojos del todo. Observó cómo le goteaba el agua por las piernas, mientras se preguntaba con incredulidad cómo había llegado a aquella situación.

Entonces ella se le acercó y le rodeó el cuello con los brazos, pegando el cuerpo al suyo.

—Estás temblando —dijo.

—Me parece que dejaré de temblar si sigues haciendo lo que estás haciendo.

Leila se le acercó todavía más para que sintiera el calor de su cuerpo. Él quiso alzar una mano para recogerle un mechón húmedo detrás de la oreja, pero, no siendo muy ducho en esas maniobras, advirtió demasiado tarde que había levantado ambas manos hasta el rostro de Leila y que, de repente, no sabía muy bien qué hacer con ellas. La chica lo notó y se burló de él, aunque sin crueldad.

—Las voy a colocar aquí —dijo Hudson y, poniéndole las manos en los hombros, trató de aliviar la tensión con unas risas.

Ella meneó la cabeza, le cogió la mano derecha y se la colocó en la nuca.

—Aquí.

Él la miró, contempló aquella cara preciosa que le devolvía la mirada, aquellos labios que ya se entreabrían, preparándose para lo que iba a suceder. Leila tenía los ojos fijos en los suyos; luego los bajó hacia sus labios. Hudson no podía creerlo. Ya empezaban a inclinarse el uno hacia el otro cuando se alzó una voz sobre el rumor del río.

—¡Jo… der! ¿Ese no es Hudson con una chica?

5

Los amigos de Hudson habían aparecido con un buen arsenal de cerveza barata. Empezaron a vociferar y a soltar alaridos desde la barca, y Hudson y Leila se separaron instintivamente. Eran el trío de siempre: John, Richie y Scott, los tres riéndose como idiotas al llegar a la orilla de la isla.

—¡Hudsy! ¿Qué demonios pasa aquí? —gritó John. Se bajó de la barca, se le aproximó y le alborotó el pelo—. ¿Así que detrás de esa pinta de buen chico había un conquistador?

—Hola —saludó Hudson—. ¿Qué hacéis por aquí?

—¿Qué diantre vamos a hacer, si no? La verdadera pregunta es: ¿qué haces tú aquí? ¿Y por qué estás mojado? ¿Y quién es esta? —preguntó John alternando la mirada entre Hudson y Leila.

—¿Y qué demonios hace ella aquí contigo? —intervino Richie, sin hacer ningún esfuerzo para disimular que la miraba de arriba abajo, aprovechando que tenía la ropa pegada al cuerpo. Mientras la observaba, se pasó la mano por la barba, una barba rojiza y tupida que se había convertido en su sello distintivo desde que había empezado a salirle vello a los catorce años.

—Me llamo Leila —dijo ella sencillamente, saludándoles con la mano, mientras trataba de taparse un poco.

Los tres chicos se miraron entre sí. Scott se acercó a Hudson y le dio una fuerte palmada en la espalda.

—¿Dónde la has encontrado?

Hudson se encogió de hombros y se volvió hacia John; quiso transmitirle con la mirada que los habían interrumpido en el momento más inoportuno y que debían volver a subir de inmediato a la barca y dejarlos solos. Aun suponiendo que sus ojos llegaran a expresar todo eso, John no lo escuchaba. Y si John no se llevaba a sus compinches, era impensable que los otros dos tomaran la iniciativa.

—Bueno, Leila, encantado. Y ahora, ¿quién quiere emborracharse? —Sacó una lata de cerveza, la abrió dando un chasquido y se la llevó enseguida a los labios para controlar la espuma. Richie y Scott lo imitaron, abriendo una lata cada uno.

—Nosotros no pensábamos quedarnos mucho —aclaró Hudson—. Tengo esa entrevista mañana.

—Ah, mierda, es cierto —replicó John. Dio otro trago y miró a Leila—. ¿Y tú? ¿También tienes una entrevista mañana?

—No.

—Bien. —Sacando otra lata del paquete que había dejado a sus pies, se la ofreció—. ¿Queréis jugar un partido?

Scott y Richie celebraron la idea y chocaron sus latas a modo de brindis para dar a continuación un buen trago.

—No puedo, tío —se excusó Hudson—. Nosotros deberíamos regresar enseguida. Solo quería enseñarle a ella la isla.

—No la habrá visto del todo si no juega a Bola-Borracha —afirmó John, y dio un sorbo rápido—. Una ronda y te vas. Ella puede quedarse. —Miró a Leila y le guiñó un ojo, y Hudson tuvo una sensación desoladora. A eso debía de referirse la gente cuando decía que se le había «caído el alma a los pies».

Ella se volvió hacia Hudson. La tenía tan cerca que habría podido atraerla y darle un beso, siempre que hubiera reunido el valor necesario. ¿Cómo podía ser que viera en la oscuridad el tono verde de sus ojos? No acababa de comprenderlo.

—¿Un partido? —le preguntó Leila.

Hudson inspiró hondo, más que nada para recuperarse y levantar el ánimo —o el alma— de los pies. Cada momento con ella era un tesoro, aunque tuviera que compartirla.

—De acuerdo —aceptó—. Es un poco absurdo venir aquí y no jugar a Bola-Borracha.

Leila aceptó la cerveza que le ofrecía John y los cinco se encaminaron hacia la espesura. Por suerte, los árboles estaban lo bastante separados como para andar entre ellos sin lastimarse. Era como si la isla hubiera sabido de antemano para qué habría de ser utilizada, y hubiera querido ofrecer la protección adecuada del mundo exterior adulto a los adolescentes que un día vendrían a reclamarla como suya. Más allá de los árboles había un amplio claro, aunque estaba demasiado oscuro para que se pudiera distinguir nada.

Scott se separó del grupo y se dirigió hacia un cobertizo. Al cabo de un momento, puso en marcha un generador y las luces se encendieron. Estaban situadas a la altura de las rodillas y distribuidas alrededor del claro, apuntando hacia dentro, de manera que todo el espacio despejado, del tamaño de una cancha de baloncesto, quedaba iluminado tan profusamente como el aparcamiento de un centro comercial. Había objetos esparcidos por todas partes, lo cual le confería al lugar un aspecto a medio camino entre una chatarrería y un mercadillo de segunda mano: un sillón doble de cuero, una mesita de café de cristal, un surtido de mobiliario de jardín en varios grados de deterioro... También se veía una gran sombrilla hincada en el suelo, un aparador lleno de vasos rojos de plástico y un peluche enorme de Rafiki, el mono de *El rey León*. En un extremo había un conjunto reutilizado de atracciones infantiles, donde los columpios habían sido reemplazados por neumáticos. Lo que debía de haber sido en su día un prado ameno y retirado había acabado convertido en un recargado campo de Bola-Borracha.

Después de comerse a Leila con los ojos unos segundos bajo las intensas luces del campo, Richie y Scott echaron a correr para tomar posesión de los sillones reclinables de cuero. El primero, con las prisas, perdió por el camino un par de latas de cerveza. Ambos muchachos forcejearon para apoderarse del único sillón que se reclinaba realmente. Acabó ganando Scott, y Richie retrocedió entonces para recoger las latas; luego sacó un reproductor de MP3 y unos altavoces de la mochila que llevaba a la espalda y los enchufó en un alargador que venía del cobertizo.

—¡Eh, esto es sensacional! —gritó Leila con las manos en las caderas. Le temblaba ligeramente el labio inferior, y Hudson sintió el deseo de atraerla hacia sí para que entrara en calor—. No me imaginaba que habría luces y todo.

—Antes no había —explicó John—. Fue Hudson quien tuvo la idea de traer un generador. Él lo montó todo. Incluso construyó ese cobertizo.

—¿De veras? —se asombró ella.

—Es un tipo listo. Por eso lo mantenemos a nuestro lado. Así se ha vuelto más fácil jugar a Bola-Borracha. Antes perdíamos un montón de dados y de *frisbees*.

—¿Dados y *frisbees*? ¿Cómo demonios jugáis a este juego?

—¡Vamos! —dijo John, y los guio hacia el centro del campo—. ¿Has leído alguna vez los cómics de *Calvin y Hobbes*?

—Claro —contestó Leila. Ahora ella estaba unos pasos por delante de Hudson, más cerca de John.

—Bueno, la Bola-Borracha es una versión ebria del Calvinball —explicó John, mientras se acercaban a los muebles de jardín que había junto a los sillones. Hudson cogió una silla para Leila y se sentó a su lado. John prosiguió—: La principal regla del juego es que no hay reglas. O por lo menos, reglas establecidas. De este modo, nunca repetimos dos veces el mismo partido y nunca nos aburrimos.

—Y todos nos emborrachamos —terció Scott abriendo otra lata.

—Exacto —corroboró John—. De todas formas, por guay que parezca la idea, nos dimos cuenta de que tampoco llegaba a funcionar tan bien. No se nos ocurrían suficientes reglas divertidas sobre la marcha, y la gente fue perdiendo interés. De modo que incorporamos al juego algunos elementos diferentes para darle cierta estructura. En cada ronda, tiene que haber una nueva regla por cada elemento del juego.

Hudson intervino entonces.

—Los elementos son: *frisbees*, dados, cartas y la carrera de obstáculos. —Señaló el conjunto de atracciones infantiles—. En la primera ronda…

—Un momento. Entonces, ¿no hay pelotas en Bola-Borracha?

—No, al menos cuando juega este grupo —aclaró Richie, casi sin poder contener una risotada de orgullo.

—Te das cuenta de que te estás inculpando tú mismo, al decir que en este grupo no tenemos pelotas —planteó Hudson lentamente, gesticulando de manera exagerada, como si estuviera hablándole a un niño—. Tú formas parte de este grupo y estás reconociendo que no hay pelotas.

Richie se pasó una mano por la barba, arrugando la frente, mientras pretendía entender lo que Hudson le había dicho.

—Sabemos que eres experto en muchas cosas: tendría que haberme imaginado que las pelotas son una de ellas. —Richie chocó su mano con Scott y ambos estallaron en carcajadas.

—Es imposible ser condescendiente con estos tipos —le dijo Hudson a Leila. Ella se rio, echó un trago de cerveza y le dio un apretón en el hombro.

John reanudó su explicación:

—Bueno, las pelotas siempre son una opción. —Y miró a Scott y a Richie para asegurarse de que no estallaban otra vez en carcajadas, como así fue—. Cabe cualquier cosa como opción, en realidad. Siempre que sea una regla divertida que todo el mundo acepte, cualquier jugador puede introducir algo nuevo. Los elementos sirven simplemente como punto de apoyo.

—¿Y quién gana?

—Somos tipos de diecisiete años que tenemos nuestra propia isla. Así pues, somos ganadores de entrada —aseveró John.

Leila se rio de nuevo. Hudson se preguntó si sus amigos sentirían lo que él sentía al oír aquella risa; si John, por el hecho de ser quien la había hecho reír, sentiría la misma oleada de orgullo que él, el mismo deseo de provocar su risa una y otra vez.

—El juego suele decaer cuando todo el mundo está borracho —explicó Hudson, mirándola, mientras ella daba un trago. Era cierto lo que le había dicho antes a Leila, que él no era un gran bebedor, pero en ese preciso momento la idea de tomarse una cerveza con todos los demás tampoco sonaba tan mal. Extendió el brazo para coger una del paquete que John había dejado sobre la mesa.

—Eh, ¿qué estás haciendo?

—Coger una cerveza.

John se inclinó sobre la mesa y le arrebató la lata.

—Hemos jugado un montón de noches sin que tú quisieras beber nunca… ¿y vas a escoger para sumarte a la fiesta la noche antes de tu gran entrevista? Ni hablar, tío. No vas a presentarte allí con resaca. Deja las idioteces para estos dos —dijo señalando a Scott y a Richie, que, por algún motivo inexplicable, estaban enfrascados en un duelo de pulgares.

—Lo hemos oído —advirtió Scott sin levantar la vista de la batalla.

—Mejor que tú juegues de árbitro una vez más. Mañana por la noche, después de ventilarte esa entrevista, venimos de nuevo y jugamos otra ronda. Pasamos la noche al raso y montamos aquí una buena fiesta. Pero esta noche, no.

—Está bien —gruñó Hudson—. Supongo que tienes razón.

El partido de Bola-Borracha dio comienzo con una ronda de calentamiento para preparar a los jugadores. Uno de ellos se tragaba a toda prisa una cerveza, y los demás, mientras tanto, iban lanzando un dado por orden. Las tiradas se sumaban hasta que el bebedor plantaba la lata boca abajo sobre la mesa. Entonces el siguiente cogía una cerveza y se la bebía resoplando, y se repetía la operación. El que obtenía el tanteo más bajo al terminar su cerveza tenía derecho a ser el primero en escoger un elemento.

Además de servir para establecer un orden y emparejar a cada jugador con un elemento cuyas reglas habría de inventar, la ronda inicial contribuía a generar un nivel básico de ebriedad. Y ayudaba a relajar los músculos para evitar el riesgo de tirones, torceduras y demás lesiones durante las pruebas físicas que venían a continuación.

Como árbitro del partido, Hudson tenía el privilegio de añadir cualquier regla en cualquier momento, y ahora se lo pasó en grande haciendo hablar a sus amigos con acentos extraños o exigiéndoles que fueran de un sitio a otro dando volteretas exclusivamente. Le encantaba cómo manifestaba Leila su regocijo: lo agarraba del brazo repetidamente, y una de las veces se le arrojó sobre el pecho y se mondó de risa a la altura de su corazón.

—¡Nueva regla! —gritó Leila cuando llevaban unos cuarenta minutos jugando. Estaban de pie junto a las atracciones infantiles, todavía recobrando el aliento tras un ejercicio físico consistente en hacer malabarismos con los dados mientras recorrían la pista de obstáculos. Ya se le había secado el pelo (la ropa, aún no), y tenía las mejillas encendidas por el alcohol y las carreras—. Cada vez que cualquiera de vosotros tres me mire del cuello para abajo, tendrá que tragarse el resto de su cerveza. —Hizo una pausa con afectación, durante la cual Scott bajó la vista hacia sus pechos y se bebió alegremente el contenido de su lata—. Y luego Hudson tiene derecho a darle una bofetada.

—¡Una mierda! —exclamó Scott—. Yo no había oído la regla entera.

John miró a Hudson.

—Árbitro, ¿qué dices?

Richie intervino.

—Un momento, ¿y él por qué tiene derecho a mirarte?

—Porque, en primer lugar, él no está todo el rato devorándome con los ojos como si yo fuera un vídeo porno de Internet.

—¿Me estás diciendo que yo hago eso? —preguntó Richie, fingiendo indignación y traicionándose al mismo tiempo al lanzarle otra mirada furtiva.

—¡Ajá! Tú también lo acabas de hacer. ¡Trágate la cerveza y prepárate para recibir la bofetada! —Riéndose, sujetó a Hudson del brazo y lo arrastró hacia Richie y Scott—. En segundo lugar —aclaró, poniéndolos a los dos en fila y pasándoles las cervezas para que se las bebieran—, resulta que vuestro amigo me gusta. Por si no lo habíais notado, cuando os habéis presentado aquí, yo estaba a punto de demostrarle cuánto me gusta. Y ya que nos habéis interrumpido, se ha ganado el derecho de abofetearos.

Leila, algo tambaleante, volvió junto a Hudson y dio

otro sorbo de cerveza. Entrelazó los dedos con los del chico y quiso saber:

—Bueno, árbitro, ¿cuál es tu resolución?

Hudson miró a Scott y a Richie, que estaban tragándose obedientemente el resto de sus bebidas, y John asintió. Notó los dedos de Leila, entrelazados con los suyos, y cómo frotaba el pulgar con el suyo.

—Aceptado.

Justo cuando levantaba la mano para abofetear a sus amigos sonó un ruido entre los árboles. Todos se giraron en silencio, intentando descifrar si había sido producto de su imaginación o, simplemente, alguna alimaña. Volvieron a oírlo, esta vez con más claridad. Era una voz. John corrió al cobertizo y apagó el generador. La isla volvió a quedar sumida en la oscuridad. Los cinco contuvieron el aliento mientras los ojos se les adaptaban a la oscuridad. Hudson notó esta vez que Leila se le acercaba aún más y pegaba la cadera contra la suya.

Entonces surgió el haz de luz de una linterna entre los árboles del otro extremo del campo, en el lado opuesto al camino por donde habían llegado. Nadie se movió todavía.

—¿Será la policía? —susurró Richie.

Nadie le contestó. Permanecieron inmóviles hasta que apareció otra linterna, y otra.

—¡A la barca! —dijo Scott con una voz un poquito demasiado alta, y todos echaron a correr entre los árboles, riéndose por lo bajini, excitados ante la idea de una persecución.

Hudson y Leila se quedaron regazados. Corrían cogidos de la mano, ayudándose mutuamente a sortear las piedras y las ramas bajas. Él quería decirles a sus amigos que la barca era una mala idea. Pero ellos se habían distanciado, y no deseaba gritar, así que procuró apretar el ritmo. Leila sofocaba la risa a su espalda mientras él se esforzaba para no rezagarse todavía más. Y cuando ya creía que los había perdido, se tropezó con John.

—Nosotros los distraeremos —dijo este en voz baja—. No importa si nos atrapan. Lo que no voy a permitir es que pongas tu beca en peligro por entrar en una propiedad privada y acabar arrestado. Escóndete. —Echó a correr entre los árboles antes de que Hudson pudiera poner alguna objeción.

—Mierda —maldijo Hudson, mirando alrededor para ver qué dirección debían tomar. Pero antes de que pudiera decidirse, Leila le tiró del brazo y ambos rodaron por el suelo. Temiendo que ella se hubiera hecho daño, el chico pronunció su nombre para ver si estaba bien. Entonces sintió que Leila se apretaba contra él y que le ponía un dedo en la boca.

—¡Chist! Aquí estaremos a salvo.

6

Hudson aguzó el oído para captar algún ruido además de los latidos del corazón. Estaban los dos tumbados en el suelo: él recostaba la espalda sobre la tierra fría y Leila se apretujaba contra el cuerpo del chico. La piel de la muchacha era cálida y la respiración, pausada y profunda; desprendía un dulce aroma a alcohol. Apoyaba la cabeza en el hombro de Hudson, y todavía se cogían de la mano.

Se habían puesto a cubierto en un hueco formado por varios troncos caídos sobre un pequeño montículo: un hueco que resultó ser del tamaño justo para dos personas. Habían oído cómo los otros subían a la barca, y luego el chapoteo de los remos alejándose. Un momento después sonaron unos gritos amortiguados e ininteligibles. Más de tres voces, sin ninguna duda. Ellos decidieron permanecer escondidos un rato. Ya habían pasado quince minutos. Hudson llevaba el tiempo suficiente tumbado junto a ella como para haber olvidado el peligro, como para soñar con una vida que pudiera prolongarse así indefinidamente. Los días se sucederían igual que el día que finalizaba: el trabajo en el taller, la compañía de Leila... Cenarían con su padre en el patio trasero, sin nada urgente que decirse. Le habría gustado que todos los días pudieran ser así.

Al pensar en su padre, sintió una punzada de vergüenza y arrepentimiento por haberse escabullido de casa, por actuar furtivamente. Entonces Leila le apretó la mano, y todas sus reservas se disolvieron en el acto.

La hierba y las hojas húmedas se le pegaban en los brazos. Sonó el grito de una lechuza en algún rincón de la isla. Ella alzó la vista hacia él.

—Lo siento —se disculpó—. No pretendía mantenerte hasta tan tarde fuera de casa. Creo que ahora ya estoy en condiciones de volver a nado. Regresemos.

—No —replicó él—. No quisiera estar en ningún otro sitio. —Le deslizó el brazo por la espalda, posándole los dedos en la nuca, y le hizo un suave masaje.

Leila se arrastró todavía más cerca de él, reajustando la posición de la cabeza en el hombro de Hudson.

—¿No te preocupa la entrevista?

—No. Llegaré a tiempo. Ahora solo quiero estar contigo.

Leila se acurrucó contra él, poniéndole entonces la cabeza en el pecho y una pierna en el regazo. Cuando Hudson la rodeó con el brazo y se acomodaron bien entre sí, la sensación de bienestar le resultó tan abrumadora que creyó que se iba a quedar dormido ahí mismo. Mantuvo los ojos fijos en las estrellas hasta que estas le trajeron a la memoria la aurora boreal, momento en el cual miró a Leila.

Nunca hasta esa ocasión había hecho algo así, o sea, estar tan cerca de una chica. Pero aquello era algo que no se aprendía, algo para lo que no hacía falta estudiar. O, bueno, no exactamente. Era como arreglar un motor. Lo único que debías hacer era encontrar las piezas adecuadas, ponerlas juntas y mirar simplemente cómo encajaban con un clic.

Le recorrió la espalda con el brazo, deslizándole la mano bajo la camiseta, explorándole la piel con los dedos. Aunque era más bien como si la epidermis de Leila le señalara el camino, como si él no tuviera más remedio que trazarle la línea de los omóplatos, o reseguir el tirante del sujetador hasta llegar al cierre. Se demoró en ese punto un instante; después, siempre impulsado por la piel de la muchacha, le recorrió la cintura: los leves hoyuelos que se le formaban en ella, la suave curvatura de la cadera... Detuvo la mano ahí e introdujo la yema de los dedos en la cinturilla de los pantalones.

Cuánto tiempo duró aquello, no habría sabido decirlo. Pensó en su teléfono móvil, que había dejado en el coche, y se imaginó a su padre llamando y llamando inútilmente. Pero tener a Leila con él sofocaba todas sus inquietudes. Ella le pasaba los dedos por el pelo, junto a la sien, masajeándole el cuero cabelludo, o bien desplazaba la pierna; y Hudson sentía cómo se renovaba el contacto entre ambos, cómo surgía en otros puntos con toda su dulce intensidad. Mientras Leila estuviera allí, en lugar de irse al norte y alejarse de su lado, sería feliz.

—Cuéntame una historia —pidió ella, murmurando las palabras sobre su pecho, y Hudson sintió el movimiento de los labios pegándose y despegándose sobre su piel.

—¿Qué clase de historia?

—No sé. Cualquiera. Un cuento.

Iba a responder que no sabía ningún cuento, pero optó por decir sencillamente lo que sentía.

—Creo que esta es la mejor noche de mi vida. —Se calló, dejando que la brisa del río llenara el silencio mientras él ordenaba sus ideas—. Hasta ahora mi mejor momento había sido un día del año pasado cuando el viejo coche que mi padre y yo estábamos restaurando se puso por fin en marcha. O una vez, en el parque, cuando tenía cinco años. No recuerdo casi nada, excepto que me había caído y me había hecho daño. Y entonces, como por arte de magia, apareció mi padre y me cogió en brazos, como si yo no pesara nada. Recuerdo lo feliz y lo aliviado que me sentí.

»Pero esto —dijo, estrechándola aún más, si cabía,

para subrayarlo (y apenas podía: sentía cómo la piel de ella le llenaba los huecos entre las costillas, la concavidad de las caderas...)—, esto es el punto más culminante que he alcanzado.»

Dejó que transcurriera el tiempo, concentrado en la sensación de tenerla entre los brazos. Al cabo de un rato se inclinó y la besó en la coronilla. La besó con suavidad, no porque buscara nada, sino porque no podía contener más el impulso de hacerlo. Sin decir una palabra ella irguió la cabeza y, antes de que Hudson pudiera reaccionar, posó los labios en los de él.

Se besaron frenéticamente, como quienes han esperado para hacerlo mucho más de lo que debían. Sus cuerpos parecían entenderse espontáneamente; sus labios se separaban al mismo tiempo, sus lenguas se movían en perfecta sincronía, sus manos sabían cuándo entrelazarse entre ellas y cuándo explorar por su cuenta. Hudson no sabía qué era mejor, si tocarla o sentir cómo lo tocaba ella, aunque tampoco importaba.

Percibía vagamente el cielo nocturno, las estrellas innumerables, el murmullo del río... Mientras rodaban por tierra, Hudson notaba el suelo como algo ajeno a ellos, una presencia más fría que sus cuerpos, y de vez en cuando experimentaba la presión de un guijarro o el roce de unas hierbas. Pero aparte de esas sensaciones insignificantes, todo su mundo estaba ocupado por Leila.

Cuando dejaron por fin de besarse, ella se acurrucó junto a él, apoyándole de nuevo la cabeza en el pecho y volviendo a ponerle una pierna sobre el regazo. El chico tenía la certeza de que tenía cara de idiota, pero le daba completamente igual.

—¿Te puedo hacer una pregunta? —dijo Leila en voz baja. No era exactamente un susurro, sino el tono que Hudson siempre había imaginado que usaba la gente cuando estaba en la cama con alguien. Un tono cercano, íntimo, carente de esfuerzo.

—Claro.

Ella titubeó; le puso la mano en la mandíbula y la recorrió con los dedos desde el mentón hasta detrás de la oreja.

—¿Por qué quieres ser médico?

La pregunta lo pilló por sorpresa, no solo por el momento escogido, sino porque no recordaba que nadie se la hubiese formulado nunca.

—Humm. No sé. Lo quiero, simplemente. —Un mosquito pasó zumbando junto a su oído, y lo ahuyentó sin brío—. Creo que llevo tanto tiempo esforzándome para conseguirlo que ya no recuerdo el momento en que lo decidí.

—Bueno, avísame si lo recuerdas. —Le deslizó la mano por el pecho, le dio un beso en el esternón y, apoyándose sobre un codo, se incorporó y le estudió el rostro. Al cabo de un rato, preguntó—: ¿No te arrepientes de haber venido aquí conmigo?

—Ni una pizca. Me alegro de verdad de haberte conocido, y no quisiera estar en ningún otro lugar.

Leila le dirigió aquella sonrisa tan suya, que lo impulsaría a pasarse la vida —estaba seguro—, comparándola con las demás sonrisas; después lo besó, lenta y profundamente, no con la avidez de antes, pero con la misma calidez e intensidad.

—Muy bien. —Y volvió a acurrucarse, enterrándole la cara en el cuello.

Hudson notaba de vez en cuando el cosquilleo de un beso rápido: un beso, percibía, que ella no podía contener.

—Yo también me alegro de haberte conocido —dijo Leila—. Casi no puedo creerlo; ni que haya ocurrido tan pronto en mi viaje. Esperaba que sucediera algo fantástico. Pero esto, no.

—Algo… ¿como qué?

Ella cambió de posición, le besó el dorso de la mano.

—Ahora no importa. Ahora tengo esto.

Hudson reposaba una mano en la cintura de Leila; la otra la tenía entrelazada con la de la chica. Alzó la vista hacia las estrellas, al cielo de Misisipi, diciéndose que no quería moverse de allí. Le salió un suspiro de dentro: un suspiro tan hondo y gratificante que bien podría haber sido su primera bocanada de aire. Después, sintiendo el peso del cuerpo de Leila contra el suyo, incapaz de borrar la sonrisa de sus labios, cerró los ojos.

7

No lo despertó la luz del sol, sino el calor del día naciente y el sudor que le corría por la espalda. Hudson abrió los ojos con pánico y advirtió en el acto que habían desaparecido las estrellas y que el cielo se teñía de un tono morado propio del amanecer inminente: un amanecer que en otras circunstancias le habría parecido de una belleza sobrecogedora.

—Mierda. ¡Ay, mierda! Mierda, mierda. —Sacudió a Leila hasta que ella despertó adormilada—. Hemos de irnos, hemos de irnos ahora mismo. —La alzó con delicadeza por los hombros. Ella se apartó y observó cómo buscaba precipitadamente los zapatos que se había quitado por la noche.

—¿Qué hora es?

—Demasiado tarde. Tenemos que irnos —urgió él.

Calculó mentalmente cuánto habría de correr para llegar a tiempo a la entrevista. Leila apenas empezaba a incorporarse. Mientras ella se desperezaba bostezando, Hudson echó un vistazo a la orilla opuesta como si eso fuera a ayudarlo a reducir la distancia. Era una lástima que no tuviera tiempo de apreciar la belleza de la chica a la luz del alba.

—Por favor, Leila. Debemos apurarnos.

Esta vez él se zambulló en el agua primero y nadó lo

más rápidamente que pudo. Al llegar al otro lado, hizo todo lo posible para sacudirse el agua; luego ayudó a Leila a subir a la orilla. Confiaba en que la ropa se le secaría al cabo de un rato. Le abrió la puerta del coche a la chica, incapaz de saltarse ese hábito incluso en tales circunstancias. Rodeó corriendo el vehículo, se sentó al volante, buscó en la guantera y sacó su móvil. Estaba lleno de llamadas perdidas y de mensajes de voz de su padre. Eran las 7:15. Faltaban cuarenta y cinco minutos —y unos cien kilómetros— para la entrevista.

—Mierda —repitió metiendo la marcha atrás y volviendo al camino.

—No te preocupes, llegaremos —dijo ella posándole la mano en el muslo.

Él no respondió, pero puso un momento la mano sobre la de ella, se la apretó y volvió a colocarla en el volante. Mantuvo los ojos fijos en la aguja enloquecida del velocímetro, en los dígitos que iban desfilando en el cuentakilómetros... Un denso silencio se había instalado en el interior del vehículo.

Llegaron al campus de la Universidad de Misisipi, en Jackson. No era allí donde asistiría a las clases, pues aquello era el centro médico, pero el decano de admisiones había concertado en ese lugar la entrevista para que Hudson no tuviera que recorrer trescientos veinte kilómetros hasta Oxford. Había varios edificios, y él no sabía junto a cuál de ellos debía aparcar. Entró en el aparcamiento más cercano y confió en haber acertado.

El aparcamiento estaba lleno; la mayor parte de vehículos eran camionetas y coches viejos de segunda mano. Había un par de chicas con traje de enfermera en un banco, tomando café y charlando de sus cuitas como estudiantes de enfermería.

Hudson detuvo el coche junto al bordillo, justo delante de las enfermeras. No miró la hora para no confirmar sus temores.

—Corre —dijo Leila—. Aparcaré aquí y te esperaré hasta que termines. Buena suerte.

Él se bajó y echó a correr hacia el edificio más cercano. Aunque sabía, antes de llegar a las puertas, que era un esfuerzo inútil. Lo hacía porque su padre estaba ahí, observándolo desde el interior de su mente. Hudson llevaba unas ropas con las que no solo había dormido sino también cruzado a nado el río. Dos veces, además. Tenía la camisa algo húmeda aún y los vaqueros completamente empapados. Aun suponiendo que, milagrosamente, fuera ese el edificio correcto y que ya solo tuviera que buscar el despacho del decano, llegaría con retraso. Una primera impresión positiva no causaría, eso estaba claro. Su única esperanza era que el decano lo recibiera de todos modos y que él fuera capaz de expresarse con la brillantez suficiente para dejarlo impresionado, haciéndole olvidar su tardanza y su deplorable aspecto. En su actual estado, sin embargo, las probabilidades de que eso sucediera eran muy escasas. Había dormido muy pocas horas y todavía percibía el contacto de Leila metido en la piel.

Estaba a punto de empujar las puertas cuando vio un cartel con una flecha indicando que el Departamento de Admisiones se encontraba en el edificio contiguo. Soltó unas cuantas maldiciones y volvió atrás, pasando junto a las estudiantes de enfermería y captando un retazo de su conversación: «… fue absolutamente espantoso. Incluso exigí hablar con el encargado, y mira que yo nunca hago estas…».

En ese momento, mientras cruzaba el patio corriendo, advirtió que tenía los músculos doloridos —maravillosamente doloridos— después de pasar la noche con Leila.

Al fin, dobló una esquina y llegó a la entrada del edificio. Examinó el tablón de información y corrió por la escalera hasta el segundo piso. Sintió un ligero alivio al ver que no había nadie en el despacho, salvo la mujer sentada tras una mesa de recepcionista. Era una mujer gruesa, con aspecto de matrona; llevaba el cabello recogido en un moño. Al oírlo, alzó la vista de su libro y lo miró. Quizá fuera porque parecía la encarnación de la típica maestra, pero él pensó por un segundo que la conocía.

—Hola —saludó educadamente, procurando que no se notara que acababa de subir los escalones de tres en tres—. Me llamo Hudson y tengo una cita con el señor Gardner. Una entrevista. —Carraspeó un poco y entrelazó las manos delante, como si así pudiera tapar sus ropas.

La mujer suspiró, dejó el libro en la mesa y se volvió hacia la pantalla del ordenador. Movió el ratón un poco y pulsó una tecla hasta que el monitor cobró vida.

—Humm —dijo tras un instante—. Llegas tarde.

Hudson asintió, esforzándose por parecer avergonzado.

—Lo sé. Lo lamento muchísimo. Me disculparé ante el decano. No tengo excusa.

—Demasiado tarde —dijo ella, volviendo a suspirar—. Lo siento, cariño. El decano ha esperado veinte minutos. Pero tenía que asistir a una reunión en la otra punta del campus.

Hudson bajó la cabeza, avergonzado. Permaneció así un momento, pensando a marchas forzadas, hasta que la recepcionista le preguntó si se encontraba bien.

—Ha de haber alguna solución —contestó él—. ¿Cuándo tiene el próximo hueco libre? Aprovecharé lo máximo posible el tiempo que pueda dedicarme.

La mujer meneó la cabeza tristemente, arqueando las cejas. Se giró hacia la pantalla e hizo un gran alarde de revisar los horarios que tenía delante.

—Tú eras su última reunión aquí. Ahora está en el otro extremo del campus, como te he dicho, después tiene un almuerzo con el presidente de la facultad y, al terminar, regresará directamente a Oxford en coche. No puedo hacer nada.

Abatido, Hudson dio media vuelta. Cruzó el patio lentamente, mientras imaginaba cómo podría explicarse ante su padre. Las dos estudiantes seguían charlando en el banco; el humo se elevaba de sus tazas de café, denso como la humareda de un tren accidentado. Leila había aparcado al fondo del aparcamiento, situando su coche rojo en dirección contraria al campus. Estaba sentada sobre el capó con las piernas cruzadas, contemplando la carretera, por donde apenas pasaban coches, como cabía esperar en un sábado por la mañana. Parecía cansada, pero feliz. Tenía un ligero moretón en el punto donde el esternón se une al cuello, un chupetón en el que Hudson no había reparado hasta ahora, entre la agitación y las prisas.

Ella advirtió al fin su presencia y se bajó del capó.

—¿Qué ha pasado?

—No he llegado a tiempo.

Leila le rodeó el cuello con los brazos y lo atrajo hacia sí.

—Mierda. Lo siento.

Era raro: Hudson reconocía la calidez del abrazo, pero no se sentía reconfortado.

—Quizá puedas volver a concertar la entrevista.

Él la abrazó un momento y enseguida se separó de ella.

—No, no puedo volver a concertarla. No me he presentado a la entrevista más importante de mi vida. —Tenía ganas de darle un puñetazo al coche.

—Quizá si…

—¡No, Leila, no, maldita sea!

La aspereza de su voz les sorprendió a ambos. Hudson se volvió hacia la carretera, dándole la espalda a Leila, evitando su cara preciosa y la expresión que la estuviera deformando ahora —ya fuera de tristeza, consternación o incredulidad—, para que no debilitase la rabia que deseaba sentir.

Una carcajada resonó en el aparcamiento. Hudson se

giró y vio a una de las enfermeras con la cabeza hacia atrás, mondándose de risa. La más gruesa hablaba con excitación y la otra se tronchaba y agitaba la mano, como pidiendo un respiro.

Descubrió que se estaba mordiendo el pulgar, un hábito nervioso que, normalmente, se esforzaba en evitar, porque aborrecía los pequeños grumos de piel mordisqueada que quedaban. Esta vez no se reprimió. Al cabo de un rato, Leila se acercó, se situó frente a él, de manera que no podía rehusar mirarla, y le dio un beso en la mejilla. Hudson no pensaba más que en aquella oficina vacía, donde él debería haber estado sentado en ese momento, con la espalda recta, sosteniendo la mirada de su interlocutor, proyectando seguridad y auténtico interés en su formación, en fin, todas esas cosas que las páginas de «preguntas más frecuentes» de Internet le habían enseñado.

—Vamos —dijo tras un instante—. Tengo que contárselo a mi padre.

Leila entornó los párpados hasta que solo quedaron a la vista los iris verdes y las pupilas negras que armonizaban con su cabello. Hudson bajó la mirada al suelo, concentrándose en la línea donde terminaba el pavimento y empezaba la hierba. Le vino a la cabeza la historia de los dos hormigueros que ella le había contado. Rodeó el coche en silencio, se subió a él y se sentó frente al volante. Leila aún no se había movido siquiera.

Encendió el motor antes de que ella se hubiera subido, cosa que hizo lentamente. Cuando se sentó al fin, el ambiente adquirió una sensación simultánea de pesadez y fragilidad. Permanecieron callados; solamente se oía el ruido del motor y el chirrido de los neumáticos cuando Hudson reducía la marcha para tomar una curva. Resultaba palpable que, si cualquiera de los dos hablaba, algo se rompería. Él ajustó bien el retrovisor para no tener que mirar hacia Leila. Conducía con brusquedad, dando acelerones y frenazos, tomando las curvas violentamente. «Conducir con furia —dijo la voz de su padre en su interior— es lo más peligroso que se puede hacer en la carretera.»

Cuando llegaron a las inmediaciones de su casa, vio que el Camaro negro estaba todavía en el sendero, reluciendo bajo el sol matinal como si acabaran de lavarlo y encerarlo. Hudson aparcó el coche de Leila junto al bordillo y dejó un momento el motor al ralentí. Asió con fuerza el volante, tratando de liberar toda la tensión de sus dedos. La pierna izquierda se le agitaba nerviosamente contra la puerta, lo que provocaba un irritante traqueteo en el coche.

¿Quién demonios era aquella chica preciosa que había irrumpido en su vida como un tornado y se había llevado por delante todo cuanto había conocido hasta entonces?

—Lo único que tenía que haber hecho era no salir de casa —dijo mirando por la ventanilla—. Dormir un poco y presentarme allí a la hora. Era muy fácil. Podríamos habernos quedado en mi habitación. Podríamos..., no sé. ¿Por qué tuvimos que ir a la isla ayer, precisamente?

Notó los ojos de Leila fijos en él.

—Tu padre es buena persona. Lo comprenderá.

—No importa si lo comprende —exclamó Hudson alzando la voz—. Quizá acabo de arruinar mi futuro. ¿No lo entiendes? Esta era mi oportunidad para conseguir una beca completa. Ahora es imposible que me la concedan.

Ella extendió el brazo y puso la mano sobre la suya, pero él la mantuvo rígidamente sobre el volante; tenía los nudillos lívidos.

—Siento que haya ocurrido esto. Pero ¿no ha valido la pena? Ha sido la mejor noche de tu vida, ¿no?

Dentro de unos minutos, su padre saldría por la puerta para ir a trabajar. Se le encogió el estómago de puro remordimiento, porque aquel hombre se pasaba la vida en el taller, pensando en el futuro de su hijo, pero él había desbaratado todo ese esfuerzo simplemente por una chica. Agachó la cabeza, como si así la vergüenza fuera a desprenderse de su piel.

—No sé —dijo volviéndose hacia ella—. Resulta difícil verlo de ese modo ahora.

Los ojos de Leila destellaron a la luz del sol naciente. ¿Qué derecho tenía a ser tan hermosa en un momento como aquel?

Un coche se acercaba por el fondo de la calle. Hudson escuchó el motor: un V6, al menos, en buena forma. Habría deseado que se hubieran quedado en casa, que se hubieran dormido sobre su colcha y él habría despertado a tiempo, con la ropa arrugada, sí, pero sin ningún margen para dudar sobre si esa había sido, o no, la mejor noche de su vida. La realidad, en cambio, era que esa mañana de resaca había contaminado su noche con Leila.

—Yo no te retuve en la isla —dijo ella con voz suave y tranquila—. Fuiste tú.

—¿Qué demonios dices? —replicó Hudson—. Y lo de quedarte con el coche aparcado delante de mi casa, ¿eso qué? ¿Cómo no iba a salir corriendo a buscarte? Tampoco teníamos por qué cruzar el río a nado. Eso fue idea tuya. Podríamos haber ido con la barca; haber llevado los móviles y puesto la alarma. No teníamos por qué pasar allí toda la noche. Tú sabías que yo tenía la entrevista.

—Tú lo sabías mejor que yo, Hudson. —Leila puso los pies en el salpicadero, con las rodillas pegadas al pecho—. Si quieres fingir que yo dirigía el cotarro anoche, adelante. Pero los dos sabemos la verdad.

—¿Ah, sí? ¿Y cuál es?

—Que fuiste tú quien decidió quedarse en la isla conmigo. Habríamos podido regresar nadando. Yo incluso te pregunté si era aquello lo que querías. —Hudson no pudo resistir más la mirada de Leila y se volvió hacia la ventanilla, donde se encontró con su propio reflejo—. «No quisiera estar en ningún otro sitio», dijiste.

—No recuerdo haber dicho esa frase. —La pierna de Hudson seguía repicando contra la puerta, y el irritante traqueteo se oía durante las pausas de la conversación, impidiendo que el silencio se adueñara del interior del coche—. Y si lo dije, fue sencillamente porque no pensaba con claridad.

Leila contuvo bruscamente el aliento, como si se le hubiera atascado, y el mentón le tembló de un modo casi imperceptible.

Afuera, la señora Roberson paseaba a sus chihuahuas gemelos, *Bowser* y *Nacho*. Los dos perros movían aceleradamente las patitas para mantener el paso de su dueña. La mujer, que iba con un chándal de color rosa y se había recogido el cabello en una coleta, saludó jovialmente a Hudson. Él alzó la mano para devolverle el saludo y sintió que la tensión de los dedos se le aflojaba.

—Tú sabías perfectamente lo que hacías, Hudson —insistió Leila siguiendo con la mirada a *Bowser* y *Nacho*—. Yo creo que estabas buscando una excusa para perderte la entrevista. Y también creo que esto ha ocurrido por algún motivo y que, en cuanto dejes de tener pánico a reconocer lo que quieres de verdad, verás que quizá ha sido por tu bien.

Hudson soltó un bufido burlón.

—Pero ¿qué dices? Sin la beca, no puedo permitirme ir a la universidad. Y sin universidad, no tengo puto futuro. —Le asombraba que la chica que tan bien lo había comprendido el día anterior, ahora pareciera no entenderlo en absoluto.

Leila apartó los pies del salpicadero, volvió a meterlos en las chanclas y se irguió en el asiento.

—Deja ya de mentirte a ti mismo. Tú no quieres ir a la universidad, Hudson.

—Pero si ni siquiera me conoces, Leila. ¿Qué te hace pensar que sabes lo que quiero?

Ella dio un empujón a la puerta del coche y se giró para

poner los pies en el asfalto, dándole la espalda a Hudson. Los sonidos de la mañana entraron en el interior del vehículo: el gorjeo de los pájaros, el zumbido de los insectos, la risa de un par de críos en alguna parte...

—Te he oído hablar de esta ciudad como si fuera lo único que amaras, aparte de arreglar coches. La gente se pasa la vida entera sin descubrir qué espera exactamente de la vida. Tú ya lo tienes; y los planes que habéis hecho tu padre y tú te lo van a arrebatar. —Se llevó una mano a la cara, pero Hudson no podía ver lo que hacía con ella—. Permitiste que nos quedáramos dormidos en la isla porque es aquí donde quieres quedarte. Tú no solo te referías al hecho de estar allí conmigo. Te da miedo dejar Vicksburg y abandonar a tu padre.

El chico se quedó sin aliento. Abrió la puerta de su lado y puso los pies sobre el bordillo, de manera que se daban la espalda mutuamente, como un viejo matrimonio situado en los lados opuestos de la cama.

—No sabes de qué hablas.

Hudson salió del coche y cerró la puerta violentamente. Pensaba irse airado, pero las piernas no le respondieron. Se apoyó de espaldas en el vehículo fijando la mirada en la puerta de su casa, sobre cuya esterilla yacía el periódico enrollado, con algunas páginas arrugadas por el impacto recibido al chocar con la pared. Pasó un momento respirando hondo para recobrarse, notando las piernas todavía inútiles. Entonces oyó el ruido de las chanclas de Leila aproximándose.

No habría sabido decir qué sentía al ver que estaba llorando, si deseaba consolarla y secarle los ojos, o si quería que siguiera derramando lágrimas: cada una de ellas, una prueba de que él no era el único que estaba en falta. Había otra parte de él que sentía tal vez cierto orgullo por el hecho de importarle a Leila lo bastante como para que llorara. ¿Cómo era posible que existieran todas esas cosas simultáneamente en su interior, y que no lo desgarraran, lo despedazaran y lo convirtieran en un montón de escombros sobre la acera?

—Vale, de acuerdo. Yo lo he enredado todo —asumió Leila plantándose delante de él—. ¿Qué puedo hacer para arreglarlo?

—No puedes hacer nada —contestó Hudson con una voz más serena de lo que él mismo esperaba, que le recordó la voz de su padre—. Quizá deberías marcharte, simplemente.

Se había levantado un poco de viento, y les llegó una ráfaga de aire fresco. Hudson se dio cuenta de que los dos despedían el olor del río, de la tierra sobre la que habían dormido, el olor de la noche anterior... ¿Durante cuánto tiempo el olor y el sonido del río le traerían el recuerdo de Leila?

Ella tenía los ojos enrojecidos, más de lo que debiera, puesto que solamente se le habían escapado un par de lágrimas; le habían dejado, sin embargo, dos regueros húmedos en las mejillas. O quizá los tenía rojos de tanto reprimir las lágrimas. Inspiró hondo, emitiendo un leve silbido.

—De acuerdo. Me voy.

Lo abrazó bruscamente, demasiado deprisa para que él pudiera impedírselo. Hudson notó la humedad de las lágrimas en el cuello, y al soplar de nuevo el viento, le enfrió esa zona proporcionándole una sensación gélida, como si se le congelara.

Sin decir una palabra más, Leila le dio un beso en la mejilla y lo apartó para sentarse al volante. El motor sonó bien al arrancar: en plena forma, a punto para seguir el viaje. Hudson la vio forcejear con el cinturón y ponerse en marcha. Ella se volvió a mirarlo con una expresión rota. El sol se reflejó en la ventanilla, y él ya no pudo seguir viendo el interior del vehículo, aunque tampoco importaba, porque para entonces ya se alejaba calle abajo.

La chica con la que había pasado la mejor noche de su

vida se había ido, había partido en dirección norte, a saber hacia dónde exactamente. Permaneció en la acera unos minutos, contemplando el bloque de pisos, las casas tan conocidas, los senderos iluminados por el sol matutino. Se demoró allí, como esperando que ocurriera algo más. Después dio media vuelta y se dirigió a su casa, decidido a sacarse a aquella muchacha de la cabeza.

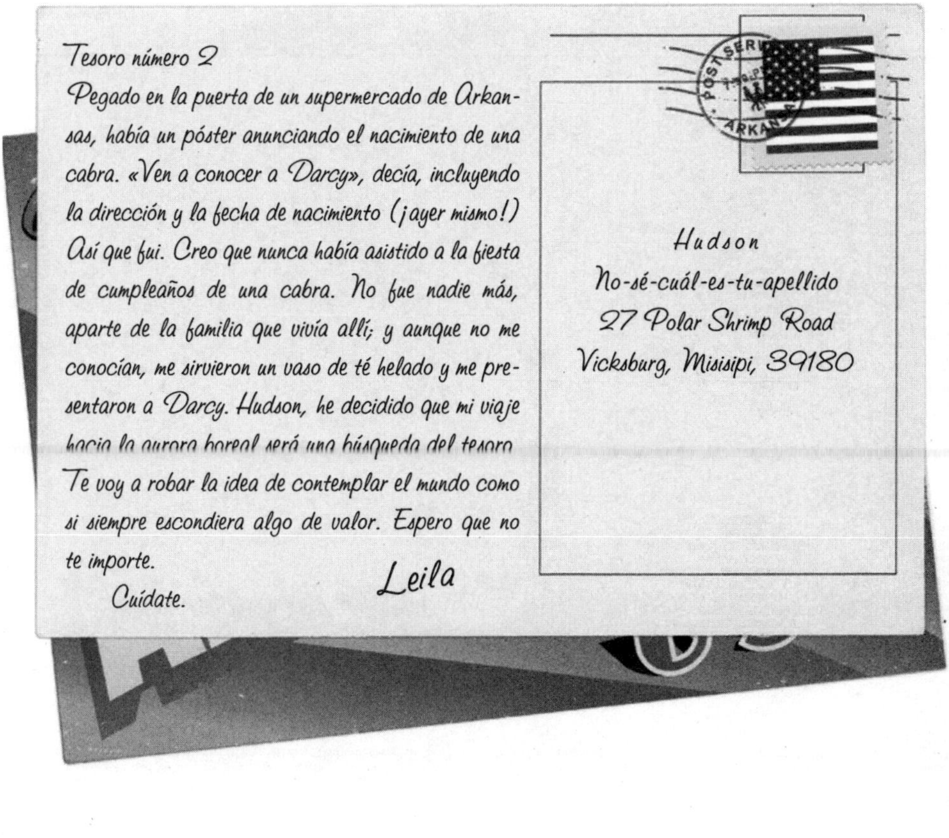

Tesoro número 2

Pegado en la puerta de un supermercado de Arkansas, había un póster anunciando el nacimiento de una cabra. «Ven a conocer a Darcy», decía, incluyendo la dirección y la fecha de nacimiento (¡ayer mismo!) Así que fui. Creo que nunca había asistido a la fiesta de cumpleaños de una cabra. No fue nadie más, aparte de la familia que vivía allí; y aunque no me conocían, me sirvieron un vaso de té helado y me presentaron a Darcy. Hudson, he decidido que mi viaje hacia la aurora boreal será una búsqueda del tesoro. Te voy a robar la idea de contemplar el mundo como si siempre escondiera algo de valor. Espero que no te importe.

Cuídate.

Leila

Hudson
No-sé-cuál-es-tu-apellido
27 Polar Shrimp Road
Vicksburg, Misisipi, 39180

BREE

1

Lo que nunca conseguía soportar Bree era el tiempo muerto entre una aventura y otra. Cuando vivía en Reno, el tiempo no tenía ningún valor, así que no importaba derrocharlo. Ahora, en cambio, en su nueva vida, cada momento de inacción le resultaba asfixiante, un tiempo perdido. Pero por mucho que deseara ponerse en marcha, ahí estaba, caminando por la cuneta de una autopista en Kansas, dando patadas a las matas de hierba, ya que no había ningún guijarro a la vista. Aguardó, aburrida, a que pasara otro coche para extender el pulgar.

La correa del bolso de lona se le clavaba en el hombro. Se la cambió de lado y examinó las marcas estriadas que le había dejado en la piel. No sabía si se le había enrojecido a causa de la correa o por el sol que le había dado todo el día. El bolso no era muy pesado (ella nunca iba demasiado cargada, pues se había prendado de la idea de viajar ligera de equipaje), de modo que supuso que tenía la piel roja a causa del sol. Corrió la cremallera del bolso y sacó una de las tres camisetas que poseía, una sin mangas de un tono verde fluorescente, y se la puso en la cabeza para no quemarse la cara.

Dio un sonoro suspiro y levantó la vista hacia el sol, como si él tuviera la culpa de que no pasaran coches. Ahí estaba, tan ligera como una pelusa de diente de león, dispuesta a dejarse llevar por el viento. Y, sin embargo, no sucedía nada.

Finalmente, un brillo plateado surgió a lo lejos, avanzando hacia ella. Extendió el pulgar e incluso se inclinó un poco hacia delante, por si así se le veía mejor el escote. Confiaba en que no fuese un camionero. Los camioneros a veces eran simpáticos, pero demasiado a menudo resultaban ser tipos horripilantes: debido a ellos, había aprendido a llevar siempre encima un cuchillo de cocina.

El ruido de los neumáticos sobre la calzada le sonó a música celestial. Contuvo el aliento cuando el turismo apareció ante su vista, pero el conductor no dio ninguna muestra de reducir la velocidad y, en unos segundos apenas, los neumáticos habían pasado zumbando junto a ella.

Bree maldijo la ráfaga de viento que había levantado el coche al pasar, arrebatándole la camiseta verde de la cabeza y arrojándosela sobre el asfalto. Se agachó rezongando para recogerla. Tan abstraída estaba que casi no vio venir al segundo coche. Se apresuró a incorporarse, extendió otra vez el pulgar, y el turismo redujo la marcha casi en el acto, aunque los frenos no emitieron propiamente un chirrido sino un gorjeo audible a pesar de la música que salía atronando del interior del vehículo. Era un modelo viejo y bastante chungo; lucía una pintura roja que pretendía ser reluciente, aunque se acercaba más bien al color de la sangre seca. Hasta los tapacubos estaban pintados de rojo oscuro.

Bree se situó a la altura del coche en un par de zancadas y se agachó para mirar por la ventanilla bajada del acompañante. Le sorprendió ver que lo conducía una chica más o menos de su edad. Raramente veía a otros adolescentes en la carretera, y mucho menos solos.

—¿A dónde vas? —gritó la conductora para superar el volumen de la música, que no se había molestado en bajar.

—A cualquier parte —respondió Bree, tal como había venido haciendo una y otra vez: la respuesta perfecta del nómada. Echó un vistazo por el interior el coche: té helado en el sujetavasos, tiques esparcidos por el salpicadero, una bolsa atada a la palanca de cambio, llena hasta los topes de botellas de plástico vacías y envoltorios de comida rápida. También el interior del vehículo era rojo, pero ahí sí lograba ser un rojo reluciente y parecía casi nuevo. La tapicería era roja, el volante era rojo; incluso el líquido olvidado de la botella de Gatorade que había tirada por el suelo era rojo.

—Perfecto —dijo la chica indicándole que subiera.

Bree así lo hizo, dejando el bolso de lona en el asiento trasero. Notó que el corazón le latía con más brío, con esa conocida energía que proporciona la adrenalina y el movimiento. Era como si su corazón no solo estuviera enviando sangre por todo el cuerpo, sino expulsándole la inmovilidad del organismo.

La conductora pareció estudiar un segundo la carretera que tenía por delante, como retándola a pararle los pies.

—Me llamo Leila —dijo.

—Bree.

Leila asintió. El coche arrancó y el viento, entrando a raudales por la ventanilla abierta, liberó algunos mechones de la coleta de Bree: mechones correosos, casi convertidos en rastas a lo largo de sus nueve meses de vagabundeo, que ahora le azotaban la nuca requemada por el sol y le bailaban salvajemente sobre los ojos.

Tras uno o dos kilómetros, cuando concluyó la canción que sonaba en el estéreo, Leila bajó el volumen y subió la ventanilla hasta la mitad.

—Bueno, ¿cuál es tu historia?

—No tengo ninguna historia —respondió Bree, que, debido al ruido del motor, todavía había de gritar para que se la oyera.

—Todo el mundo tiene una historia —replicó Leila recogiéndose las negras trenzas por detrás de la oreja, aunque las ráfagas de aire se las volvían a liberar. Esa manera de llevar el pelo al viento dio pie a que Bree se sintiera en cierto sentido conectada con aquella chica.

—Bueno, entonces mi historia es… —Señaló la autopista—. Ya me entiendes. Esto. Estar en marcha. La carretera.

Leila se volvió para mirarla, apartando los ojos de la calzada tanto tiempo que Bree se puso nerviosa.

—¿Te has escapado de casa?

Pasaron un rótulo que indicaba que faltaban ochenta kilómetros para Kansas City. Bree asintió levemente. Cerró los ojos, concentrándose en la sensación del viento en la piel. No culpaba a aquella chica por habérselo preguntado, puesto que ella misma se había hecho esa pregunta al conocer a otras personas, pero aun así no soportaba que se lo plantearan. Sobre todo porque, por más que adornara los detalles de su marcha, por mucha experiencia de la vida que hubiera adquirido desde entonces, la verdad esencial era muy sencilla: sí, se había escapado. Como le ocurría muy a menudo en los momentos de silencio, le vino a la cabeza el recuerdo de su hermana, Alexis. Abrió los ojos.

—¿Y qué me dices de ti? —inquirió—. ¿Cuál es tu historia?

—Voy al norte —dijo Leila, como si eso lo explicara todo.

—¿Y ya está? No es que sea una gran historia.

Leila se volvió hacia ella: unos ojos verdes y tan llenos de vida que Bree casi sintió celos de lo que debían de haber visto.

—Tengo que ir a Alaska. Padezco una extraña dolencia por la cual no puedo pasar mucho tiempo lejos de los polos magnéticos; de lo contrario, mi cuerpo se descompone.

Bree se removió incómoda en el asiento, poniéndose

tensa. Lidiar con enfermedades no se le daba bien. Ya había tenido que hacerlo demasiado tiempo con las de sus padres. Y, de repente, Leila sonrió. Bree se relajó, aliviada.

—No fastidies. Casi te había creído.

Leila se inclinó sobre el volante, sacudida por la risa.

—Vaya, no creía que te lo fueras a tragar. Yo no suelo mentir bien. —Sofocó la risa, y añadió—: Mira, voy a Alaska a ver la aurora boreal. Quiero sacar unas fotos para el portafolio de arte de la universidad.

Bree asintió y contempló por la ventanilla el cielo del Medio Oeste. A veces sentía como si ese cielo se la fuera a tragar. La música que salía por los altavoces era rápida, rebosaba de una energía que reverberaba en su interior y que desentonaba, en cambio, con aquel paisaje tan vacío.

—Qué guay. ¿La has visto alguna vez?

—Solo en fotos. ¿Y tú?

Bree dejó de mirar por la ventanilla.

—Sí, cuando era pequeña. En Europa. —Era un recuerdo muy tenue, en el que la visión de la aurora boreal quedaba anulada por la presencia de sus padres. Ni siquiera recordaba si había sido en Suiza o en Dinamarca donde la había visto; tampoco recordaba cómo olía entonces su madre: si su aliento desprendía olor a café o como si su piel desprendiera fragancia a jabón. A menudo lamentaba no haber prestado más atención a esos detalles antes de que el olor a enfermedad lo invadiera todo—. Pero no lo recuerdo demasiado bien.

—Humm —murmuró Leila, ensimismada. Se llevó una mano a la boca y se mordisqueó abstraídamente el pellejo entre el pulgar y el índice.

—¿Cuánto llevas en la carretera? —preguntó Bree.

—Estoy empezando el viaje. Cuanto más próximo está el final del verano, más posibilidades hay de ver la aurora boreal; por eso voy despacio —explicó Leila moviendo las manos sobre el volante—. ¿Y tú?

—Ah, ya llevo unos meses, creo. Cuesta conservar la noción del tiempo después de unas semanas. Y es eso en cierto modo lo que me gusta.

—¿Por qué?

—Cuando ya no tienes motivo para pensar en días laborables ni fines de semana, te das cuenta de que todos los días son prácticamente iguales. Y eso, no sé, te da una libertad especial para hacer lo que quieras. Es mucho más fácil aprovechar el día que aprovechar un jueves. El jueves tienes recados pendientes; el jueves vuelves a comer pizza; el jueves ponen tu programa favorito, ¿entiendes? En cambio, el día… —dijo gesticulando para subrayar la importancia de la idea—. El día es solamente una serie de horas en las que estás viva. Y que pueden llenarse con cualquier cosa. Con lo inesperado, con locuras, incluso con cosas medio ilícitas. —Le echó una mirada para calibrar su reacción—. No sé si me entiendes.

Leila apartó la vista de la calzada un momento para mirarla con aire comprensivo.

—Sí, me parece que entiendo lo que quieres decir —dijo volviéndose de nuevo hacia la carretera—. Aprovechar el jueves.

Pasó un rato. Sonó una canción nueva, otro estallido de energía y animación. Bree buscó en el bolso de lona que estaba en el asiento trasero, sacó unas barritas de cereales y le ofreció una a su compañera, que la aceptó con un «gracias».

Cuando terminó de comerse una, Leila metió el envoltorio en la bolsa sujeta a la palanca de cambio, y dijo:

—¿No crees que es más fácil decirlo que hacerlo? Todo eso de aprovecha el momento… La filosofía del *carpe diem* es muy conocida, pero si fuese más fácil ponerla en práctica no haría falta que nos la recordáramos unos a otros continuamente.

Bree se echó a reír.

—Sí, supongo que es verdad. —Se recogió el apelmazado cabello detrás de la oreja; pero fue inútil, porque las guedejas volvieron enseguida a ondear al viento—. Has de tener algo que te lo recuerde constantemente. Yo, en realidad, no necesito decirme que he de aprovechar el momento. Solo que, cuando no lo hago, me siento como si estuviera desintegrándome poco a poco, o algo así. Es como un picor en el alma; y si no vivo mi vida activamente, no desaparece.

—¿Ah, sí? Y en tu caso, ¿qué te lo recuerda?

—Mis padres muertos. —No quería que la conversación tomara un giro deprimente, pero aquella era la única cosa sobre la que nunca podía mentir.

—Lo siento. —Tras un instante, Leila explicó—: A mí es esa rara enfermedad degenerativa la que me recuerda que he de aprovechar el momento.

—Venga ya.

—Dime, ¿cómo sabes cuándo estás viviendo activamente tu vida? ¿Serías capaz de escribírmelo en una receta?

Bree volvió a reírse. Estaba encantada de que no la hubiera recogido aquel turismo plateado.

—No existe una fórmula. O lo estás haciendo, o no. Yo solo sé que a veces me pica el alma y a veces, no. Esto, por ejemplo. Esta conversación. Ahora mismo, circulando hacia Kansas City o hacia donde demonios vayamos, hablando de estas cosas… Si tuviera que morir ahora, no lo haría del todo apenada.

Leila se limitó a asentir. El zumbido de los neumáticos que las llevaban por la autopista, y el aullido del viento que lanzaba ráfagas contra el avance del coche, ahogaron la música un instante. Afuera, el mundo se componía solo de tres colores: el amarillo de las altas hierbas resecas por el estío sin lluvias, el azul intenso del cielo y el trazo negro de la calzada, que parecía trepar directamente hacia la esfera celeste.

Sin decir nada más, Leila giró el dial del volumen y lo subió al máximo mientras aceleraba por la autopista. Sonrió salvajemente y tamborileó con los dedos en el salpicadero. Cuando el estribillo de la canción estalló con estrépito, ella se puso también a cantar, aullando cada palabra como si el mundo entero tuviera que oírlas. Bree hizo lo mismo, improvisando sobre la marcha hasta que logró descifrar la letra.

2

Bree se despertó con un sobresalto. Estaban deteniéndose en una estación de servicio.

—*The Trapeze Swinger,* de Iron and Wine —dijo Leila desabrochándose el cinturón—. Es imposible aguantar despierta la canción entera, por poco cansada que estés.

Bree estiró los músculos, con la intención de desperezarlos todos de golpe.

—¿Cuánto rato he estado dormida?

—No mucho; una media hora. —Leila paró el coche frente a uno de los surtidores—. Perdona por despertarte. Hay que poner gasolina.

—Nada, ya está —contestó Bree, parpadeando para despejarse de una vez—. Detesto dormirme. Siempre tengo la sensación de que me estoy perdiendo algo.

Leila se bajó y aguardó apoyada en el vehículo mientras el depósito se llenaba. Bree también se bajó y fue a colocarse a su lado, guiñando los ojos bajo el sol de mediodía. Echó un vistazo a la gasolinera. Advirtió que era igual que una de Reno, incluidos los árboles circundantes y la luna de cristal llena de rayaduras. Ella y Alexis solían parar allí a comprar chucherías para meterlas en el cine de tapadillo. Eso había sido hacía años, cuando Alexis había empezado a conducir y su padre ya estaba enfermo; o sea, antes de que su hermana conociera a

Matt, su prometido. Pastillas Skittles con sabor a fruta y patatas fritas. Siempre lo mismo.

—Ya sé lo que quieres decir —dijo Leila, y volvió a mordisquearse el pellejo entre el pulgar y el índice—. ¿Quieres algo de la tienda?

—Voy contigo —contestó Bree. Dejó que Leila fuera delante, cogió el bolso del asiento trasero y se lo echó al hombro. Pasaron junto a un tipo de veintitantos años que estaba manipulando el lector de tarjetas de crédito del surtidor automatizado y que se volvió a mirarlas. Bree casi percibió físicamente la expresión idiota y provocadora de su mirada. Reprimió el impulso de arrojarle algo a la cabeza y entró en la tienda.

El empleado era un hombre alto con bigote. Debía de haber tenido una complexión atlética, pero su mejor época ya había pasado. Les echó un vistazo indiferente y volvió a concentrarse en el pequeño televisor que tenía junto a la caja.

Leila inició la marcha hacia el fondo de la tienda, que estaba totalmente ocupado por refrigeradores llenos de bebidas. Bree se situó junto a ella, con los brazos cruzados, y miró hacia atrás para comprobar si el empleado seguía distraído. Corrió la cremallera del bolso de lona y se lo pasó al lado derecho, donde estaba Leila. Luego abrió la puerta del refrigerador y, con rapidez pero con naturalidad, metió dos botellas de agua y una lata de té helado en el bolso. Cerró la puerta sin ruido y, apartándose del refrigerador, cruzó otra vez los brazos.

Leila se pegó más a su compañera, sin apartar los ojos de las bebidas que tenía delante. Bree observó que ella era bastante más alta; quizá le sacaba unos quince centímetros. También estaba más delgada, después de todos los meses que llevaba en la carretera; y tenía la piel más morena, curtida por el sol, y tal vez no demasiado limpia. Leila se inclinó hacia ella con una sonrisita.

—¿Y eso?

—Tengo un picorcillo en el alma. ¿Has birlado alguna vez en una tienda?

—No. Lo cierto es que no.

—Quizá suene idiota, pero es emocionante.

Leila no parecía demasiado convencida y echó un vistazo al empleado.

—Aprovechar el momento no siempre implica hacer algo valioso —se defendió Bree deslizando otra lata de té en el bolso—. A veces consiste simplemente en permitirte un capricho estúpido que te haga sentir viva.

Leila se encogió de hombros, en plan: «¡Por qué no, qué demonios!», y se acercó al refrigerador que Bree tenía delante. Dándole la espalda al empleado, introdujo en él la mano a ciegas y, sacando lo primero que encontró, lo metió enseguida en el bolso. Los ojos se le agrandaron de pura excitación.

—¿Lo notas? —preguntó Bree.

Leila susurró de un modo quizá demasiado audible:

—¡Cojamos más cosas!

Se agenciaron un par de refrescos y una bebida energética. Por su parte, Bree cogió una botella pequeña de agua para salvar las apariencias. El empleado parecía ausente o, simplemente, ya le daba todo igual. Manteniendo una expresión impávida, las dos chicas se acercaron a la sección de barritas de chocolate, que resultaron ser incluso un poco demasiado accesibles; cabían perfectamente en la palma de la mano y los envoltorios estaban tan ajustados que no crujían. Afanaron un par de puñados, y Bree los envolvió dentro del bolso con una de sus camisetas.

Doblaron la esquina. Bree casi se dio de morros con el expositor de patatas fritas. Eso sí que era un desafío. Aquel pasillo era el que estaba más cerca del empleado, y la mayor parte de él quedaba a la vista si al tipo se le ocurría alzar los ojos. Eso sin contar con el crujido de las bolsas de patatas nada más tocarlas, como si se les disparara una alarma. A todo esto, en el caso de Bree se añadían aquellos recuerdos de hacía un montón de años, cuando ella y Alexis iban al cine juntas y trataban de sacar las patatas de la bolsa sin ruido, con un cuidado infinito, como en una operación a corazón abierto.

Hacía mucho tiempo que el bolso de lona no le pesaba tanto. La correa, tensa bajo el cargamento de víveres robados, le estaba reavivando el escozor de la piel quemada por el sol. Leila se agachó, fingiendo que se ataba los zapatos, y metió en el bolso unos paquetes de cecina y de pipas de girasol. Bree sostuvo un paquete de ositos de goma, como si estuviera leyendo la etiqueta. Oyó un ruido y echó un vistazo al empleado, que había sacado el móvil y estaba buscando entre la lista de sus contactos o sus mensajes, como suplicando que alguien viniera a rescatarlo de su aburrimiento. El tipo levantó la vista y las observó; su mirada se demoró un rato en Leila, que seguía agachada con el trasero vuelto hacia él. Bree se ajustó la correa, procurando no mover demasiado el bolso.

—Voy a salir a fumar —dijo el hombre con una voz rasposa y más aguda de lo que Bree esperaba—. Si no les importa, señoritas. Den un grito cuando estén a punto de pasar por caja.

—Claro.

El tipo rodeó el mostrador y salió. A través del cristal vieron cómo abría un nuevo paquete de cigarrillos y le daba golpecitos desganados sobre la palma de la mano.

—Nos lo está poniendo increíblemente fácil —opinó Leila con cierta suspicacia. Miró las cámaras de seguridad que había detrás de la caja registradora.

—La gente tiene la estúpida costumbre de confiar equivocadamente en las personas que encuentran atractivas —dijo Bree mientras pasaba a la sección de cafetería y metía un par de dónuts glaseados en una bolsa de papel.

Leila los guardó en el bolso de su amiga y se rio a carcajadas.

—¡Uf, hemos cogido un montón de cosas! —Le salió una sonrisa traviesa que a Bree le llegó al alma—. Vamos a ver cuánto somos capaces de meter aquí dentro.

Fueron capaces de meter tres burritos congelados, unos paquetes de fideos orientales, un frasco de salsa picante e incluso un desconcertante estuche de costura en miniatura que estaba a la venta por dos dólares entre los bidones de anticongelante y de aceite para el motor. Llenaron el bolso hasta que ya no dio más de sí y todavía, por puro capricho, cogieron otra cosa, un paquete de regaliz Twizzlers, con lo cual resultó imposible cerrar del todo la cremallera: el envoltorio asomaba como la nariz de una mascota curiosa. Afuera, el empleado fumaba contemplando melancólicamente la rampa de acceso a la autopista. El cigarrillo se le había consumido hasta el filtro, pero él todavía se demoró un rato.

A Bree se le ocurrió una idea. Se acercó a un gran expositor de cartón de un personaje famoso, que se encontraba apoyado junto a una pila de paquetes de doce refrescos. Lo cogió sin derribar nada.

—¿Qué haces? —preguntó Leila.

Bree le puso el expositor en las manos y cogió del mostrador un paquete de color amarillo de chicle.

—Es todavía mucho más emocionante cuando ven lo que les estás robando. Tú sal conmigo y sonríe.

Leila titubeó y, finalmente, le sujetó la puerta a Bree.

—Entre todas las cosas que había pensado que podía ser, nunca me imaginé que era una adicta a la adrenalina. Estás corrompiéndome.

—Eso es lo que dice la gente aburrida de las personas que estamos abiertas a una vida excitante —replicó Bree, consciente de que podía parecer un poco engreída, pero satisfecha igualmente por las palabras de Leila, que además consideraba ciertas. Salió afuera y se dirigió directamente al empleado.

—He dejado diez dólares en el mostrador —dijo mostrándole la botella de agua y el paquete de chicles—. Puede quedarse el cambio si permite que nos llevemos este expositor.

La mirada ausente del hombre se paseó de Bree a Leila, que sujetaba el expositor de cartón. Era una mirada que Bree había visto ya otras veces: la de la gente excesivamente asentada en su propia vida. El tipo soltó una risita y se encogió de hombros.

—Cuidaos, chicas.

Las dos caminaron lenta pero triunfalmente hasta el coche, y, una vez dentro, se echaron a reír con esa clase de risa frenética que no hay manera de sofocar y que se va cebando con cualquier cosa, como si de pronto todo resultara desternillante. Leila tiró el expositor de cartón en el asiento trasero y, todavía carcajeándose, apoyó la cabeza en el hombro de Bree. Cuando consiguieron calmarse, arrancó. Bree se dio cuenta de que hacía mucho que no se reía de verdad con alguien. Lo había hecho en compañía de más gente, desde luego. Pero esas habían sido risas confusas inducidas por la droga o risas colectivas ante un televisor. Risas aisladas, solitarias. Esta vez, en cambio, era como reírse con tu hermana.

3

—Creo que ya había estado aquí antes —dijo Bree cuando llegaron al centro. Manipuló los respiraderos del aire acondicionado, bajó y volvió a subir las ventanillas, pretendiendo inútilmente crear la corriente de aire ideal.

—¿En Kansas City?

—Sí —afirmó mirando alrededor—. Nosotros solíamos hacer muchos viajes por carretera. Aunque es difícil asegurarlo viendo solo el centro. Todas las ciudades tienen en esa parte algo que las distingue, claro, pero si te vendaran los ojos unas horas y te dejaran abandonada aquí en medio, te costaría un buen rato deducir dónde estabas.

—Sería un experimento interesante. Vendar los ojos a la gente y dejarla en una ciudad que no pudieran reconocer de inmediato.

—Yo creo que la mayoría se acurrucaría en el suelo y se echaría a llorar.

—Es lo que yo estoy haciendo en este viaje, supongo.

Bree se sorprendió:

—¿Acurrucarte en el suelo y llorar?

Leila se echó a reír y respondió:

—No, no. Vendarme los ojos a mí misma y aterrizar en ciudades desconocidas. Yo sé a dónde voy antes de llegar a un lugar, desde luego, pero no creo que fuese muy diferente si alguien me abandonara ahí de repente. Me daría una vuelta, buscaría un sitio donde comer, observaría a la gente, pensaría en ellos y en el mundo y, para ser sincera, sobre todo en mí.

Se habían detenido en un semáforo en rojo, y Leila mordisqueaba las patas de sus ositos de goma.

Bree cogió su bebida.

—Aquí el calor es mucho peor que en Reno —observó—. Ya debería haber meado un par de veces, pero estoy transpirando todo el líquido que he bebido.

—Sí, siento lo del aire acondicionado. Me temo que el mecánico que hizo la revisión no me lo arregló a propósito para obligarme a volver.

—¿En serio? Vaya jugarreta.

—No. No lo decía en serio. Es un coche muy viejo. —Leila suspiró y se metió en la boca el torso de un osito—. ¿Así que eres de Reno?

—Sí. El lugar más cutre del mundo.

—¿Cuándo piensas volver a casa?

Bree meneó la cabeza mientras mascaba un trozo de cecina.

—No pienso volver.

—¿Por qué?

—Mi hermana estaba convirtiendo mi vida en un infierno —explicó con una franqueza que le sorprendió a ella misma. Solo había hablado de eso con otra persona, un chico de San Francisco, más que nada porque era callado y sabía escuchar, y porque el contacto de su piel parecía sacar a la luz los secretos que llevaba dentro—. Nuestros padres murieron con una diferencia de un año, y ella se convirtió entonces en mi tutora, pero se tomó el papel demasiado en serio. Y me largué —dijo, decidiendo sobre la marcha no contar toda la historia.

—¿Sigues en contacto con ella?

—No. —Dio otro mordisco de cecina y observó un monovolumen que entraba en un aparcamiento al otro lado de la calle y del que se bajaba una pareja joven y atractiva—. No terminamos muy bien. No siempre habíamos congeniado, pero después de la muerte de mis padres ya no hacíamos más que pelearnos. Ella se ponía furiosa conmigo porque salía de fiesta, cosa que yo solo hacía porque, bueno, ¿cómo demonios vas a reaccionar cuando te quedas huérfana a los quince años? Y yo me ponía furiosa con ella por tratarme como a una niña. Además, ella se pasaba todo el tiempo con su novio, Matt.

El monovolumen emitió un pitido y sus puertas se bloquearon. Bree observó cómo se alejaba la pareja. Ella, empujando un cochecito; él, con una niña sobre los hombros.

—¿Echas de menos tu antigua vida? —preguntó Leila.

Bree se llevó la lata helada de su refresco a la frente. El semáforo se puso verde.

—Cuando estoy entre un sitio y otro, quizá. Por mucho que me guste la carretera, en la práctica es imposible estar viajando siempre. A veces me entran ganas de volver. Pero no quiero ni pensar cómo sería enfrentarme con mi hermana.

—¿Por qué?

—Ella no lloró en los funerales —dijo Bree con mucha calma, como si no se le rompiera el corazón al recordarlo. No era mentira, pero tampoco exactamente la verdad—. Ella podrá decir lo que quiera de mi conducta, pero al menos yo tuve la decencia de sentir algo.

Leila asimiló tales palabras con un simple «Humm», cosa que Bree prefería mil veces, antes que escuchar esos comentarios vacuos que suele hacer la mayoría de la gente.

Tras media hora conduciendo sin rumbo fijo, el ambiente no se había refrescado en absoluto. Los asientos de falso terciopelo se habían vuelto pegajosos y tremendamente incómodos, por lo que decidieron aparcar y estirar un poco las piernas. Para guarecerse del calor, estacionaron a la sombra de un árbol cuyas ramas bajas se extendían sobre la calzada como largos brazos protectores.

En la acera de enfrente, rodeado por un muro blanco de tres metros de altura que se extendía hasta donde alcanzaba la vista, estaba el club de campo de Kansas City. La apariencia exterior era impecable: todo verde, pulcramente cuidado, con arbustos recortados en esferas perfectas… De vez en cuando entraba algún vehículo y se detenía ante un solitario aparcacoches. La gente que se bajaba de los coches iba de punta en blanco; los hombres llevaban trajes de aspecto caro y usaban gemelos y pañuelo de adorno; las mujeres iban engalanadas con joyas y bolsos de marca. Un gran Mercedes dorado enfiló el sendero. Un coche como ese jamás se había parado a recoger a Bree cuando hacía autostop.

—Seguro que ese Mercedes tiene un aire acondicionado de fábula —murmuró.

—Seguro —corroboró Leila secándose el sudor de la frente—. Parece que se celebra una especie de recepción.

El sol todavía estaba alto; faltaban varias horas para que se pusiera. Bree notó que tenía la camiseta pegada en la espalda.

—Sí… —dijo pensativamente—. ¿Crees que les importaría si lo cogiéramos prestado un ratito?

Leila se volvió hacia ella, arqueando una ceja, y comentó:

—Estaría bien darse una vuelta con aire acondicionado. ¿Por qué? ¿Te vuelve a picar el alma?

Observaron al aparcacoches, que se subió al Mercedes, recorrió unos quince metros por el sendero y giró para acceder a un aparcamiento que no quedaba a la vista. Al cabo de un momento, reapareció y trotó hacia la entrada para esperar al siguiente coche. Las llaves del Mercedes las dejó colgadas en un gancho, junto a otras dos docenas de llaves de coches de lujo.

—Lo cogeremos prestado solo una hora —dijo Bree—. Ni siquiera se darán cuenta de que no está.

—No estoy tan segura. Los ricos tienen un extraño sexto sentido para las cosas que poseen.

—Solo serán un par de vueltas rápidas por la autopista.

—¿Rápidas porque nos perseguirá alguien?

—Nadie nos va a perseguir.

—Ya. Estoy poniendo pegas porque esto me pone nerviosa.

—Bueno, tienes todo el derecho a ponerte nerviosa. Pero una vez que hayas calmado tus nervios, yo creo que sabes lo que debemos hacer.

—¿Y qué diremos si nos pillan in fraganti?

—Que nos estábamos muriendo de insolación y que era una urgencia médica —propuso Bree.

Leila reflexionó un instante y planteó:

—¿Y después volveremos directas y lo dejaremos exactamente donde estaba?

—En la misma plaza de aparcamiento.

Se acercaba otro coche por la calle, probablemente en dirección al club. Las dos chicas se miraron, como enloquecidas. Bree sintió que se le aceleraba el corazón.

Salió del coche.

—Vamos, cogeremos las llaves mientras el conserje aparca ese coche.

Leila inspiró hondo varias veces, como si estuviera a punto de bucear un largo trecho, y dijo:

—Aprovechemos el tiempo.

Cruzaron la calle corriendo y se ocultaron tras el muro exterior del club de campo. Cuando oyeron que el aparcacoches arrancaba y se dirigía al aparcamiento, abandonaron su escondite y caminaron a toda prisa por el sendero. Las llaves estaban colgadas a la vista, sin la menor protección, como pasteles tentadores enfriándose en un alféizar. Bree llegó antes y se apresuró a coger el juego de llaves con el símbolo plateado de Mercedes, que destellaba al sol. De tan fácil, la operación resultaba casi decepcionante.

—Actúa como si fueras socia del club —aconsejó Bree, mientras entraban en el aparcamiento—. La mejor tarjeta de identificación del mundo es una sonrisa y un gesto de saludo.

El peso de las llaves en la mano le resultaba tremendamente gratificante, más que el del bolso de lona lleno de provisiones robadas. Estaba impaciente por subirse al coche, por poner en marcha el motor y darse una vuelta, fingiendo que el aire acondicionado había sido el único móvil que las había impulsado.

—¿Puedo ayudaros, chicas?

El aparcacoches apareció de repente, un par de hileras más allá. No estaba nada mal, pensó Bree. Quedaba ridículo con el chaleco de conserje y la camisa blanca remetida de cualquier manera en los pantalones. Tenía ese tipo de vello facial que no da de sí más que para una barbita rala y desaliñada.

—Solamente hemos de sacar una cosa del coche —dijo Bree sin reducir el paso.

El aparcacoches las observó con los ojos entornados, reparando en las llaves que Bree tenía en la mano. Ella apretó el puño para sujetarlas bien, como si temiera que el tipo fuera a quitárselas por la fuerza. Se cuestionó si serían capaces de correr más que él, en caso necesario.

—Humm —musitó el aparcacoches, yendo a su encuentro—, ¿vosotras sois socias del club?

—Mis padres se han dejado una cosa —respondió Bree señalando vagamente hacia el Mercedes dorado.

Leila la siguió con la misma naturalidad impostada, pero el tipo no dejaba de caminar hacia ellas, como si pretendiera cortarles el paso. Había sacado del bolsillo su teléfono.

—De acuerdo —murmuró, pero estaba claro que no iba a marcharse.

«Mierda», se dijo Bree, intuyendo que aquello iba a resultar un obstáculo insalvable. Entonces recordó lo fácil que había sido largarse con todo el botín de la tienda de la gasolinera, y cómo las había mirado el empleado. El Mercedes se hallaba a tres coches de distancia, a la suficiente distancia para abrirlo sin dificultad con el mando a distancia. Miró directamente al conserje, buscando en sus ojos algo más que no fuera recelo.

—¿Puedo hacerte una pregunta? —dijo, plantándose frente a él, cuando ya casi estaban junto al Mercedes.

—Humm… —musitó el chico. Su mirada se desplazó del coche a Leila y de esta a Bree, a la que tenía prácticamente delante—. Claro.

—¿Cuándo fue la última vez que te sentiste vivo?

—¿Cómo?

Sin decir más, Bree le puso la mano en la cintura, lo atrajo hacia sí y lo besó fogosamente. Pese a todo, ella aún creía en los besos impulsivos. Luego se apartó y no pudo evitar una carcajada ante la expresión aturdida del conserje.

—¡Vaya! —acertó a decir el tipo.

—Escucha, voy a ser sincera contigo —dijo Bree, todavía rodeándole la cintura con el brazo—. Este coche no es nuestro. Pero no vamos a robarlo.

—¿Ah, no? —farfulló él mirándolas a las dos. A Bree le habría gustado saber si ya estaría reemplazando sus temores con alguna fantasía.

—No. Pero queremos que nos lo prestes.

—¡Ah! —exclamó él—. No sé si puedo…

—Una hora nada más —propuso Bree—. Lo devolveremos antes de que nadie lo note.

—No creo que sea buena idea.

Bree volvió a besarlo. Los pelillos del chico le hacían cosquillas, pero no de un modo desagradable; más bien como si un dedo le rozara suavemente el contorno de los labios. Esta vez, le buscó la lengua con la suya antes de separarse. Él hizo un amago de sonrisa.

—Tú finge que no nos has visto —pidió Bree, apartándose de él, con el corazón disparado por la adrenalina—. Y nosotras volveremos dentro de una hora con el coche. Entonces, cuando termines tu turno, podemos salir juntos los tres.

El tipo se rascó la barbilla. Echó un vistazo a Leila, que estaba apoyada en el Mercedes; después se volvió hacia Bree y dejó vagar la mirada desde el cuello de la camiseta hacia abajo. Sonó un bocinazo a su espalda.

—Maldita sea —dijo girándose hacia la entrada del club—. Bueno, de acuerdo. Esperad a que aparque este coche y después ya podéis iros. —Echó a correr sin mucho entusiasmo—. Nos vemos más tarde —gritó mirando hacia atrás.

En cuanto desapareció, Bree desbloqueó las puertas y dijo:

—Ya es hora de probar ese aire acondicionado alemán.

—Eres mi nuevo ídolo —afirmó Leila, y ocupó el asiento del acompañante.

Bree puso cara de suficiencia y se sentó al volante. Había creído que el interior olería a cuero, o que tendría ese olor a coche nuevo que, según había leído una vez, era en realidad formaldehído. Pero lo cierto era que apestaba a cigarrillos revenidos y transpiración, a un exceso de colonia y perfume. Se cuestionó si alguna vez habrían bajado las ventanillas.

Arrancaron, y enseguida se puso en marcha el aire acondicionado. Era de una potencia maravillosa, y muy ruidoso, como si los ingenieros alemanes lo hubieran diseñado para producir no solo aire, sino viento. Cuando el conserje entró con el nuevo coche, un BMW plateado, Bree le hizo una seña, salió lentamente del aparcamiento y recorrió el sendero. Notaba que el corazón se le había sosegado de nuevo.

Al alcanzar la calle, revolucionó el motor más de lo necesario, y los árboles de la acera se volvieron borrosos tan de repente como en un efecto de tira cómica.

—¿Has oído cómo ha dicho: «¡Vaya!» cuando lo has besado?

Bree se echó a reír y pisó todavía un poco más a fondo el acelerador. Este apenas ofrecía resistencia. Pasaron zumbando un semáforo en ámbar. Una mujer que paseaba al perro meneó la cabeza, escandalizada.

Pusieron el aire acondicionado a la máxima potencia, aunque ya salía helado, bajaron las ventanillas y soltaron un aullido que habría hecho estremecer de placer a los «monstruos» de Maurice Sendak. El coche rugía a su vez, mientras el aire entraba a raudales y les alborotaba los cabellos por la cara. Quizá eran imaginaciones, pero Bree sentía el torrente de adrenalina por todo el cuerpo: moléculas microscópicas corriéndole por las venas, como pequeños seres salvajes y enloquecidos. Soltó otro grito, un aullido con toda la fuerza de sus pulmones que el viento cogió al vuelo y entrelazó con las risas de Leila.

La chica divisó la autopista y enfiló el Mercedes por la rampa de acceso. Pisó todavía más a fondo el acelerador: tanto que casi sentía cómo ardía la gasolina. Leila tamborileaba en el salpicadero como si su escapada tuviera de música de fondo una de aquellas canciones llenas de ritmo y energía. Bree veía ante sus ojos una perspectiva de kilómetros y kilómetros. Ahí estaban Leila y ella, solas, el área metropolitana de Kansas City extendiéndose bajo el cielo enorme del Medio Oeste, y la autopista que se perdía en el horizonte, incitándolas a seguir adelante.

4

A Bree le bastaba dar un empujoncito al volante para que el Mercedes se desplazara velozmente de un carril a otro. No era la primera vez que conducía un coche. A veces Alexis le había dado clases por el barrio, o en los enormes aparcamientos de los centros comerciales de Reno. Pero esta era la primera vez que experimentaba realmente el placer de conducir, la capacidad que tiene un coche para lograr que el conductor se sienta poderoso, como una fiera desatada.

Cuando el tráfico se ralentizó, enfiló la primera salida. Condujo con cautela y escasa destreza por las calles de la ciudad, y se dirigió de nuevo al centro, buscando al público para alardear del coche que habían sustraído.

—Aparca ahí —indicó Leila señalando un hueco—. Vamos a agenciarnos un helado para celebrarlo.

—¿Un helado?

—No hay nada más adecuado, ni siquiera el alcohol. Es el secreto que conoce cualquier padre por instinto: el helado lo arregla todo. Me extraña que los hospitales no tengan una provisión con todos los sabores de Ben and Jerry's.

Bree recordó las temporadas que sus padres pasaron internados en el hospital. Ella y Alexis salían muchas veces a comprar helados, bien para llenar el tiempo muerto, bien porque su madre no toleraba otra cosa.

—¡Así se habla! —dijo, y aparcó. Mientras se bajaban, se le ocurrió otra cosa—. ¿Cómo lo sabes, por cierto? Eso de que los hospitales no tienen una buena provisión de helados. ¿A quién tuviste que visitar tú?

Leila se dio la vuelta rápidamente, como si la hubiera pillado en falta, y bajó la vista, encogiéndose de hombros.

—Mi hermana pequeña tuvo amigdalitis —aclaró.

Encontraron una heladería cerca. Estaba decorada al estilo de una anticuada tienda de refrescos, con un largo mostrador y muchos taburetes. Afuera, había un par de mesas de acero inoxidable bajo un toldo a rayas de colores.

—Esto se parece muchísimo a un local de San Francisco —comentó Bree cogiendo una silla y girándola hacia la calle—. Tenían un montón de sabores disparatados: piña asada, chocolate picante, albahaca...

Leila empezó a lamer su cucurucho de fresa y puso los pies encima de la silla de enfrente.

—Suena increíble.

—Sí. Yo casi nunca podía permitirme entrar en aquella heladería, con lo cual aún era mejor cuando podía.

—¿Cuánto tiempo pasaste allí?

—Un par de semanas, justo después de marcharme de casa —explicó Bree observando el tráfico.

—Nunca he estado en esa ciudad. ¿Qué tal lo pasaste?

—Una puta locura, la verdad —dijo Bree sofocando la risa.

Resultaba divertido ver cómo se abrasaba la gente de calor en los coches. A Bree le gustaba fijarse en los pequeños detalles: las corbatas aflojadas de un tirón y luego olvidadas; las conversaciones a gritos con auriculares ocultos de manos libres; las colas de caballo desbaratadas, como una tela destejida...

—¡Vamos! —instó Leila mientras se comía los restos de su cucurucho de barquillo—. Ya hace un rato que me ha bajado la adrenalina. Vamos a buscar algo que hacer.

Pasaron junto a un parque donde se estaban jugando varios partidos de fútbol y de baloncesto. Las canchas eran un borroso amasijo de pantalones cortos y camisetas de colores vivos. Alrededor de los focos flotaban nubes de mosquitos. Bree estacionó, pero dejó el motor encendido para mantener en marcha el aire acondicionado. Notó otra vez el hedor a humo revenido y entreabrió las ventanillas. Una corriente cálida se coló por las rendijas.

Pensó en el desarrollo de todo aquel día en cuanto a la temperatura: primero las quemaduras que le había dejado el sol en la piel mientras aguardaba en la cuneta; después el calor bochornoso en el coche de Leila; más tarde la primera oleada de aire frío del Mercedes y por fin ese aire cálido y agradable que traía milagrosamente el atardecer.

—La gente no valora lo bastante la rotación de la Tierra —dijo metiendo un dedo por la rendija de la ventanilla.

—Parece un comentario de drogata —replicó Leila carcajeándose.

Bree se encogió de hombros, disfrutando de la sensación del aire en el dedo.

—No, yo todo ese rollo drogata lo dejé atrás en cuanto salí de San Francisco. Soltar un comentario extraño de vez en cuando es también una forma de vivir el momento. La sensación de gratitud ante la Creación te acaba saliendo de dentro.

Leila bajó la ventanilla y sacó la mano.

—¿Cómo es posible que tú y tu hermana no os llevarais bien? Eres una de las personas más guay que he conocido.

—Chocábamos, sencillamente. Ella siempre estaba tensa, y yo... soy como soy. Además, esta que ves ahora es la versión más tranquila de mí. Hace unos meses era un poco más, humm, agresiva a la hora de pasármelo bien.

—¿Y dices que ella se ponía demasiado paternalista?

—Sí. A veces parecía que estuviéramos representando una comedia. Ella se ponía furiosa y me regañaba, y yo le espetaba todos esos exagerados topicazos adolescentes, tipo: «Estás arruinando mi vida» —dijo Bree con una vocecita de niña consentida, mientras bajaba del todo la ventanilla—. Yo esperaba que Alexis al final sonriera, o llorase, o algo. Pero ella lo único que quería era castigarme, lo cual todavía me cabreaba más. Supongo que yo esperaba, en el fondo, que todo lo que habíamos sufrido nos acabaría acercando, ¿entiendes?, que reduciría la distancia entre nosotras. Pero fue al contrario. Ella se juntó con un estudiante de Derecho y parecía odiarme cada día más.

Leila no dijo nada durante un rato. Las dos contemplaron el partido de baloncesto.

—¿Cómo murieron tus padres?

Bree se puso a toquetear el cuero del volante.

—Mi madre tenía cáncer de pulmón. Fue la primera en ponerse enferma. Yo tenía catorce años y Alexis, dieciocho. —Le echó una mirada a Leila y a continuación deslizó el dedo por la puerta del coche, incapaz de mantener las manos quietas—. Antes de un año, también murió mi padre. A veces no sé si dar gracias u horrorizarme por haber vivido ya tantas vidas a los dieciséis años.

Suspiró y agitó la mano entre la corriente de aire cálido.

—Me alegro de haberme ido —dijo y, volviéndose hacia Leila, le sonrió—. Así puedo aprovechar más los días.

—Hoy ha sido un buen día —afirmó Leila.

—Muy bueno —replicó Bree, aliviada al ver que su compañera no insistía en hurgar más—. Bueno, ¿y ahora qué?

—No lo sé. Estaba pensando en avanzar un poco más quizá. Podemos devolver el coche, recoger el mío y seguir unas horas hacia el norte.

—¿Dónde sueles dormir?

—A veces alquilo una habitación en un motel, pero son tan endiabladamente solitarias que prefiero mucho más dormir en el coche. —Puso el aire acondicionado al mínimo y bajó a tope la ventanilla, asomando la cabeza para aspirar el aire—. Si no tienes otros planes y quieres apuntarte, estaré más que encantada.

—Perfecto —aceptó Bree—. Nada de planes. Como a mí me gusta.

—Que continúe la aventura entonces —ofreció Leila, leyéndole el pensamiento.

Les llegaron aplausos del campo de fútbol. Bree miró cómo se fundían en un abrazo los chicos del equipo que acababa de marcar, mientras los padres aplaudían a rabiar con una expresión de felicidad en la cara. Los chicos del otro equipo observaban las muestras de júbilo como si les hubiera gustado que los invitaran a participar.

—Bueno —dijo Bree mientras se disponía a abrocharse el cinturón y a arrancar el coche—, ¿por qué la aurora boreal?

—Ha sido una obsesión para mí desde hace un tiempo. Mi carpeta universitaria no estaría completa si no la incluyera —respondió Leila. En ese preciso instante, un coche de policía situado a su espalda emitió un aullido con la sirena. El sonido cesó de inmediato, como si fuese un simple carraspeo para interrumpir educadamente la conversación. Las luces rojas y azules parpadearon en el interior del Mercedes. Llegó otro coche patrulla al aparcamiento y se situó detrás de ellas, con los faros encendidos. Bree se giró para evitar el brillo deslumbrante del retrovisor—. ¿Qué posibilidades tenemos? —preguntó Leila.

Se bajaron de cada vehículo dos agentes con las manos en las culatas de las pistolas. Uno de ellos apuntó al Mercedes con un foco, lo cual resultaba un tanto redundante, teniendo ya las luces del otro coche de policía apuntadas hacia ellas. Se acercaron lentamente por ambos lados. Bree se protegió los ojos de las luces cegadoras, deseando que la cosa acabara cuanto antes.

El partido de fútbol se había interrumpido prácticamente. Los chicos estaban demasiado ocupados observando el Mercedes y los coches patrulla, mientras que los adultos trataban de convencerlos para que siguieran jugando, aunque también ellos estaban distraídos.

Bree se apiadó en cierto modo del balón de fútbol, que rodaba lentamente fuera del campo, momentáneamente olvidado. Se figuró que el balón hubiera preferido mucho más que lo chutaran por el terreno de juego y sentir que las briznas de hierba cedían bajo su peso. De no haber sido por la posibilidad bien real de que le disparasen, habría salido del coche y corrido por el campo para darle un puntapié con todas sus fuerzas. El balón habría pasado por encima de la portería, rebasando los límites del campo de fútbol, habría sobrevolado la calle y la hilera de casas y se habría elevado más y más en el cielo como una bala perdida o como un misil buscando la destrucción.

5

El calabozo que ocupaban medía unos tres metros por tres, y estaba sorprendentemente limpio. Bree se hallaba tumbada en un estrecho banco empotrado, con una buena parte del cuerpo fuera, pese a que se arrimaba contra la pared. El banco era de frío y duro hormigón, por lo que se le agarrotaba la espalda. Con cierto grado de satisfacción, se frotó la zona de las muñecas que le había quedado dolorida por la presión de las esposas; casi lamentaba que no fuera a quedarle una cicatriz.

—¿Es una impresión mía —dijo Leila—, o esta celda es más cómoda de lo que cabría esperar? —Estaba sentada junto a las piernas extendidas de Bree, con la cabeza gacha, los brazos colgando y las yemas de los dedos rozando el suelo.

Bree pasó un dedo por la parte inferior del banco y lo examinó atentamente, buscando signos de suciedad.

—Y más limpia también.

Leila se irguió con los ojos muy abiertos, y exclamó:

—¡Jo! Es mi primera vez en un calabozo.

Bree se incorporó sobre los codos, mirándola con aire burlón.

—Y la mía.

—Deberíamos celebrarlo. Es algo para explicar a los nietos.

—Bien pensado. ¿Cómo lo vamos a celebrar?

—¿Crees que nos traerán un helado si lo pedimos con educación?

—Si no funciona, te toca a ti besar a alguien para conseguir lo que queremos.

—Trato hecho —aceptó Leila y, levantándose del banco, se acercó a los barrotes de la celda. No eran de color gris sucio, sino que estaban pintados de un agradable tono beis.

—Disculpen, agentes —gritó hacia el pasillo desierto—. Aún no nos han traído el helado de bienvenida. —Aguardó un instante—. ¡Conozco mis derechos!

Se dio la vuelta hacia Bree, frunciendo el entrecejo con exageración, y comentó:

—No creo que vayan a traernos ningún helado.

—¡Malditos cabrones! Habrá que pensar otro modo de celebrar una ocasión tan señalada.

—¿Alguna idea? —Leila regresó al banco y se sentó en cuclillas.

—Yo propondría una carrera nudista, porque es algo que nunca he hecho y no estaría mal tachar otra cosa de la lista mientras lo celebramos. Pero no tenemos demasiado espacio para correr. Y quizá no sería una decisión muy inteligente añadir tan pronto otro delito a nuestros historiales delictivos.

—Presuntos historiales delictivos —la corrigió Leila—. ¿Estás preocupada?

—No. —Y se tumbó de nuevo como para alardear de su indiferencia—. Estoy segura de que todo se arreglará. Además, prácticamente me han dejado escrita la redacción para la solicitud de ingreso a la universidad. Explicaré cómo he aprendido de las penalidades de mis rebeldes años adolescentes y me admitirán donde yo quiera.

Después de decir esto, advirtió que sentía una pizca de inquietud en el estómago. Pero no por ella misma: ella era una menor y, en el peor de los casos, la mandarían unos meses a un reformatorio. Le preocupaba lo que pudiera pasarle a Leila.

Transcurrió un instante, durante el cual cobró conciencia del inquietante silencio que reinaba allí dentro. Únicamente se oía el zumbido del fluorescente en el pasillo. No había el menor de indicio del mundo exterior.

Leila se levantó y se acercó otra vez a los barrotes.

—¿Hay alguien ahí? ¿Un heladito? —El eco de su voz reverberó por el pasillo sin provocar ninguna reacción—. ¡Cabrones!

Se desplomó en el suelo, apoyando la espalda en los barrotes, y extendió las piernas. Se quitó las chanclas y las examinó.

—¿No te parece un error dejar que los presos conserven los zapatos? Podrían utilizarse perfectamente como armas. Quiero decir, estas chanclas son demasiado ligeras para causar grandes daños, pero te aseguro que podría abofetear brutalmente a alguien con ellas.

Bree alzó las piernas para mirarse los zapatos. Eran zapatillas deportivas de *skater*, en su día totalmente negras, pero ya descoloridas y andrajosas, de suelas lisas después de tanto viajar. La derecha tenía pegada una costra indefinible en la que no había reparado hasta ahora.

—Mis zapatillas pesan lo suficiente para hacer daño. Les tengo cierto apego, pero si han de servir para convertirme en la primera persona que se escapa de la cárcel empleando su calzado, las sacrificaré a gusto.

—No podemos salir así por las bravas. Necesitamos un plan.

—Claro —dijo su amiga incorporándose en el banco—. Tendríamos que tomar un rehén. Cuando venga alguien a sacarnos de aquí, utilizaremos mis cordones para atarlo. Le apuntaré con la zapatilla en la cabeza mientras tú te abres paso a chancletazos.

—¿Y qué haremos cuando lleguemos afuera?

—Ahí empezaremos a disparar a diestro y siniestro

con nuestro calzado. En la confusión del tiroteo, nos apoderaremos de un coche patrulla. Lo arrancaremos haciéndole el puente, lo llevaremos a un lugar seguro y lo pintaremos de rojo.

—Pasaremos el resto de nuestras vidas como fugitivas —intervino Leila alegremente—. Recorreremos el país en coche burlando a las autoridades, cruzaremos la frontera y llegaremos tan al norte como lo permitan las carreteras canadienses. Contemplaremos la aurora boreal, volveremos a Estados Unidos y bajaremos hacia el sur hasta la Patagonia, para ver cómo es el cielo en ese extremo del mundo.

Bree iba a manifestar su aprobación cuando oyeron un ruido de puertas y los pisotones de un agente en el corredor.

—Las leyes del estado establecen que os hemos de permitir una llamada a cada una de vosotras para contactar con un abogado o un pariente —anunció el policía sacando las llaves.

Bree permaneció inmóvil sin decir nada. Notó que Leila y el agente la observaban, expectantes. Leila le pidió al poli que les concediera un segundo y fue a sentarse junto a su compañera. Esperó a que esta la mirase y le dijo en voz baja:

—Yo no tengo a quien llamar. ¿Y tú?

Bree suspiró, quizá exagerando un poco para mostrar que la pregunta en sí era como un puñetazo en la boca del estómago. Negó con la cabeza.

—Confiaba en que tuvieras una tía, o un tío —confesó Leila.

—No. O al menos ninguno que viva cerca.

Leila se mordisqueó una uña y añadió:

—Aunque esta estancia en la cárcel haya sido sorprendentemente agradable, nos vamos a ver con la mierda hasta el cuello si no llamamos a alguien. Quiero decir, como para arruinarnos la vida. Si hubiera alternativa, o bien otra persona a la que recurrir, no te lo pediría. Pero si no se te ocurre nada más, tendremos que avisar a tu hermana.

—Quizá la cosa no sea tan grave —se excusó Bree—. Deberíamos esperar hasta que venga alguien a hablar con nosotras y averigüemos a qué nos exponemos. —Ni siquiera a ella le sonaban convincentes esas palabras, pero aun así quería ahuyentar la idea de telefonear a Alexis. No habían hablado desde hacía nueve meses. La chica tenía una pesadilla recurrente: ella hacía autostop y el conductor de todos los coches que paraban era Alexis, acompañada en el otro asiento por Matt.

—Bree, las dos sabemos que eso no es buena idea. Hemos pasado un día de miedo. —Abarcó la celda con un gesto, siempre hablando entre susurros—. Pero no creo equivocarme si digo que ya se ha acabado la diversión. Ahora empiezan a presentarse las consecuencias. Y si nadie nos ayuda a salir de aquí, serán todavía peores.

—Leila... —titubeó Bree. Pero no supo cómo continuar.

—Ya sé que te fuiste de casa porque la situación estaba complicada. Pero ¿qué podemos hacer, si no?

—Tú no lo entiendes —dijo Bree, advirtiendo sorprendida que estaba a punto de llorar—. Eso de la «situación complicada» es un eufemismo brutal. No puedo llamar después de todo este tiempo y pedirle que pague la fianza para sacarme de la cárcel.

El silencio volvió a apoderarse de la celda; solo se oía la respiración agitada de Bree. Flexionó las rodillas sobre el pecho, aunque los pies apenas le cabían en el estrecho banco, y se puso a rascar la costra de la zapatilla deportiva, que se fue desmenuzando con un crujido repulsivo.

—Aquí no se puede aprovechar el momento demasiado, Bree. Sé que no quieres hablar con ella. Pero has de hacerlo. Sois hermanas. Estoy segura de que se alegrará cuando te oiga.

Bree dejó de rascar la costra y, apoyando la cabeza en las rodillas, murmuró:

—Besé a su prometido. —Inspiró hondo, y procuró controlar la voz al recordar la expresión de Alexis—. Yo estaba en plan salvaje, ¿entiendes? Es inevitable un poco de rebeldía cuando te tratan como a un bebé. Ella nos sorprendió. En cuanto vi su expresión, llené el bolso y me largué.

Había supuesto que ambas serían mujeres adultas cuando volvieran a verse, y que las heridas que se habían infligido mutuamente se habrían suavizado con el tiempo y ya no les causarían dolor. Hasta había llegado a fantasear que se la encontraría en la calle en alguna parte —tal vez en Nueva York— y que las dos se dirían: «¿Cómo te ha ido?», y se tomarían un café juntas. Para entonces todo estaría olvidado o, por lo menos, se habría vuelto irrelevante.

—No puedo llamarla. Es imposible después de lo que hice.

Le cayó sobre los ojos un mechón de pelo apelmazado y trató sin mucho entusiasmo de desenredarlo.

—Déjame hablar con ella —pidió Leila tras un momento.

—No vendrá.

—Podemos probar.

Sonó un teléfono en alguna parte, más allá de las puertas del pasillo.

—¿Ya no quieres probar el plan de huida con los zapatos? Yo creo que ahí teníamos muchas posibilidades —insinuó Bree, como último intento.

—No te preocupes. —Leila se rio y le apretó el brazo—. Yo me encargo de todo.

Aún permaneció sentada un poco. Bree oía cómo el poli desplazaba todo su corpachón de un lado para otro mientras respiraba emitiendo un ligero silbido. Finalmente, Leila le dio otro apretón en el brazo y le dijo al agente que ya estaba lista.

Bree miró cómo se alejaban por el pasillo, donde resonaron las pisadas sobre el suelo de linóleo.

Bree ya no sabía cuánto tiempo llevaban encerradas. En todo caso, el suficiente como para que la inmovilidad se hubiera instalado en su interior. Entonces había empezado a comprender lo espantosa que era una celda. Al principio había pensado que sería una crueldad poner relojes en las paredes de una cárcel, obligando a los presos a observar literalmente cómo transcurría el tiempo prescindiendo de ellos. Pero ahora se dio cuenta de que la ausencia de relojes era un castigo todavía más severo. Bastaba con que te imaginaras un día indeterminado tras otro. Y tú, inmóvil, en medio de aquel marasmo.

Un zumbido interrumpió sus reflexiones. Las puertas del final del pasillo se abrieron. Había pasado mucho tiempo desde la última vez que había visto una cara familiar.

Lo que más le sorprendió fue que Alexis estuviera igual. Llevaba una sudadera con capucha, unos pantalones tipo pijama y nada de maquillaje, con lo que parecía incluso más joven de lo que era, casi de su misma edad. Bree siempre había pensado que su hermana era la más guapa de las dos, y ahora daba esa impresión, realmente. Se la veía relajada también, como si el hecho de vivir sin ella hubiera constituido un alivio.

A su lado iba un agente, que rebuscaba entre un manojo de llaves con cara de no saber cuál necesitaba. Bree no se puso de pie, pero miró cómo se acercaba su hermana lentamente.

Leila se levantó del suelo y se apartó de la puerta. Le dirigió a su amiga una sonrisa que quería ser reconfortante, aunque ella no se sintió muy animada; notaba un nudo en el estómago. Pensó que igual acababa vomitando delante de todos.

Alexis tenía un aire bastante tranquilo, casi inexpresivo, muy distinto del aspecto que presentaba meses atrás. Bree recordó cómo se le tensaban entonces los músculos de la mandíbula, presagiando uno de sus sermones.

Siguió esperando a que ocurriera algo. A que Alexis empezara a gritarle, o bien —por alguna razón— a que la abrazase. Pero no lograba descifrar qué tenía en la cabeza su hermana.

Sin decir palabra, el agente las guio por el pasillo. Realizaron una serie de pasos burocráticos y firmaron varios formularios. Uno de los agentes estuvo hablando un rato y dijo al final: «¿Lo habéis entendido?», pero Bree no le había prestado atención y se limitó a asentir. Ella estaba pensando si había vuelos directos de Reno a Kansas City, o si Alexis habría tenido que hacer escala. ¿Cuántas horas habían pasado en la celda?

El joven policía que había tras el mostrador le entregó a Leila las llaves de su coche y le explicó dónde lo había dejado la grúa. A Bree le devolvió el bolso de lona. Mientras el agente le hacía firmar a Alexis un par de impresos más, Bree sintió una angustia creciente que le oprimía el pecho, como si le tensara los músculos del corazón. Cuando las acompañaron al exterior, ella se apartó un poco de Leila para evitarle el altercado que sin duda se avecinaba.

«Ahora viene —pensó—. El sermón, la gran explosión de ese amor fraternal tan peculiar de Alexis.» Esta, sin embargo, siguió andando en línea recta hacia el aparcamiento. No había muchos coches aparcados. Bajo el resplandor de las farolas, todos parecían del mismo color blanquecino. Reinaba el silencio en las calles, en todo el barrio; ya había pasado de sobra la hora de acostarse.

—¿Ya está? —le espetó Bree a su hermana—. ¿No tienes nada que decirme?

Alexis se volvió. Parecía que iba a gritar, pero dijo en voz baja:

—No, Bree. No tengo nada que decirte.

Echó a andar otra vez hacia su coche alquilado. Bree tardó un segundo en notar que su hermana tenía las mejillas húmedas, cubiertas de lágrimas, cosa que no había advertido mientras estaban en la cárcel.

—No voy a volver contigo, ¿sabes? —le gritó a Alexis, aunque con el ímpetu repentinamente debilitado, pues nunca la había visto llorar.

—Perfecto. Gracias por aclarármelo.

Bree dejó de seguirla. Alexis pulsó el mando; las luces de un coche blanco, a unos seis metros, parpadearon.

—Sí, ya me lo imaginaba. Te alegras de librarte de mí.

Leila dio un paso vacilante hacia ella, como si quisiera tranquilizarla, pero no supiera cómo hacerlo.

—Me alegra ver que no has cambiado. Sigue así. La inmadurez es uno de tus rasgos más destacados, no cabe duda —dijo Alexis, que ya se había detenido al lado del coche. Abrió la puerta, pero permaneció fuera todavía, concentrada en las llaves y en sus propios pies, mientras le resbalaban de nuevo las lágrimas por las mejillas. Le salían con naturalidad, sin que se le crisparan casi los músculos de la cara. Bree pensó que su hermana no estaba llorando realmente; que había pillado quizá una enfermedad y que las lágrimas eran un síntoma.

—Y tú te alegras de librarte de mi inmadurez —replicó Bree.

La cara de Alexis se crispó, ahora sí, en una mueca de evidente angustia. Bree casi sintió alivio al verlo, al advertir la innegable autenticidad de su expresión.

Transcurrieron unos segundos interminables. Alexis lloraba abiertamente. Bree tenía ganas de preguntarle dónde demonios se había guardado las lágrimas unos meses atrás, pero no conseguía articular palabra. Leila cambiaba continuamente de posición, apoyándose ahora en un pie, ahora en el otro, sin saber qué hacer. Cuando logró dominarse un poco, Alexis miró a su hermana a los ojos.

—Me he presentado en Kansas City para sacarte de la cárcel después de no tener noticias tuyas durante nueve meses..., ¿y ni siquiera te disculpas por lo que has hecho?

Se interrumpió y se restregó los ojos toscamente con la palma de la mano.

—Olvídate de Matt. Yo creía que habías muerto, Bree. Llamé a todos los hospitales en varios cientos de kilómetros a la redonda. Me suscribí a los periódicos en línea de las principales ciudades del país para mirar las necrológicas, o las noticias sobre las personas desaparecidas halladas muertas. Siempre con la esperanza de que ninguna de las descripciones encajara contigo. Después de que murieran mamá y papá, te portaste como una niña malcriada durante meses, sin recordar nunca que yo también había perdido a mis padres. Lo único que hacías era actuar como si yo fuera la culpable en cierto modo. Y después de todo lo que habíamos pasado, te largaste y me dejaste sola con la preocupación de qué te podía haber pasado. Te importó una mierda cómo iba a sentirme yo.

»Entonces, al cabo de nueve meses, los peores nueves meses de una vida que ha incluido muchos meses malos, recibo una llamada desde una cárcel de la otra punta del país, y ni siquiera es tu voz la que oigo al otro lado de la línea, sino la de una desconocida. ¿Ni siquiera has tenido la decencia de coger el teléfono tú misma? ¿Cómo puedes ser tan egoísta y tan desconsiderada?

Leila cruzó los brazos sobre el pecho como si quisiera protegerse. Tenía los ojos fijos en su amiga; la taladraba con una mirada firme, aunque preocupada. Reinaba el silencio frente a la comisaría, pero Bree se imaginó que podía oír el sonido de todo cuanto se estaba desgarrando.

—¿Realmente no tienes nada que decirme tú? —preguntó Alexis, haciendo tintinear las llaves contra la ventanilla, mientras permanecía apoyada en la puerta abierta—. ¿Tan pasada de vueltas estás?

Bree sintió que le aumentaba la opresión en el pecho.

Como todavía notaba los ojos de Leila fijos en ella, alzó la cabeza y miró hacia el punto más oscuro del cielo nocturno.

—¿De qué demonios hablas? Deberías ser tú la que se disculpara. Durante meses, después de que nuestros padres murieran, solo te oí quejarte y quejarte. Ni una sola vez dijiste que los echabas de menos; ninguna vez actuaste como si te doliera que ya no estuvieran vivos. Lo único que te importaba era estar con Matt. Como si ya no te quedara ninguna otra familia. Esta es, de hecho, la primera vez que te veo llorar.

—Yo lloraba todas las noches, Bree. En cuanto me metía en la cama, encendía la televisión para que nadie me oyera, enterraba la cara en la almohada y lloraba. Es increíble que Matt y yo durásemos tanto juntos, teniendo en cuenta la cantidad de tiempo que pasaba con él deshecha en lágrimas.

Bree recordó que oía la televisión al otro lado de la pared y despotricaba contra su hermana, maldiciéndola por ser capaz de pasar página tan rápidamente.

—Si era así, ¿por qué no me lo dijiste nunca?

—Yo intentaba mostrarme fuerte ante ti. Pero me sentía fatal. Todavía me siento fatal —dijo con un suspiro o un grito ahogado, o una combinación de ambas cosas—. Mis padres se mueren y entonces mi hermana pequeña empieza a presentarse borracha, acompañada de drogadictos, y siempre con ganas de pelea. ¿Cómo podía sentirme, si no?

Se sorbió la nariz y, a juzgar por el ruido, porque Bree no se animaba a mirarla, sacó un pañuelo del bolso y se sonó.

—Y para sacarte de este lío, ¿sabes?, he tenido que llamar a Matt —continuó Alexis, pronunciando el nombre como si se lo escupiera a Bree—. La última persona a la que deseaba llamar, gracias a ti. Él ha contactado con el dueño del coche que has robado y ha conseguido convencerlo para que retirase la acusación. —Dijo esto último lentamente, como esperando que su hermana la interrumpiera—. Así que ya eres libre para volver a hacer lo que quieras.

Antes de que Bree pudiera responder, la puerta del coche se cerró. El motor rugió dando una sacudida, y la luz del espejillo interior se encendió un instante mientras Alexis se miraba en él y se enjugaba las lágrimas. Acto seguido, arrancó el coche y se alejó calle abajo.

Bree esperó a que el vehículo se perdiera de vista antes de dirigirse a Leila. Sintió que se estremecía y que se le llenaban los ojos de lágrimas, como si el llanto de Alexis fuera contagioso.

—Fantástico —farfulló.

Cogió el bolso de lona del suelo y se pasó por el hombro la correa, que le arañó la piel quemada del cuello y le provocó una punzada de dolor por toda la columna. Siempre que tropezaba con una situación que nunca había vivido antes, tenía la costumbre de examinar el escenario que la rodeaba, decidida como estaba a no dejar que la vida pasara de largo sin prestarle atención. Pero esta vez no se fijó en el aire plácido de Kansas, ni en los agentes que charlaban al otro lado del aparcamiento con las manos en el cinturón; esos detalles se le olvidaron de inmediato, nada más registrarlos, como si las palabras de Alexis hubieran dejado borroso todo lo demás. Se sentía como si no hubiera nada a su alrededor, salvo ella y aquel nudo espantoso en el estómago. Necesitaba sentarse, pero temía que entonces le brotaran las lágrimas y ya no pudiera volver a levantarse en varias horas.

—¿Sabes? —dijo mientras bajaba la escalera tan despacio que parecía que estuviera coja—, creo que voy a seguir por mi cuenta.

Leila se detuvo.

—¿Por qué? —Parecía herida.

—Necesito estar un tiempo sola.

Hablar le costaba un esfuerzo desmesurado. Sentía

que se mareaba, que le faltaba el aire al imaginarse a Alexis llorando en la almohada, llamando a todos los hospitales, muerta de angustia, mientras ella viajaba en autostop, robaba en las tiendas y desechaba todos aquellos pensamientos que no encajaran con su declarado amor a la vida.

Leila se mordió los labios y frunció la frente.

—No lo entiendo.

—Gracias por este día genial —musitó Bree casi sin aliento—. Siento que te hayan detenido. —Se ajustó la correa del bolso una vez más y, dándole la espalda a su compañera, caminó calle abajo sin mirar atrás, como si el mundo entero se desvaneciera a su alrededor, dejándola sola con sus pensamientos.

6

No había mucha gente en Mission Hills, Kansas, como descubrió Bree enseguida, que circulara por la autopista después de medianoche en un día laborable. Al salir de la comisaría, había caminado una media hora para serenarse. Y aunque todavía no era capaz de pensar con claridad, los arraigados hábitos de la carretera se habían impuesto de forma automática y enseguida se percató de que estaba buscando algún coche para seguir camino. Llevaba al menos una hora en el semáforo que precedía a la rampa de acceso, y el conductor del único coche que había pasado por allí ni siquiera la había visto.

Dejó en el suelo el bolso y buscó la camiseta verde fluorescente que había usado al comienzo del día para protegerse del sol. Cayeron unas cuantas migas, como una ráfaga de nieve, cuando la desplegó y se la puso. Un par de faros enfilaron en su dirección, pero doblaron a la izquierda unas manzanas antes de llegar a la rampa. Normalmente, Bree encontraba preciosas las calles de noche: todo envuelto en un halo anaranjado, completamente tranquilo, las ramas de los árboles, los semáforos, el asfalto… Como si estuvieran dormidas. Pero ahora todo le parecía solitario.

Vio que había guijarros esparcidos por la cuneta y cogió un puñado. Sintió el impulso de arrojarlos a alguna parte y se decidió por el poste del semáforo de la acera opuesta. Probó. Después de cada lanzamiento esperaba oír el tintineo de la piedra sobre el metal, pero no hacía más que fallar. A cada guijarro que pasaba de largo junto al poste sin producir ningún ruido, se iba enojando un poco más. Con las piedras, con el poste, consigo misma... Sobre todo, se fue enojando con su monólogo interior, pues su cerebro no paraba de reproducir una y otra vez las mismas palabras pronunciadas por Alexis: «egoísta y desconsiderada».

Finalmente, una piedra golpeó el metal del poste y el sonido reverberó en el silencio nocturno. La chica alzó los brazos y soltó un grito triunfal. Oyó cómo un coche pasaba por arriba, por la autopista, a toda velocidad. Luego se instaló de nuevo el silencio y reapareció la voz de Alexis.

Se sentó en el bordillo, con los brazos sobre los muslos y la cabeza hundida en el regazo, como una persona demasiado borracha para andar, o como un pasajero de avión que se preparara para el impacto inminente.

«Egoísta y desconsiderada.» Habría deseado devolverle a su hermana estas palabras y arrojárselas a la cara. ¿Cuál de las dos había sido egoísta primero? Mucho antes de que ella se marchara, Alexis pasaba las noches en casa de Matt y anulaba los planes para almorzar juntas. Actuaba como si tuviera autoridad sobre ella, cuando lo único que Bree quería era una aliada. Y todo, ¿por quién? Por un estudiante de Derecho soso y poco atractivo. Un tipo que solo aspiraba a pasarse el resto de su vida revisando contratos atentamente.

Contempló los diminutos guijarros esparcidos sobre el asfalto, así como un reluciente trocito de cristal que había quedado allí tras un accidente ocurrido quizá mucho tiempo antes. Procuró no pensar en las noches que Alexis había pasado sola durante los últimos nueve meses en una casa vacía, rodeada de pañuelos de papel estrujados y desmenuzados, como escombros diseminados por el suelo. Se dijo que no era culpa suya. Intentó convencerse de que la raíz del problema era la pretensión de su hermana de ser fuerte, en vez de compasiva. Pero por mucho que se esforzaba, el argumento no acababa de fraguar en su conciencia; se desprendía una y otra vez, expulsado por la voz de Alexis: «egoísta y desconsiderada».

Entonces vio que el trozo de cristal destellaba bajo la luz de unos faros que taladraban la oscuridad. Se levantó y extendió el pulgar con esa clásica pose de autostop, un cliché que persistía a falta de otro mejor. En realidad, su primera idea fue coger unos cuantos guijarros más y arrojarlos al coche, para oír como rebotaban sobre la plancha. Pero reprimió ese impulso.

El coche era uno de aquellos modelos que parecían preferir los residentes de Mission Hills, es decir, grande y lujoso, un todoterreno negro con cromados relucientes. Ya casi había pasado de largo cuando el conductor pisó a fondo el freno y se detuvo derrapando. La ventanilla descendió, y Bree miró el interior del vehículo, todavía sin mover el pie del bordillo.

El conductor tenía bolsas bajo los ojos que Bree, al primer vistazo, creyó que eran sombras. La calva casi rozaba el techo; el asiento apenas podía contener su corpachón. Llevaba los dos primeros botones de la camisa desabrochados, dejando a la vista un matorral de pelo ensortijado y reluciente de sudor. No dijo nada al principio; se limitó a mirarla de un modo que la impulsó a abrir la cremallera del bolso y a hurgar en su interior buscando el cuchillo de cocina.

—He de ir a la estación de autobuses —dijo la chica mientras intentaba distinguir lo que había en el sujetavasos del todoterreno.

—¿Qué tal te va? —preguntó él alzando el brazo y posando la mano en el reposacabezas del asiento del acompañante. A ella le dio la impresión de que el tipo era capaz de abrir la puerta de ese lado sin tener que moverse apenas.

Percibió un empalagoso olor a *whisky*.

—A la estación de autobuses más cercana —repitió todavía hurgando entre las ropas y las chucherías robadas que le quedaban para encontrar el cuchillo—. ¿Me puede llevar?

—Sí, claro que puedo hacerte ese favor —respondió el individuo inclinándose hacia ella sin molestarse en disimular que quería echarle un vistazo por el escote de la camiseta. Al hacerlo, derribó la botella de *whisky* que tenía en el sujetavasos, pero no pareció darse cuenta.

Bree echó un vistazo alrededor, con la esperanza de que pasara otro coche. Pero la carretera estaba desierta; únicamente se veía el asfalto iluminado por las farolas y las siluetas de los árboles en la cuneta; ni siquiera había una casa o una tienda a la vista. Sacó la mano del bolso y revisó los bolsillos laterales.

—¿A qué distancia queda?

—Cerca —dijo él—. Muy cerca. Aunque primero deberíamos ir a tomar una copa. —Entonces pareció acordarse de la botella de *whisky*—. Mierda —exclamó, y se agachó para buscarla por el suelo.

En cualquier otra ocasión, en cualquier otro lugar, Bree se habría largado sin más. Habría caminado toda la noche, de ser necesario, hasta encontrar una estación de autobuses. Pero esta noche sabía que la voz de Alexis la perseguiría por el camino. Necesitaba ponerse en marcha otra vez.

Asió la manija de la puerta, aunque no la accionó, y dijo:

—Con que me lleve a la estación de autobuses basta.

Él, con la botella en la mano, se incorporó masculando. Desenroscó el tapón y dio un par de tragos.

—Una copa —dijo secándose la boca con el dorso de la mano—. Vamos, sube.

Bree pensó que, con el cuchillo en la mano, subirse al

coche no tenía por qué acabar siendo la estupidez más grande de su vida. No sería un paso inteligente, lo reconocía, pero quizá llegara a ser una de esas historias que podría explicar más adelante sobre la temeridad de la juventud. Corrió del todo la cremallera del bolso y miró dentro, apartando las bolsas de patatas, el estuche de costura en miniatura y el paquete de chicle. Pero el cuchillo no estaba. La policía se lo debía de haber incautado.

Y pese a todo, se sorprendió a sí misma tirando de la manija de la puerta. Captó su propio reflejo en la plancha del todoterreno. Se la veía rendida, agotada, y el resplandor anaranjado de las farolas le confería un halo inquietante.

El conductor alzó las cejas y mostró satisfacción cuando Bree abrió por fin la puerta.

—Así se hace —dijo.

Cuando ya iba a subirse, Bree oyó un chirrido conocido y vio que paraba un coche detrás del todoterreno. Como los faros le daban en la cara, no le permitían distinguir nada.

Sobrepasando el ruido de los dos motores, oyó la música que sonaba en el coche recién llegado. La voz del cantante era más chillona incluso de lo que a ella le gustaba, pero pese a ello le entraron ganas de subir el volumen. Y, de hecho, la música sonó más fuerte cuando apareció Leila, que se apresuró a colocarse a su lado y echó un vistazo al interior del todoterreno. El conductor se alegró.

—¿Sois dos? Perfecto. Hay de sobra para todas.

Leila le puso a Bree la mano en el hombro.

—Llevo una hora dando vueltas buscándote —dijo en voz baja—. Me imaginaba que necesitarías un buen rato para calmarte.

Bree notó que la voz de Alexis enmudecía provisionalmente en su mente. Nunca se había alegrado tanto de ver a alguien.

—Justo en el momento oportuno —afirmó cerrando

ruidosamente la puerta del todoterreno, lo que provocó un grito ininteligible del conductor—. Me has salvado de la peor decisión de mi vida.

Al subirse al coche de Leila, vio el expositor de cartón en el asiento trasero y le dieron ganas de reír, pero no encontró la energía necesaria y se limitó a soltar un bufido, como si hubiera perdido la capacidad de reír abiertamente. Se abrochó el cinturón y, subiendo el volumen, cerró los ojos y dejó que la música ahogara todos sus pensamientos. Leila pisó el acelerador y enfilaron la rampa de la autopista.

«Egoísta y desconsiderada», resonó una vez más en el cerebro de Bree. Pensó en lo que podría haber ocurrido si se hubiera subido al todoterreno: en cómo podría haberse producido el accidente. Se imaginó a Alexis recibiendo otra llamada inesperada y pensó que su hermana —en el fondo, más allá del dolor— tal vez se habría sentido aliviada.

Los sollozos le llegaron de golpe. Ya le habían subido a la garganta antes de que pudiera detenerlos y jadeaba antes de que las lágrimas le rodaran por las mejillas y gotearan sobre la tapicería. Las gotas destellaban un instante a la luz de las farolas y desaparecían acto seguido empapadas por la tela del asiento, dibujando círculos oscuros de color rojo sangre.

Leila no dijo nada durante un rato, pero bajó el volumen de la música y le pasó unas servilletas de la bolsa de dónuts que todavía seguía en el coche.

—Ya sé que amas tu vida en la carretera, Bree —dijo por fin cogiéndole la mano—. Pero quizá, más que amar esa vida en sí misma, lo que amas es el concepto de amarla.

Bree se enjugó los ojos, aunque las pestañas le quedaron algo húmedas. Al pasar un coche por el otro lado de la divisoria, vio sus faros como estrellas radiantes a causa de las gotitas que tenía aún en las pestañas. Se sonó con una de las servilletas que Leila le había dado. Permaneció en silencio mucho rato. Las lágrimas se negaban a remitir. El nudo del estómago también se resistió a aflojarse hasta que reconoció la verdad: lo que ella ya sabía que era la verdad. Pasaron más vehículos, iluminando con sus faros el coche de Leila durante un instante fugaz antes de desaparecer y perderse a lo lejos, indiferentes a lo que ella sentía.

—Alexis tiene razón —dijo al fin, estrujando con tal fuerza una servilleta usada que conservó la forma de su puño incluso una vez que la arrojó a la bolsa colgada de la palanca de cambio—. Soy egoísta y desconsiderada. Creía que estaba viviendo como se supone que hay que vivir, sin planear las cosas ni dar nada por supuesto. Pero lo que hacía en gran parte era portarme como una idiota, ¿no?

—Yo no lo diría así. —Leila soltó una risita.

—No, en serio. Me porté como una idiota. Besé a su prometido y luego desaparecí. Dejé que mi hermana pensara que estaba muerta. Y no me disculpé. Ella solo pretendía cuidar de mí. —Se calló de golpe. La conciencia de lo que había hecho no le permitía seguir hablando.

—La gente se hace daño mutuamente —comentó Leila con voz inexpresiva—. Le pasa a todo el mundo. Intencionadamente o no, arrepintiéndose o no. Forma parte de las cosas que hacemos. Lo bonito es que tenemos la capacidad de curar las heridas y de perdonar.

Bree dejó que estas palabras quedaran flotando en el aire. A lo largo de su viaje, había considerado que la noche en que había besado a Matt era un claro ejemplo de lo que significaba aprovechar el momento. Besar a alguien que te apetecía besar, hacer caso a esa voz espontánea que sonaba dentro de ti y no mirar atrás, le parecía que sería siempre una victoria.

Pero ahora no le pareció más que un impulso egoísta. Las lágrimas le brotaron de nuevo. Sintió que le rodaban por las mejillas libremente, sin acompañarse de sollozos esta vez, tal como Alexis había llorado en la comisaría.

Se incorporó en el asiento y tiró del cinturón de seguridad, que le apretaba demasiado.

—Soy un desastre —afirmó cogiendo otra servilleta y limpiándose la nariz—. No sé qué puedo decir para arreglarlo, pero necesito decirle que lo siento. Hemos de encontrarla.

—De acuerdo, la encontraremos.

—¿Cómo? No sé dónde está. Y no recuerdo su número de móvil. ¿Tú lo tienes?

Leila negó con la cabeza y explicó:

—En la comisaría me han buscado el teléfono fijo de tu casa.

—Entonces, se ha ido. —La oleada de lágrimas le enturbiaba la visión, y ella las dejaba correr sin secárselas.

—Creo que sé dónde buscarla.

Mientras el coche aceleraba, Bree se aferró a la mano reconfortante de Leila y se permitió llorar sin freno.

7

Eran las 4:30 de la mañana. Bree ya había perdido la cuenta de la cantidad de hoteles en los que habían buscado a Alexis. Sin alejarse del aeropuerto, habían parado en cuantos habían encontrado. Habría sido más fácil distinguirlos si no hubieran usado todos la misma gama de colores: el mismo amarillo claro en las paredes, el mismo verde oscuro en las alfombras, el mismo bermellón en los muebles…

Leila estaba segura de que Alexis se habría alojado en uno de los hoteles cercanos al aeropuerto, a la espera de tomar un vuelo por la mañana. Pero no habían hallado más que una sucesión de conserjes que meneaban la cabeza mirando la pantalla y decían: «Lo siento». Los vestíbulos estaban desiertos y los aparcamientos, sumidos en el silencio, como si todo el mundo excepto los empleados hubiera sido abducido.

—¿No hemos estado ya aquí? —preguntó Bree, mientras su amiga estacionaba el vehículo, ante la entrada de otro hotel más—. No creo que valga la pena seguir, Leila. No la vamos a encontrar.

—Venga —dijo Leila desabrochándose el cinturón—. Tengo un buen presentimiento con este. —Le dio a Bree un par de golpecitos en el muslo para animarla y se bajó del coche. La chica la siguió suspirando. Por una vez, tenía ganas de irse a dormir.

Las paredes del vestíbulo eran de color mostaza, y el estampado de las alfombras, de tonos jade y granate. Había dos mujeres detrás del mostrador de recepción. La más madura, de ralo pelo rubio recogido en un moño desaliñado y arrugas demasiado marcadas para su edad, examinaba ceñuda unos papeles. Llevaba prendida de la blusa una placa de identificación reluciente, aunque con una esquina astillada, de tal modo que faltaba la mitad de la última «e» de Marjorie.

La otra, más joven, parecía cansada pero alegre. Era pelirroja y llevaba un moño parecido al de Marjorie, pero más ceñido y con cada mechón en su sitio. En su placa solo ponía «Becaria». Al ver entrar a las dos chicas, Marjorie le susurró algo al oído a la otra y se apartó del mostrador. «Becaria» se mostró atenta, aunque no podía decirse que sonriera.

—Buenas noches, señoras —las saludó—. ¿En qué puedo ayudarlas?

—Hola —dijo Leila, y recitó la misma explicación que había ido dando a todos los conserjes—: Hemos de ponernos en contacto con uno de sus clientes. —Le dio el nombre de Alexis.

—¿Cuál es el número de habitación? —preguntó la recepcionista mirando la pantalla del ordenador y posando en el teclado unas uñas de impecable manicura de estilo francés.

—No tenemos el número, en realidad. Solo el nombre.

«Becaria» tecleó algo, pero no mostró ninguna reacción ante lo que apareció en pantalla. Titubeó y miró a Marjorie, quién meneó negativamente la cabeza—. Me temo que no estoy autorizada a facilitar ninguna información sobre nuestros huéspedes. —Entrelazó las manos sobre el mostrador—. Lo lamento.

—¿O sea que está alojada aquí? —explotó Bree, notando que se le aceleraba el pulso.

—Humm, bueno… —titubeó la becaria, pero enseguida la interrumpió Marjorie.

—Señora, no estamos autorizadas a dar ninguna información —dijo adelantándose y apartando a la otra mujer del mostrador. Bree reparó en las tiritas que llevaba Marjorie sobre dos uñas de la mano derecha.

—Es una emergencia familiar —dijo Leila—. No tiene que darnos ninguna información. Si pudiera llamar a la habitación, nos sería de gran ayuda.

—No puedo molestar a los huéspedes a estas horas —explicó Marjorie.

Bree reprimió el impulso de ponerse agresiva.

—Por favor, ayúdenos. Necesito hablar con mi hermana. ¿No puede al menos decirnos si está en este hotel?

—Lo lamento, señora, pero no puedo hacer nada. Va contra las normas de la casa. —Marjorie se irguió con las manos detrás, como un soldado en posición de descanso. La becaria le dirigió a Bree una mirada compasiva y se disculpó articulando las palabras solo con los labios.

—¿Qué es lo que va contra las normas? —preguntó Bree levantando la voz—. ¿Permitir que dos miembros de una familia se pongan en contacto por una emergencia?

Leila le puso a Bree la mano en el hombro y la apartó con suavidad, situándose directamente frente a Marjorie. Bree retrocedió unos pasos hacia la falsa chimenea para tratar de serenarse un poco antes de volver a la carga.

—Marjorie —dijo Leila con amabilidad—, no pretendemos que usted contravenga las normas. Pero necesitamos ponernos en contacto de inmediato con la hermana de mi amiga. ¿Qué puede hacer usted para ayudarnos?

La mujer alzó el mentón, desafiante. Bree advirtió que su expresión por defecto era aquel entrecejo fruncido y las comisuras de la boca hacia abajo, como si nunca esperase otra cosa que decepciones.

—Me es imposible facilitar información sobre los huéspedes ni molestarlos a estas horas.

—¿Hay un encargado con quien podamos hablar? —inquirió Bree con toda la calma posible.

Marjorie dio unos golpecitos en las tarjetas que tenía sobre el mostrador. «Supervisora de Recepción.»

—Fantástico —dijo Bree—. Una persona mezquina con ínfulas de poder. Es precisamente lo que necesitamos. —Cogió una de las tarjetas y empezó a romperla en pedazos, meneando la cabeza.

Leila le dirigió una mirada, tipo «Déjame a mí», que Bree entendió en el acto. Bajó la cabeza, accediendo, pero siguió rompiendo la tarjeta en trocitos aún más pequeños, hasta que el nombre y el título de Marjorie ya no resultaron legibles.

—Disculpe a mi amiga. Ha pasado una noche difícil —expuso Leila. Se inclinó hacia delante y miró fijamente los ojos azul claro de Marjorie—. Verá; una de mis letras favoritas, de un grupo llamado Modest Mouse, dice: «El mundo entero apesta a mal rollo, así que ya nadie se molesta en ducharse».

»Tal vez usted ha tenido una noche peor que la de mi amiga. Tal vez su jefe le ha gritado, o un cliente se ha puesto grosero. Pero tal como yo lo veo, no hay más que dos maneras de encarar las cosas después de una mala noche: o bien transmites el mal rollo a todo el mundo, o bien te das una ducha.

»Le aseguro que yo tengo una historia a mis espaldas que le haría dar gracias al cielo por lo leves que son sus problemas. Y qué demonios, seguro que usted tiene una historia que me haría dar gracias por lo leves que son mis problemas. Pero ¿de qué nos sirve?, ¿qué ganamos señalando lo horrible que es el mundo, en lugar de intentar limpiarlo un poco?

»Lo único que ha de hacer es decirnos el número de la habitación. Una cosa insignificante que servirá para que el mundo sea un poco mejor.

Leila juntó las manos, con un gesto que no era suplicante, sino más bien esperanzado.

Bree levantó la vista del montoncito de fragmentos de

tarjeta que había ido reuniendo mientras hablaba Leila. El vestíbulo se quedó en completo silencio cuando esta terminó su discurso, cosa que parecía buena señal, aunque todos los demás vestíbulos que habían visto estaban igualmente silenciosos. Algo en la expresión de Marjorie había cambiado, sin embargo. Tal vez era amabilidad; tal vez solo compasión.

La mujer carraspeó y dijo:

—No puedo ayudarla. —Se volvió hacia la becaria—. Has de cumplir siempre las normas de la empresa. —Y a continuación le acercó una tarjeta a Leila por encima del mostrador—. Si averigua el número de habitación, no dude en llamar.

Bree meneó la cabeza con incredulidad. Pensó en arrojarle a la cara a Marjorie los pedacitos de la tarjeta, o en echar a correr por los pasillos despertando a todo el mundo. Pero ya no le quedaban fuerzas. Cogió del brazo a Leila y la arrastró hacia la salida.

—Vamos —dijo.

Al cruzar las puertas y salir al aparcamiento, le sorprendió lo mucho que había refrescado.

—Menuda arpía —masculló Leila mirando la tarjeta que la mujer le había dado—. Es increíble lo despiadada que ha sido.

—Sí —dijo Bree, que no estaba de humor para regodearse en la frustración. Solo deseaba desconectar un rato.

Se mantuvieron un momento en silencio. Tenían delante mismo el aeropuerto. Bree observaba los taxis que se dirigían a la terminal para dejar allí a los viajeros más madrugadores. Le habría gustado saber hasta qué punto le serviría de consuelo retomar sencillamente su vida en la carretera, tratar de seguir amando la idea de llevar esa vida, aun cuando no la amara en sí misma.

—¡Dos, uno, ocho! —gritó Leila de pronto.

—¿Qué?

—¡Dos, uno, ocho! —repitió mostrándole la tarjeta y regresando hacia el hotel—. Marjorie se ha dado una ducha.

Bree dio la vuelta a la tarjeta y vio que los números estaban pulcramente anotados al dorso.

Se le aceleró el corazón. Alexis estaba allí. No tenía ni idea de lo que iba a decirle, pero ahora todo podía arreglarse. Corrieron hasta la entrada y se dirigieron directamente al ascensor. Bree sintió que sus pensamientos se sucedían de un modo enloquecido durante el breve recorrido hasta la segunda planta.

Se abrieron las puertas y salieron a un exiguo vestíbulo, donde había un par de sillas y una mesita auxiliar con un ramito de flores de plástico de vivos colores. Un rótulo en la pared indicaba la dirección según el número de habitación. Echó un vistazo al pasillo y después a Leila. Esta parecía sobrellevar todos los acontecimientos del día sin alterarse, como si ningún obstáculo que se cruzara en su camino pudiera borrarle la vitalidad de los ojos.

—Gracias, Leila. Gracias por convencerme de que la llamara. Por haber visto la verdad detrás de todas mis chorradas, cuando yo era incapaz de verla.

Leila sonrió cálidamente.

—De nada —dijo dejándose caer en una de las sillas—. Adelante. Te esperaré aquí.

Bree vaciló un instante; luego asintió y se adentró en el pasillo. Frente a la puerta número doscientos dieciocho, se saltó el gesto afectado de inspirar hondo y llamó con fuerza. Si su hermana no iba a perdonarla, prefería acabar cuanto antes.

Vestida con el mismo pantalón tipo pijama y la misma sudadera con capucha que llevaba en la comisaría, Alexis apareció en el umbral. Su rostro, bajo el penetrante resplandor del pasillo, parecía más envejecido que un par de horas antes. Arqueó las cejas ligeramente, como si esperase presenciar algo divertido. «Termina de una vez», parecían decir sus enrojecidos ojos.

—No debería haberme marchado —se excusó Bree—. Fue algo egoísta y desconsiderado, tienes razón. Nos amargó todavía más la vida a las dos.

Bree tomó conciencia de lo silencioso que estaba el pasillo. Alexis permanecía apoyada en la jamba, con las manos metidas en los bolsillos de la sudadera. Parecía totalmente impasible. Pero ahora Bree ya no podía parar.

—Perdona por no haberte preguntado nunca cómo te sentías. Di por supuesto que sabía lo que pasaba por tu mente, y me equivoqué. Perdóname por haber besado a Matt. Eso fue una verdadera guarrada. Perdóname por haberte hecho sufrir tanto; por habernos hecho sufrir tanto la una a la otra. Nuestra vida ya era bastante dura sin que yo me portara como una idiota. —Se pasó el dorso de la mano por la nariz—. Por si sirve de algo, te quiero. Sé que no siempre congeniábamos, pero durante estos nueve meses que he pasado lejos de ti, te he echado de menos. Y quiero que de nuevo formes parte de mi vida. Lo entenderé si no deseas volver a verme, pero tenía que disculparme.

Alexis seguía impertérrita. Bree se volvió para marcharse. Al menos lo había intentado.

Antes de que diera un paso, Alexis la sujetó de la muñeca, la atrajo hacia sí y la abrazó. Un abrazo estrecho, cálido, conocido. Bree notó el aroma a fresa del champú de Alexis: la misma marca que habían usado las dos durante años. Apretó la mejilla contra la de su hermana y sintió que le resbalaban por el cuello las lágrimas fundidas de ambas. Así se habían abrazado muchas veces durante la enfermedad de sus padres.

—Perdóname —volvió a decir Bree apoyándole la cabeza en el hombro.

—Estaba preocupadísima por ti. Mi hermanita sola por esos mundos. —La estrechó con más fuerza—. Está bien, te perdono. Pero no vuelvas a hacérmelo pasar tan mal nunca más. —Se sorbió la nariz y soltó una risotada—. Claro que quiero volver a verte, boba.

Bree se rio también. Notaba que le goteaba la nariz de tantas lágrimas y se la secó con todo descaro en la sudadera de su hermana. Se separaron al fin y permanecieron en el umbral de la habitación, disfrutando de aquel momento de felicidad.

A Bree le costó separarse de Alexis aunque no fueran más que unos minutos. Le dio otro abrazo antes de abandonar la habitación y fue a buscar a Leila a la salita junto al ascensor.

—¿Cómo ha ido?

Bree le dirigió por toda respuesta una sonrisa radiante.

—Bien. —Se levantó de la silla y llamó al ascensor—. ¿Me acompañas al coche?

—Claro.

Cruzaron el vestíbulo, saludando con la cabeza a Marjorie al pasar frente al mostrador. Bree incluso alzó una mano tímidamente, dándole las gracias, pero la mujer no levantó la vista.

Cruzaron la puerta que daba al aparcamiento y las recibió el aire fresco de la mañana. Las primeras luces del alba empezaban a colorear el horizonte. Bree había aprendido a marcharse de los sitios con facilidad, pero las despedidas eran otra cosa, y esta en particular mucho más.

Leila también andaba despacio, prolongando el trayecto hasta el coche.

—Alexis quiere que vuelva a casa con ella.

—Fantástico —contestó Leila, sinceramente contenta. Le dio a Bree un apretón de ánimo en el antebrazo—. Es lo que querías, ¿no?

—Para serte sincera, ni siquiera había pensado en qué

sucedería después de pedirle perdón. Ella me ha preguntado si quiero volver a casa.

—¿Vas a hacerlo?

—Le he dicho que deseo que volvamos juntas, pero a mi manera. Haciendo el viaje por carretera desde aquí hasta Reno. Sin itinerario, sin planes, sin prisas. Solamente ella y yo compartiendo la aventura.

—Asegúrate de conseguir un coche con aire acondicionado.

Bree se rio a carcajadas hasta que llegaron al coche de Leila. Por encima de todo, iba a echar de menos la facilidad con la que se reía en compañía de ella. Pasó un dedo por el capó del coche, y dejó una raya en la fina capa de polvo.

—La gente dirá de ti lo que quiera, Leila, pero la vida a tu lado nunca resulta aburrida.

—Y a tu lado nunca resulta demasiado legal.

—Hago lo que puedo. ¿Seguro que no quieres entrar y dormir unas horas? Podemos quedarnos y salir las tres por la mañana.

Leila pareció considerar un segundo la propuesta, mientras jugueteaba con las llaves del coche.

—No —dijo—. Creo que volveré a la carretera. La aurora boreal me espera.

Bree asintió. Sorprendida, tuvo que hacer un esfuerzo para contener las lágrimas. Le dio un abrazo a Leila.

—Quizá volvamos a vernos en alguna parte.

—Sí, quizá —respondió ella estrechándola con fuerza antes de separarse.

Desbloqueó las puertas y le pasó a Bree el bolso de lona. Ella se lo echó al hombro y miró el interior del coche.

—¿Qué demonios vas a hacer con ese expositor de cartón?

Leila se rio, como si hubiera olvidado que estaba ahí. Se encogió de hombros.

—Lo utilizaré para meterme en el carril de transporte

colectivo. Y para darle un achuchón en las noches frías y solitarias.

Bree también se rio y le dio otro abrazo.

—Cuídate, Leila.

—Tú también —dijo subiéndose al coche. Arrancó y bajó la ventanilla—. Si alguna vez necesitas ayuda para fugarte de la cárcel a zapatazo limpio, ya sabes a quién llamar.

Dicho esto, salió marcha atrás de la plaza de aparcamiento, viró y se alejó agitando la mano. Bree también agitó la suya, aunque estaba segura de que Leila ya no la veía. Abrazó el bolso de lona y volvió al hotel para reunirse con su hermana, pensando ya en todos los lugares que visitarían juntas.

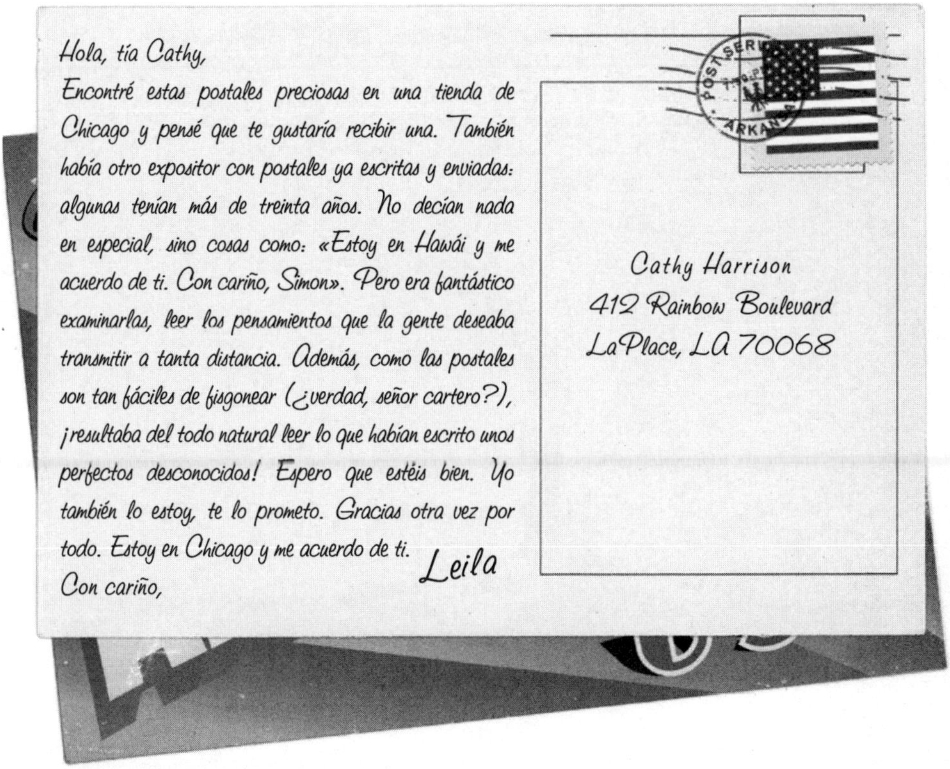

Hola, tía Cathy,

Encontré estas postales preciosas en una tienda de Chicago y pensé que te gustaría recibir una. También había otro expositor con postales ya escritas y enviadas: algunas tenían más de treinta años. No decían nada en especial, sino cosas como: «Estoy en Hawái y me acuerdo de ti. Con cariño, Simon». Pero era fantástico examinarlas, leer los pensamientos que la gente deseaba transmitir a tanta distancia. Además, como las postales son tan fáciles de fisgonear (¿verdad, señor cartero?), ¡resultaba del todo natural leer lo que habían escrito unos perfectos desconocidos! Espero que estéis bien. Yo también lo estoy, te lo prometo. Gracias otra vez por todo. Estoy en Chicago y me acuerdo de ti.

Con cariño,

Leila

Cathy Harrison
412 Rainbow Boulevard
LaPlace, LA 70068

ELLIOT

1

—Elliot —dijo Maribel tocándole ligeramente el antebrazo. Era precisamente con roces ligeros en el antebrazo como empezaban las grandes historias de amor. Él recordaría siempre ese momento y algún día le relataría a ella los detalles: lo preciosa que estaba, cómo lo había tocado con esa mano en cuya muñeca llevaba el ramillete que él mismo le había preparado, un ramillete a juego con la orquídea que él lucía en la solapa. Sí, sería capaz de recitarle a Maribel palabra por palabra la respuesta que le había dado —que iba a darle— a esa declaración de amor tan largamente esperada.

Se preparó para recordarlo todo, resistiendo —por última vez, así lo esperaba— el impulso de besarla.

—Elliot, yo valoro mucho tu amistad. De veras. Y no quiero perder lo que tenemos. —Maribel se inclinó y lo besó en la mejilla—. Así que no nos compliquemos, ¿de acuerdo? Dejemos las cosas como están.

«Esta es la película equivocada», se dijo Elliot en el acto. Las palabras que ella debía pronunciar no eran esas. Estaban en el baile de promoción; Maribel acababa de escuchar el largo discurso con el que su mejor amigo de toda la vida, o casi, le había confesado su amor. Tenían todo un verano de amor por delante. Después de ese ligero roce en el antebrazo, ella debía besarle. Tenía que decir: «Ya lo sé». Y luego: «Yo también».

No, no figuraba en el guion (en ninguna de las versiones del guion que Elliot había previsto para esa noche) que Maribel le dirigiera una de esas sonrisas que le habían hecho enamorarse de ella, y que se alejara sin más. Pero fue eso lo que hizo.

Todo le pesaba a Elliot de un modo abrumador: los pies que lo arrastraban por la acera, la botella que tenía en la mano, el gusto de *bourbon* en la lengua... El esmoquin lo agobiaba como si no fuera simplemente una prenda de tela, sino un recordatorio tangible de que esa noche tenía que haberle servido para quitarse un gran peso de encima, en lugar de todo lo contrario.

Tras agenciarse la botella de *bourbon* y de dar varios tragos, había abandonado el salón de baile del hotel de Minneapolis y se había propuesto recorrer a pie los treinta kilómetros que había hasta su casa en Burnsville. Después de caminar un par de kilómetros por el centro de la ciudad (evitando las miradas de complicidad de adultos sin duda más acostumbrados que él a caminar bajo la influencia del alcohol), se detuvo para recuperarse y se apoyó en la pared de un edificio. Cerró los ojos un momento, pero aún veía la expresión de Maribel: impávida. Le entró una oleada de náuseas, de modo que volvió a abrir los ojos e inspiró hondo. Si la vida se pareciera a las películas, estaría lloviendo. Pero en Minneapolis hacía una noche perfecta; incluso asomaban algunas estrellas entre los edificios. Por todas partes sonaban las risas de la gente que salía a montones de los bares de la Primera Avenida. Era como si la propia ciudad se riera de él, o peor, como si mostrase una total indiferencia ante su desengaño. «Ellas nunca dicen que sí cuando tú quieres —susurraba la música procedente de los bares—. ¿Por qué crees, si no, que estamos todos aquí bebiendo?».

Algo le hacía cosquillas en el mentón. Buscó a tientas

y tropezó con la orquídea que se había puesto en el ojal, a juego con el ramillete de Maribel. Se la arrancó de un tirón y, sin pensar lo que hacía, la arrojó a los coches que se aproximaban. La orquídea voló por el aire sin gracia, agitando desmayadamente sus sépalos blancos como si fueran unas alas rotas. Zafándose por los pelos del morro de una camioneta, aterrizó en el asfalto sin sufrir ningún daño. Elliot no apartó la vista de la flor. Los pétalos, de un vivo color morado, estaban salpicados de puntitos carmesíes, igual que una magulladura. No pasó mucho tiempo sin que el neumático de un coche estrujara la orquídea. Elliot concentró la mirada en la flor aplastada, como si hiciera un zoom, y mantuvo la imagen fija un momento, dejando que el ruido de los coches se fundiera con las notas iniciales de una canción. Pétalos y sépalos habían quedado desgarrados y el labelo de la flor, machacado sobre la calzada. Pensó que él sabía bien lo que se sentía en tal situación.

Olvidando sus náuseas, Elliot destapó la botella de licor y, al dar otro trago, se derramó un poco en la solapa del esmoquin. Abandonando la idea de volver a casa a pie, urdió otro plan. Imaginó una escena descartada de *Un gran amor,* una escena en la que Lloyd Dobler se tendía en mitad de la calle y dejaba que la lluvia cayera sobre él. Si al menos lloviera...

Volvió a tapar la botella, se apartó del edificio en el que estaba apoyado y avanzó tambaleante hacia la calle. Comparó aquellos pasos por la acera con el movimiento de aproximación que había ejecutado en el baile, y llegó a la conclusión de que la maniobra actual era más fácil. Su desenlace resultaba más previsible y entrañaba menos sufrimiento.

Al llegar al bordillo, no titubeó siquiera. Bajó a la calzada sin dar ni un traspié de borracho. Dio un paso más y se colocó en mitad del carril.

A causa del deslumbramiento de los faros, no podía deducir nada del coche que se aproximaba; únicamente, que avanzaba hacia él. Esperaba ver cómo desfilaba ante sus ojos todo un montaje sobre su vida, pero lo único que le acudió a la mente fue la imagen de Maribel al entrar en el salón de baile del hotel. Lucía un vestido de color morado, que armonizaba de maravilla con el tono de los pétalos de la orquídea, y se había recogido el pelo en lo alto, de tal modo que un par de sinuosas trenzas rubias le descendían como si fueran rayos de sol entre las hojas de los árboles.

Quizá se debiera a que el esmoquin era negro, o porque todo en Elliot tenía un aspecto más bien oscuro: el pelo, los ojos castaños, la tez vagamente aceitunada, como de Oriente Medio… O quizá se debiera, simplemente, a que estaba demasiado flaco para resultar visible. Lo cierto era que el conductor no pareció advertir que estaba allí plantado y siguió avanzando a toda velocidad. Por instinto, o tal vez por falta de convicción debida a la embriaguez, el chico retrocedió de un salto hacia el bordillo. Ese movimiento sí debió de captarlo el conductor, y los frenos chirriaron ruidosamente.

El coche patinó y, pasando junto a él, lo esquivó por muy poco y desató un coro de bocinas tan estridente que Elliot casi no oyó el ruido de cristales rotos. El corazón le martilleaba en el pecho, pero no dedicó más que un instante a pensar en su integridad. Miró, aturdido, cómo se detenía el coche.

Entonces advirtió que el estrépito de cristales lo había producido el retrovisor lateral del vehículo al golpear la botella de *bourbon* que sostenía en la mano; y que, de hecho, él no había salido del todo ileso. En cuanto bajó la mirada, sintió el calor de la sangre que resbalaba entre sus dedos, y notó el escozor del alcohol que se le había metido en la herida. Alzó la mano. A la débil claridad de las farolas, no se distinguía bien de dónde salía la sangre, pero había muchísima. La mano le temblaba violentamente, dejando a la vista trocitos de cristal que destellaban cuando les daba la luz, como estrellitas centelleantes en un dibujo infantil.

Miró entonces hacia el coche que había conseguido en buena parte esquivar. Lo único que veía eran las intensas luces rojas de los frenos. En ese momento la conductora se bajó a toda prisa. Llevándose una mano a la boca y sujetándose con la otra un vestido sin tirantes, corrió hacia Elliot.

—¡Mierda, joder! ¿Estás bien?

Él se limitó a asentir, mirándose a sí mismo, como para señalar que en términos generales estaba entero.

—Por poco te mato —tartamudeó la chica, todavía con la mano en la boca—. Lo siento mucho.

Los coches que pasaban tocaban la bocina al verlos en medio de la calle, bloqueando el paso.

—Estoy sangrando un poco —dijo Elliot.

—¡Ay, Dios mío! —gimió ella. Lo agarró del antebrazo y le examinó la mano—. Ni siquiera te he visto.

Fue corriendo al coche y regresó con un montón de servilletas que llevaban el logo de varias cadenas de comida rápida. Le puso el montón en la mano sana y empezó a limpiarle con precaución la mano ensangrentada. Como observándola desde cierta distancia, Elliot contemplaba la tarea de la chica, que realizaba con infinito cuidado, igual que una arqueóloga exhumando una pieza antiquísima.

—No puedo creer que haya estado a punto de arrollarte —dijo ella con voz temblorosa. Pero no le preguntó qué hacía plantado en mitad de la calle.

Elliot no sabía si estaba mareado por el alcohol o por la pérdida de sangre.

—Creo que estoy bien —dijo. A la luz de los faros de otro coche que pasaba, le vio la cara a la chica, con la frente fruncida y un aire consternado.

—No estás bien. Una idiota acaba de darte un golpe con su coche. —Arrojó una servilleta empapada de sangre y le aplicó otra nueva en la palma de la mano—. Tienes mucha sangre.

—Una parte podría ser *bourbon* —murmuró Elliot—. Probablemente, parece más grave de lo que es.

La chica alzó un momento la vista hacia él y siguió secando la sangre con las servilletas. Eran baratas y toscas y, de no ser por la delicadeza con que lo hacía y por el efecto del alcohol, Elliot habría sentido seguramente mucho más dolor—. Tienes que ir a un hospital.

Él notó que la sangre le resbalaba bajo la manga, empapándole la camisa, y sintió una calidez pegajosa que se extendía hasta el codo. La herida empezaba a ser visible a través de la sangre: un tajo profundo que le cruzaba la palma en diagonal y varios cortes pequeños en los dedos.

—Ya se me curará. Me lo limpiaré bien cuando llegue a casa y asunto arreglado.

Pasaron varios coches más tocando la bocina. Algunos bajaban la ventanilla y les gritaban que se quitaran de en medio.

—Un consejo muy sensato —les gritó la chica a su vez—. ¡Muchas gracias por la ayuda!

Él se rio, pero paró al notar que le subía un eructo.

—Serán idiotas —explotó ella—. Pero tienen razón. Déjame llevarte a un hospital. Ellos sabrán mucho mejor lo que hay que hacer con la herida.

Elliot tuvo una visión fugaz de Maribel visitándolo en el hospital, muy preocupada, y preguntándole por qué se había quedado en mitad de la calle.

—Dejará de sangrar en unos minutos —aseguró. Se puso las servilletas restantes sobre la palma ensangrentada—. Aplicaré un poco de presión y…

Se le escapó una mueca ante la oleada de dolor que notaba en la mano.

—La culpa es mía —insistió la chica—. Al menos, déjame llevarte a casa.

—No, no hace falta —respondió Elliot. Pero ella ya lo

conducía hacia el coche. Él se concentró para andar en línea recta. Al arrastrar los pies por el pavimento, crujieron los fragmentos de cristal de la botella. Llegaron al coche, y ella lo ayudó a instalarse en el asiento del acompañante.

—Tú sigue apretándote la mano —le indicó.

—Procuraré no dejártelo perdido de sangre —dijo él. Miró alrededor, como para estudiar lo que no debía manchar por encima de todo—. Lo siento. Me parece que te lo he ensuciado.

La chica se rio.

—No, qué va. La tapicería es así.

—¡Ah! —Le echó un vistazo, observando únicamente que tenía el cabello más corto que Maribel. Tardó un momento en recordar de dónde había salido esa chica—. Me llamo Elliot.

—Encantada, Elliot. Yo me llamo Leila.

Él asintió, se reclinó sobre el reposacabezas y cerró los ojos. Oyó el golpe de la puerta de su lado y, al cabo de un momento, notó que Leila se sentaba al volante.

—No puedes dormirte aún —dijo ella—. ¿A dónde te llevo?

—A Burnsville —indicó Elliot. Ahora la cabeza le daba vueltas y el dolor de la mano se le había agudizado. Definitivamente, no era así como tenía que haber ido la noche. Respiró despacio, tratando de dominarse.

Varios coches tocaron la bocina detrás de ellos.

—De acuerdo, de acuerdo —gritó Leila por la ventanilla abierta—. Ya voy.

Puso el coche en marcha, y él notó enseguida la sensación de movimiento. Giró la cabeza hacia la ventanilla para sentir el aire fresco, pero solo tenía una rendija abierta; por ello, buscó a tientas con la mano sana hasta que dedujo que no había botón, sino una de aquellas manivelas. Después de forcejear un poco, consiguió bajar el cristal del todo. Las servilletas manchadas de sangre revolearon al viento.

—Elliot, no te vayas a desmayar, ¿eh?

—Humm —gimió él. Necesitaba la ingravidez del sueño. Necesitaba olvidarse de Maribel y del baile de promoción, necesitaba que su cuerpo se olvidara del *bourbon*.

Notó que se le retorcía el estómago. Quiso hacerle una seña a Leila para que parase, pero no le dio tiempo: el vómito ya le salía a borbotones, formando un charco a sus pies y dejándole restos en las solapas del esmoquin. Había un reguero que partía del salpicadero y de las ranuras del aire acondicionado, pasaba por el panel de la puerta y acababa en el borde de la ventanilla, desde donde goteaba dejando un rastro en el asfalto.

En cuanto terminó, Elliot volvió a reclinar la cabeza.

—Lo siento —dijo, dirigiéndose no solo a Leila, sino a Maribel e incluso a sí mismo. Después cerró los ojos y se quedó dormido.

2

Lo primero que vio Elliot al despertarse fueron luces de ambulancia parpadeando en silencio, sin el acompañamiento de las sirenas. Giró la cabeza y entrevió las afueras de Burnsville, donde densas arboledas rodeaban su ciudad natal. Al ver las luces rojas bailando silenciosamente entre los árboles, creyó por un momento que se había vuelto sordo. Entonces oyó un ruido de pisadas y la cara de la chica apareció junto a su ventanilla. Leila acababa de aparcar el coche y lo había rodeado para ayudarlo a bajar.

—Venga —dijo abriendo la puerta—. A ver si te curan aquí.

—¿Dónde estamos?

—En el hospital. Te has desmayado antes de darme una dirección, y la mano te sigue sangrando mucho.

—Lo siento por tu coche.

—No importa. —Se agachó para ayudarlo a desabrocharse el cinturón—. No lo has hecho adrede.

La chica olía bien. Elliot se sintió avergonzado al pensar cómo debía de olerle a él el aliento.

Ella lo ayudó a bajarse lentamente del coche. Se colocó el brazo bueno de Elliot sobre los hombros, lo cogió por la cintura y le dijo que mantuviera en alto la mano herida. Mientras avanzaban renqueando por el aparcamiento, él hizo un esfuerzo para no parecer borracho.

La sala de urgencias estaba casi desierta; había una mujer intentando calmar a un crío que no paraba de berrear, y una enfermera sentada tras el mostrador de recepción. Leila lo instaló en una silla, fue a hablar con la recepcionista y regresó con unos formularios. Mientras le preguntaba al chico sus datos y rellenaba las hojas, este observó al niño sollozante. No se le apreciaba ninguna herida; así pues, esperaba que estuviera bien, que no fuera más que un niño cascarrabias, y su madre, una mujer excesivamente protectora.

—¿Motivo de la visita?

—¿Hace falta ponerlo? —Alzó la mano, aunque se cuidó de que el crío no se la viera y se pusiera más histérico todavía.

—Pondré «borracho».

—Eso servirá —dijo Elliot. Se deslizó hacia abajo en la silla para apoyar la nuca en el respaldo. Así le daba menos vueltas la cabeza, pero también le dolía más la mano.

Leila llevó los formularios a la recepcionista, quien le dijo que los atenderían enseguida. Al cabo de un par de minutos, la mujer y el crío desaparecieron tras unas puertas de doble hoja. Los aullidos del niño se desvanecieron poco a poco, como la sirena de una ambulancia al alejarse.

—Bueno —dijo Leila—, ¿cuál es tu historia?

Él se percató de que lo recorría con la mirada: el esmoquin manchado de alcohol, sangre y vómito; la mano sanguinolenta; el ojal sin ninguna flor…

—No es una historia que le apetezca oír a nadie —dijo evitando mirarla.

—Bueno, si mueres desangrado, me gustaría poder contar algo sobre ti.

Elliot se rio entre dientes. Aplicó más presión a la herida, y dejó escapar un gemido.

—Vamos. Te he traído al hospital a pesar de que yo no soporto los hospitales. Me has dejado el coche perdido de vómito. Al menos me debes una historia.

—Creía que habías dicho que no importaba.

—Sí, no importa. Pero yo tengo una norma muy estricta: nunca atropello a nadie sin averiguar luego quién es.

—Me parece que te tomas muy a la ligera todo este asunto de estar en un hospital con un desconocido borracho.

—He estado a punto de matarte. Si no le echo algo de humor, habré de enfrentarme a los remordimientos. —Le dio un golpecito en el brazo malo; Elliot se retorció en la silla—. No seas tímido. No tenemos otra cosa que hacer en esta sala de espera.

Al ver que él no respondía, Leila suavizó la voz:

—¿Ha sido por una chica?

Elliot se volvió de golpe.

—¿Cómo lo sabes?

—Bueno, andabas borracho con esmoquin en medio de la calle, y estamos en plena época del baile de promoción… O sea, que he acertado por pura casualidad, si te parece.

Él se deslizó aún más por la rígida silla de plástico y cerró los ojos. Sentía un dolor por dentro, y no tenía nada que ver con la herida de la mano ni con el alcohol.

—Lo tenía planeado a la perfección. Como Lloyd Dobler sujetando sobre la cabeza un estéreo a todo volumen bajo la ventana de su amada. O al menos debería haber salido perfecto.

—¿Quién es Lloyd Dobler?

—¿No has visto *Un gran amor*?

—No me suena de nada.

—*¿Todo en un día? ¿El club de los cinco?* —Leila se encogió de hombros—. ¡Por Dios, te las has perdido! Las películas de los ochenta son las mejores. Como a mis padres, cuando se trasladaron a Estados Unidos, les preocupaba no estar al día en cultura popular, compraron todas las películas que pudieron y las miraron una y otra vez para pillar la jerga de moda. Mi casa todavía está llena de cintas de vídeo, y yo me las tragué todas mientras crecía. No son como las películas de ahora. No hacen falta doscientos millones de dólares de presupuesto para contar cómo el chico conquista a la chica.

—Pero ¿tú chica te ha rechazado?

Elliot abrió de nuevo los ojos. La recepcionista había dejado su puesto y ahora estaban solos en la sala de espera. Los fluorescentes lo iluminaban todo con una luz desmayada, desde las paredes verde claro y las sillas de plástico gris hasta los expositores llenos de folletos con dibujitos y listas de síntomas.

—Vamos, vamos —dijo Leila—. Tus preocupaciones no se van a ahogar en el alcohol. Tienes que sacarlas fuera. —Le dio un ligero codazo con buen humor—. Háblame de esa chica.

Él se incorporó en la silla, sin mover mucho la mano. Las náuseas ya se le habían pasado en gran parte, pero todavía sentía el efecto del alcohol palpitándole en las venas y nublándole los pensamientos.

—Soy un tipo bastante olvidadizo —musitó—. Pero todo lo que ella dice lo recuerdo. Recuerdo el color de la cinta del pelo que llevaba el día en que nos conocimos en quinto curso. Recuerdo que le gustan las orquídeas porque parecen delicadas, aunque no lo son, en realidad. Recuerdo qué aspecto tiene mi nombre escrito con su letra, gracias a la única postal que me envió mientras viajaba con su familia hace dos veranos.

—¿Cómo se llama?

—Maribel. —Le encantaba decir ese nombre en voz alta, le encantaba sentir cada letra modelándole los labios—. La he amado desde hace mucho tiempo. Somos amigos; lo somos desde primaria. Pero nunca hemos pasado de ahí.

Giró la cabeza para mirar a Leila. Estaba sentada con las piernas cruzadas, jugueteando con aire abstraído con el dobladillo de su vestido veraniego.

—¿Y nunca hasta esta noche le habías dicho lo que sentías?

—Nunca acababa de saber cómo hacerlo.

—¿Y no se te ocurrió decir simplemente: «Oye, Maribel, te quiero. Vamos a enrollarnos»? Eso siempre funciona.

—Bueno, sí se me ocurrió esa fórmula. He pensado todas las maneras posibles de declararle tu amor a alguien. No conseguía decidir si era mejor soltárselo por las buenas mientras salíamos, o escribirle una carta, o hacerle un gran regalo, o urdir uno de esos planes detallados que los malvados de las películas para adolescentes andan tramando siempre para conseguir que la chica se enamore de ellos. ¿Quieres saber cuánto cuesta escribir el nombre de una persona en el cielo con una avioneta? Porque también lo averigüé.

—Si cuesta más que una langosta, no vale la pena. Llévala a un restaurante, invítala a langosta y escribe su nombre con mantequilla en el mantel. Conmigo funcionaría seguro.

La miró de soslayo y se echó a reír.

—Apostaría a que no se te había ocurrido esta manera de decir: «Te quiero».

—Casi. Yo iba a optar por unas patas de cangrejo.

—Eso habría sido un error —sentenció Leila, y reacomodó la postura—. Bueno, ¿y por qué esta noche?

Él inspiró hondo. Notó un regusto horrible a vómito y giró la cara, avergonzado, para soltar el aire.

—Yo quería hacerlo antes de que terminase la secundaria. Por eso decidí decirle lo que sentía en el baile de promoción, rodeados de todo el mundo. No hay nada más romántico que alguien que no teme exponerse por la persona amada.

»Estudié la escena mentalmente y siempre la encontré romántica, como sacada de una película. No podía concebir que no saliera bien. Siempre veía venir el beso al final.

Lo interrumpió una enfermera llamándolo por su nombre. Leila se levantó también y ambos siguieron a la mujer por el pasillo hasta un consultorio. El médico, que estaba lavándose las manos cuando entraron, examinó la herida, la limpió, retiró los trocitos de cristal y procedió a coserla. Todo sin decir palabra. Trabajaba con brusquedad, como si estuviera reparando un muñeco roto. Elliot procuraba reducir al mínimo las muecas de dolor, pero no debía de conseguirlo demasiado, porque en un momento dado Leila le ofreció una mano para que se la apretara. Cuando el médico terminó de vendar la herida, buscó con destreza una vena en el otro brazo, le colocó una vía intravenosa y le dijo que debía tenerla puesta veinte minutos; acto seguido, llamó a la enfermera.

—Esto le quitará la borrachera —dijo con el tono de un juez dictando sentencia.

En cuanto salió del consultorio, Leila se subió de un salto a la camilla, sentándose junto a Elliot.

—Ahora quiero oír tu discurso, el que le has soltado a… como-se-llame.

—Maribel —dijo Elliot sin perder la ocasión de pronunciar una vez más su nombre—. Obviamente, no he tenido éxito. No hay final feliz en esta historia.

—Recítame tu discurso, de todos modos.

Él sostuvo su insistente mirada y, por primera vez, ahora con la cabeza algo más clara, advirtió que era guapa. No era Maribel, pero era guapa. Luego se miró los pies, que colgaban de la camilla.

—No creo que esté preparado para revivir ese momento.

—De acuerdo. —Se quedaron callados, aunque Elliot notó que ella no le quitaba ojo—. Pero estás bien, ¿no?

—Todo remendado —aseguró Elliot alzando la mano vendada.

—No me refería a eso.

—Ya, ya lo sé.

—Escucha, soy consciente de que acabamos de conocernos... —dijo Leila, pero se interrumpió sin terminar la frase. Sonaban voces en el pasillo; antes de que pudiera descifrar lo que decían, Elliot supo muy bien a quién pertenecían.

—¡Uf!

—Ya sabía yo que un día de estos acabarías en el hospital —soltó su madre incluso sin haber entrado en el consultorio. A todo esto, se presentó una pareja de mediana edad, peinados casi por igual a lo afro de estilo judío. El padre iba con pantalones de pijama, pantuflas y una camiseta manchada por la cual, eso le constaba a Elliot, iba a tener problemas en cuanto su esposa se diera cuenta. Al verlos, él movió instintivamente la mano buena para tapar las vendas, pero tal vez estuvo demasiado lento, o tal vez su madre venía decidida a chillar y nada iba a impedírselo.

—¡Mi pequeño!

—¡Ay, Dios! —exclamó Elliot.

—No empieces con el «¡Ay, Dios!» —protestó su madre abalanzándose para examinarle la mano, como si estuviera convencida de que era imposible que el médico se la hubiera vendado a conciencia—. Pero ¿qué has hecho?

—¿Qué le ha pasado al esmoquin? —El padre se acercó y escudriñó las manchas como si pretendiera descifrarlas.

—¿Queréis hacer el favor de calmaros? —suplicó Elliot mirando a Leila con una mueca avergonzada.

Sus padres no parecían advertir la presencia la chica.

—¿Calmarnos? ¿Mi hijo se está desangrando y yo he de calmarme?

—No me estoy desangrando, *ima*. Estoy bien.

—Espero que cuando tú tengas hijos no hayas de pasar la angustia de recibir la llamada de un hospital en plena noche. Me extraña que ni tu padre ni yo hayamos sufrido un ataque al corazón y que no estemos ahora a tu lado enchufados a una máquina. —La madre se ajustó la correa del bolso—. Muy bien, *mamzer*. Si estás bien, dime, ¿qué haces en un hospital?

—¿Alguien recuerda qué decía la cláusula sobre manchas de la tienda de alquiler? —El padre inspeccionaba entre los dedos la tela del esmoquin, manteniendo las gafas en la punta de la nariz.

—No es nada —dijo Elliot—. Estoy bien.

—Muy bien, sí. Hueles como un vagabundo. ¿Y esto para qué es? —Señaló la vía intravenosa—. Cuéntame lo que ha pasado o llamo al médico para que venga y te quite los puntos. Y reza para que esté dispuesto a hacerlo; si no, lo haré yo misma.

—Sharon, creo que ha bebido —dijo el padre husmeando la chaqueta del esmoquin.

—No digas *shtuyot* —replicó ella—. Mi hijo no bebe. —Miró con hostilidad a su marido y luego de nuevo a Elliot—. Tú no bebes.

El chico arrancó la tela de entre los dedos de su padre.

—Deja ya de olerme, papá, por favor. Y tú, mamá, cálmate un momento. —Le echó un vistazo a Leila, que ponía una cara muy seria, pero estaba conteniendo la risa.

—¿*Nu?* Estoy esperando.

—La cuestión es que... —masculló Elliot, aunque no tenía ni idea de cuál era la cuestión, ni de cómo comunicársela a sus padres.

Por suerte, en ese momento entró una enfermera. Si hubiera sabido el panorama que la esperaba allí dentro, tal vez habría dejado que Elliot recibiera unos minutos más de fluido intravenoso por cuenta de la casa. La madre la asedió de inmediato con una serie de preguntas sobre el estado de su hijo, el pronóstico de la lesión y el tratamiento que debía seguir en casa.

—¿Hay farmacia en el hospital? ¿Está abierta? ¿Qué marca de gasas considera más fiable? ¿Cuántos analgésicos le puedo dar como máximo? Mire el dolor que está sintiendo; ¿no le puede poner un poco más?

La enfermera se apresuró a indicarle dónde estaba la farmacia del hospital.

—Vamos antes de que cierren —le urgió la mujer a su marido, aunque la enfermera no había dicho en ningún momento que fuesen a cerrar la farmacia.

Antes de salir, se volvió hacia Elliot.

—Y no creas, no hemos acabado contigo —sentenció, y se alejó por el pasillo, donde todavía siguió resonando su parloteo.

La enfermera meneó la cabeza mientras le retiraba a Elliot la aguja y aplicaba un algodón sobre el puntito de sangre.

—¡Vaya! —soltó Leila.

—Sí, ya. —Él alzó una mano para indicar que entendía todo cuanto pudiera pensar sobre sus padres—. Va a ser una larga noche, y por los peores motivos —dijo tapándose la boca con la mano y luego pasándosela por la cara. Los fluidos que le habían inyectado le habían despejado un poco, pero el mundo exterior parecía decidido a mantenerlo aturdido.

Cuando volvió a levantar la vista, la enfermera se había ido y Leila estaba en el umbral, inspeccionando el pasillo. Enseguida volvió a su lado y tiró de él para que se bajara de la camilla.

—¡Vamos! —dijo.

—¿Qué? ¿A dónde? —Bajó tambaleante, desgarrando el protector de papel de la camilla, y la siguió fuera del consultorio. Se cruzaron con un celador que empujaba una camilla vacía y con un hombre que hablaba en susurros por el móvil.

Leila no dijo nada hasta que llegaron a la sala de espera de urgencias y se dirigieron a la salida.

—¡Vamos a por la chica!

—No tan deprisa —pidió Elliot, mientras ella empujaba las puertas y lo guiaba hacia el aparcamiento—. ¿Qué significa eso de que «vamos a por la chica»?

—Mira, en todas las comedias románticas, antes de que el chico consiga a la chica, siempre hay una escena en la que creemos que ha dejado escapar su oportunidad. —Leila seguía arrastrándolo del brazo sano hacia el coche—. Eso es lo que pasa ahora. Tú crees que has perdido a la chica. Pero todavía no es así si me permites la opinión. —Le franqueó la puerta del acompañante, como si aún estuviera borracho y sangrando—. Tengo el presentimiento de que esta es la razón, por así decirlo, de que nos hayamos encontrado. Voy a ayudarte a conseguir a Maribel.

—Muy amable de tu parte por ofrecerte, pero me parece que debería volver y hablar con mis padres.

—No. Ya hablarás con ellos mañana. Es la noche del baile de promoción. Lo que tienes que hacer es ir a por la chica.

—No paras de repetir eso —murmuró Elliot, negando con la cabeza, aunque notaba que una parte recóndita de él empezaba a acariciar esperanzas—. Pero la vida no es como en el cine. Si intentas vivir la tuya como en las películas, acabas con la mano ensangrentada y con el corazón destrozado.

—Eso, de hecho, suena como una frase de película —afirmó ella rodeando el coche. Mirándolo por encima del techo del vehículo, le preguntó—: ¿Qué haría Lloyd Dobler?

—Yo no soy Lloyd Dobler. —Quería decirlo gritando, pero las palabras le salieron con un tono triste y derrotado. Leila no hizo caso y se metió en el coche, obligándolo a sentarse junto a ella para proseguir la conversación—. Yo soy más bien como Duckie, de *La chica de rosa,* y quizá ya es hora de que lo acepte. Maribel ha dicho que no. Debería dejarlo correr.

Leila se inclinó sobre él, cogió el cinturón de su lado y se lo abrochó con un clic enérgico.

—No tienes por qué ser ese Duckie, sea quien sea. No has de darte por vencido. ¿Acaso Lloyd Dobler se daba por vencido?

Tal vez lo más sensato habría sido interpretar la mirada que Leila le dirigía como una muestra de locura, y no de entusiasmo. Tal vez debería haberle parecido una chica más delirante que inspiradora. Pero cuando ella metió la llave en el contacto y arrancó el motor, Elliot no pudo evitar sentir que la vida todavía podía ser como en las películas; que, con su ayuda, tal vez tenía todavía una oportunidad para conseguir ese beso estelar con música orquestal de fondo.

—¡Vamos a por la chica!

3

La música de los 40 Principales inundaba el oscuro salón de baile del hotel donde la fiesta de promoción seguía todavía por todo lo alto. Las luces de colores recorrían enloquecidas las paredes. En un extremo habían montado un escenario para la banda de música, y había una pista de baile bastante grande. Las parejas se apelotonaban para que los supervisores escolares no pudieran distinguir quién se apretujaba con quién.

Elliot y Leila estaban en el baño de caballeros. Él se había excusado para ir a adecentarse, pero Leila lo había seguido adentro y, tras examinar la encimera por si estaba mojada, se sentó de un salto sobre el mármol.

—Bueno, ¿cuál es el plan? —preguntó. Tuvo que alzar la voz, porque las paredes prácticamente latían con el ritmo de la música del salón, y las lámparas de vidrios de colores que colgaban de los espejos traqueteaban como tambores.

Elliot se quitó la chaqueta y se dedicó a humedecer toallas de papel.

—Humm… No lo sé, la verdad. Supongo que la estrategia de declararle mi amor no ha funcionado demasiado bien, de manera que esta vez debería probar otra cosa. Algo…

Hizo un gesto con la mano, como si quisiera trazar la siguiente palabra en el aire.

—No sé… Algo más efectivo, espero. —Se esforzó para reprimir las náuseas mientras cepillaba los restos de vómito del esmoquin.

—Algo más espectacular —sugirió Leila. Metió la mano en el bolsillo del vestido y, sacando un paquete de chicle, se lo ofreció a Elliot—. Más espectacular y quizá con un poquito más de gancho. Sin ánimo de ofender.

Él cogió el paquete y se metió dos pastillas en la boca, agradecido y avergonzado.

—Claro, más espectacular. —Aplicó a la tela un poco de jabón de las manos, con la esperanza de que se obrara el milagro y pudiera salir de allí impecable—. Algo más cinematográfico.

Se quedaron callados un instante, escuchando la música a través de las paredes, mientras él hacía lo posible para dejar presentable el esmoquin. Entonces oyeron que la banda dejaba de tocar y que la gente estallaba en aplausos.

—Vamos a hacer una breve pausa y volveremos para la última tanda de la noche. —Sonó otra ovación.

Al cabo de un momento, tres miembros de la banda entraron en el baño felicitándose mutuamente por la marcha de la actuación. Elliot los conocía a los tres de la escuela. Dos de ellos eran del último curso, igual que él. El batería, Kurt, estaba en su clase de Literatura Inglesa. El tercero era un estudiante de segundo bastante famoso por su destreza con la guitarra. Corrían rumores de que el grupo, en buena parte gracias al guitarrista, tenía concertadas actuaciones por la Costa Este durante el resto del verano. Los tres se detuvieron en seco al ver a Leila sentada en la encimera del lavabo.

—Tranquilos, no os habéis equivocado —dijo ella haciéndoles una seña para que entraran.

Los tres músicos miraron a Elliot, que se encogió de hombros; titubearon, se encogieron también de hombros y se dirigieron a los urinarios. Kurt saludó a Elliot al pasar por su lado.

—¿Qué demonios te ha ocurrido? —dijo echándole un vistazo al esmoquin y a la mano vendada.

—Es una larga historia —replicó él, que restregaba los pantalones, aunque sin aplicar demasiada agua para que no pareciera que llevaba el traje salpicado de orina (el único fluido corporal que había conseguido evitar hasta ahora).

—Le he dado un golpe con el coche y luego ha vomitado —explicó Leila.

—¡Ah, entonces no es una historia tan larga! —Kurt se rio entre dientes—. Creía que llevabas aquí toda la noche.

—He salido un rato. —No quería entrar en detalles.

A Leila, en cambio, no le importaba.

—Maribel lo ha rechazado.

Elliot la miró con incredulidad.

—¿Qué pasa? —cuestionó ella—. Tampoco eres James Bond. No hay motivo para mantenerlo en secreto. Si quieres a esa chica, debes proclamarlo ante todo el mundo. Así de simple.

Kurt se subió la cremallera y se acercó para lavarse las manos.

—La mayoría de la gente ya lo sabe de todas formas, tío. O sea que te ha soltado lo de «solo amigos», ¿no?

Los otros dos miembros del grupo, pasando de la conversación, comentaban qué iban a tocar en la última tanda. Pulsaron el botón de la cisterna y se acercaron a la pila; Elliot se hizo a un lado para dejarles usar el grifo.

—No —dijo Elliot—. No es eso lo que ha ocurrido. Lo de «solo amigos» le quita todo el desgarro. No, digámoslo sin rodeos: la chica a la que amo me ha rechazado.

—Provisionalmente —terció Leila—. Porque él la va a conquistar.

Kurt usó unos segundos el secador automático y se las acabó de escurrir en la parte trasera de los pantalones.

—¿Ah, sí? ¿Y cómo piensas hacerlo?

—Aún no tenemos un plan —dijo Leila—. Pero sabemos que ha de ser espectacular.

Elliot dejó la chaqueta sobre la encimera, dándose por vencido con las manchas, y se limitó a aplicar toallas de papel a las partes que todavía estaban húmedas. Miró a Kurt y a Leila, y a los otros dos miembros del grupo.

—Lo cual nos deja un hueco de cinco minutos —estaba diciendo el guitarrista cuando el secador de manos se apagó—. Podríamos alargar las bromas un poco; o también, estaba pensando, sería divertido tocar *Don't You Forget About Me.*[1] En plan irónico, ¿entiendes?

—Nunca la hemos ensayado —respondió el cantante mirando hacia donde estaba sentada Leila.

—¿Y qué tal una canción de Weird Al?[2]

—Joder, tío, necesitamos algo que tengamos ensayado.

—Vaya, perdón por proponer ideas. No veo que a ti se te ocurra nada —protestó el guitarrista.

—No se trata de proponer ideas. Solamente necesitamos una canción más para completar la actuación. Y nos sabemos dos que aún no hemos tocado. Podemos tocar *All That She Wants* de Ace of Base, o *99 Problems* de Jay-Z. ¿Cuál prefieres?

Elliot se lo imaginó: los ángulos de la cámara, los encuadres de la multitud tarareando la canción, entrelazados con primeros planos de la cara de Maribel; ese tipo de energía colectiva que puede dejarte sin aliento.

—Creo que tengo una idea —anunció.

Transcurrió un momento de entusiasmo y de confianza antes de que Elliot comprendiera que iba a tener

1. Canción de Simple Minds, compuesta para la banda sonora de *El club de los cinco*.

2. Cantante y humorista, famoso por sus letras paródicas.

que salir al escenario y ponerse a cantar. Y no se trataba de una canción cualquiera, sino de *All That She Wants,* que habla de una mujer que está tan sola que persigue a los hombres con el fin de quedarse embarazada. Aunque no fuera la canción ideal, resultaba que él se sabía todas las letras de Ace of Base, porque su padre estaba obsesionado con ese grupo.

Su esperanza era que con decir en mitad del escenario: «Esta canción es para ti, Maribel», ya sería más que suficiente. Si algo le había enseñado el cine era que ponerte en ridículo por amor solo podía tener resultados positivos.

Salieron del baño todos juntos. Leila iba oculta entre ellos para que el supervisor de la puerta principal no la viera.

—Volveremos a salir al escenario en unos cinco minutos. Tocaremos el resto del repertorio para dejar bien animado al personal y entonces te pediremos que subas —propuso Kurt.

Fue en ese momento cuando los nervios de Elliot captaron la situación. Notó que rompía a sudar, cosa que le provocó picor en la mano vendada. Escudriñó entre la multitud, por si localizaba a Maribel. No había tanta gente como cuando se había marchado, pero a pesar de todo la sala de baile estaba todavía atestada: los chicos, junto a las mesas, pegando tragos a hurtadillas a sus petacas; las parejas dándose el lote por los rincones; los que iban sin pareja, formando corrillos…

—¿Dónde está? —preguntó Leila—. Señálamela.

—Leila, no creo que sea capaz. —El estómago le rugió, como asintiendo. Se cuestionó si no tendrían que haberle practicado un lavado de estómago en el hospital, aunque en cierto modo ya se lo había hecho él por su propia cuenta—. Yo no sé cantar. No sé bailar. Ni siquiera he pisado un karaoke en mi vida. —Respiró aceleradamente—. Por Dios, ¿cómo se me ha ocurrido esta idea?

Leila se plantó frente a él y lo sujetó de los hombros.

—¡Eh, mírame! —No apartó la vista hasta que él la miró a los ojos—. Va a salir bien. Siempre da un poco de miedo perseguir lo que quieres. Pero Maribel se dará cuenta de lo que estás dispuesto a hacer por ella, y le entusiasmará. Tú puedes.

—No, en serio. No soy capaz de cantar. No sé cuántas cuerdas vocales tiene la gente, pero yo debo de tener la mitad. Cuando intento cantar en la ducha, el agua sale fría. Cada vez, te lo juro. Como si quisiera obligarme a que me calle.

—Elliot, ¿para qué estamos aquí?

—¿Para sufrir un ataque de pánico?

Ella lo zarandeó.

—Dilo.

El chico recorrió el salón de un vistazo. Vio a algunos de sus amigos al fondo: todos un poco achispados, pero más que nada aburridos; una chica de su clase de Cálculo estaba sentada a una mesa, sola, mandando mensajes de texto con aire cabreado; dos profesores montaban guardia junto a la salida de emergencia, sin supervisar al personal, pero pretendiendo que lo pareciera... Deseaba atisbar aunque fuera fugazmente a Maribel con su vestido de color morado, pero le aterrorizaba también lo mucho que le iba doler volver a verla.

—Dilo —repitió Leila. Elliot musitó algo que ni siquiera él mismo escuchó. Sonaron algunos aplausos dispersos mientras la banda ocupaba el escenario—. Muy bien, verás lo que vamos a hacer. —Leila lo cogió de la mano sana y lo arrastró hasta unas sillas. Lo sentó y se instaló en otra silla frente a él—. Quiero que cierres los ojos y te imagines a ti mismo besando a Maribel. Puede ser delante de la gente, o bien en un lugar privado... Donde tú quieras.

Él obedeció. La imagen le acudió a la mente con toda naturalidad; llevaba mucho tiempo recreando esa fantasía. Sintió un delicioso escalofrío nada más imaginar que sus labios se rozaban. Imaginó que la besaba en medio del campo, durante una comida; en la cama de ella, entre un montón de cojines; en el cine, antes de que apagasen las luces, con la misma despreocupación que si llevara años besándola.

—Si no haces esto, probablemente nunca conseguirás besar a Maribel —aseguró Leila—. Nunca. Así que la cosa es muy sencilla. Sube a cantar. Que cantes bien o mal no importa, siempre que cantes con el puto corazón en la mano. —Alzó la voz, porque la banda ya empezaba a tocar de nuevo.

Aunque no se relajó, Elliot se sorprendió al darse cuenta de que estaba asintiendo.

—No sé si ha sido buena o mala suerte que me haya tropezado con la única persona de Minnesota capaz de pronunciar un discurso como ese.

No era fácil distinguirlo con la escasa iluminación que había, pero pareció que Leila se sonrojaba un poco.

—¿Qué quieres que te diga? Soy una romántica optimista. Y quizá algún día puedas devolverme el favor.

El grupo terminó una versión divertida de una famosa canción de rap, y, cuando terminó la salva de aplausos del público, Kurt cogió el micrófono incorporado a la batería.

—Y ahora, damas y caballeros, tenemos una sorpresa especial para ustedes esta noche. ¡Den la bienvenida al escenario, en nombre del amor, a la actuación musical de Elliot Pinnik!

Un par de personas aplaudieron, y se oyó también un silbido. Elliot saltó prácticamente de la silla y se abrió paso hacia el fondo del salón de baile, caminando deprisa para no tener tiempo de echarse atrás. Un chica borracha que no conocía le gritó: «¡Vamos, Elliot!». Pasó entre sus amigos, que parecían tan desconcertados por su desaparición a media fiesta como por su intención inopinada de salir al escenario.

Subió tambaleante los escalones laterales y se dirigió

directamente hacia el cantante, evitando mirar a los asistentes. Cuando sujetó el micrófono y se volvió hacia el público, descubrió con sorpresa que la mayoría de la gente quedaba oculta entre las sombras. Los intensos focos que apuntaban al escenario hacían difícil distinguir nada que no fueran siluetas oscuras, y la sensación de náuseas que había notado en el estómago se le aplacó de inmediato. Varias personas más aplaudieron.

—Maribel —dijo, aunque no reconocía la voz que salía de los altavoces—, esto es para ti.

Kurt golpeó sus baquetas. «Un, dos, tres, cuatro», gritó, y la música estalló alrededor de Elliot.

Sintió como si nadara en aquella tremenda oleada, como si la música viniera del aire y se abatiera sobre él. Siguió el ritmo con la mano buena sobre el muslo, y también con la cabeza. Sin pensarlo siquiera, esgrimió el pie del micrófono mientras se contoneaba y esperaba al siguiente compás para hacer su entrada.

Cuando cantó el primer verso de la canción, fue como si el sonido no hubiera salido propiamente de él.

—Ella lleva una vida solitaria —gritó al micrófono.

Oía el ruido de la multitud agitándose con la música. Recordó la escena de *Todo en un día,* cuando Matthew Broderick, en el papel de Ferris Bueller, se arranca a cantar durante el desfile *Twist and Shout*. Sacando al Ferris que llevaba dentro, Elliot cerró los ojos y se puso a dar saltos por el escenario, mientras cantaba a pleno pulmón: «Lo único que ella quiere es otro bebé». Subió a la plataforma elevada donde estaba la batería de Kurt, volvió a bajar de un salto y simuló que tocaba la guitarra junto al guitarrista de segundo curso. Siempre había oído decir a la gente que se ha de bailar como si nadie estuviera mirando, pero nunca hasta ese momento había comprendido a qué se referían. Sencillamente, algo se había soltado en su interior, y resultaba fantástico.

El final llegó casi sin que se diera cuenta y, cuando todos los instrumentos enmudecieron y volvió a oírse únicamente al público, sintió que él era Ferris Bueller. Estaba dispuesto a bajar de un salto del escenario y besar a Maribel. Se imaginó que la multitud de la pista de baile le abriría paso para permitir que se produjera ese gran momento.

Y así lo hizo. Saltó del escenario, buscando a Maribel entre la gente incluso antes de haber aterrizado. En vez de dejarle pasar, sin embargo, la multitud se agolpó a su alrededor. Un montón de manos le dieron palmadas en la espalda y se alzaron en el aire para chocar esos cinco. «¡Ha sido impresionante!», le gritó a bocajarro un jugador del equipo de fútbol que nunca le había dirigido la palabra.

Abriéndose paso entre el tumulto, Elliot buscó a Maribel, e incluso gritó su nombre varias veces, aunque nadie prestaba mucha atención a lo que decía; todos estaban demasiado ocupados felicitándolo.

Finalmente, por los altavoces sonó música grabada, y la gente se dispersó un poco y le dejó espacio para desplazarse. Divisó a sus amigos y, casi sin aliento, llegó hasta ellos.

—Joder, tío —dijo Mario—. Ha sido increíble. No puedo creer lo que acabas de hacer. —Mario había sido su mejor amigo durante años, y raramente hacía un comentario positivo.

—Gracias —replicó Elliot, mientras los demás le daban la enhorabuena—. ¿Sabéis dónde está Maribel? No la veo por ningún lado.

—Ah, se ha marchado —informó Mario.

—¿Qué?

—Sí. Hace como una hora.

—Más, seguramente —añadió Damon.

—Mierda —exclamó Elliot.

—Sí, siento amargarte el subidón —afirmó Mario. Sacó una petaca del bolsillo interior de la chaqueta, dio un trago y se la pasó a los demás—. Se ha ido a la fiesta que montaba más tarde ese tal Bobby en su casa. Ya íbamos a salir para allá. ¡Qué lástima! Has montado un número increíble, tío. No sabía que fueras capaz de algo así.

Le dio a Elliot un ligero puñetazo en el hombro. Él apenas lo notó. Como había sucedido durante la mayor parte de la noche, sus sentimientos se concentraban en el estómago y en ese momento parecían estar diciendo entre rugidos y gorgoteos: «¡Maldita sea!». La adrenalina se le retiró de las venas. Imaginó a Maribel en la fiesta, con un vaso de plástico en la mano, charlando con sus amigas, sin enterarse de la actuación que él acababa de marcarse.

Leila se acercó al corrillo con los ojos muy abiertos y llenos de excitación.

—¿Ha funcionado? ¿Dónde está Maribel?

—Se ha ido —musitó Elliot.

4

Leila no concedió a Elliot ni un instante para regodearse en su decepción. Lo agarró del brazo y tiró de él hacia la salida.

—En las películas siempre hay una fiesta particular —dijo ella—. Me da la sensación de que nos dirigimos a un final feliz de cine.

Elliot no le contestó. Subió al coche, reparando por primera vez en el extraño expositor de cartón del asiento trasero.

—Me ayuda a no sentirme tan sola cuando estoy en la carretera —explicó Leila.

—¿Qué quieres decir con eso de «en la carretera»?

—Yo no soy de aquí, ¿sabes? He pasado unos días en Minneapolis. De hecho, ya me marchaba cuando ese chico borracho se me ha puesto delante del coche.

—¡No! ¡Menudo cabrón! —exclamó Elliot, divertido—. ¿A dónde vas?

—A Alaska.

—Qué guay. ¿Por algún motivo en especial?

—Voy a ver la aurora boreal. Él tenía muchas ganas —dijo señalando el asiento trasero—. No sé decirle que no.

Elliot se echó a reír, pero notó que había algo más bajo el tono chistoso de Leila.

—¿De veras vas para eso? ¿Para ver la aurora boreal?

—¿No te parece motivo suficiente? La gente va a Buffalo solo para contemplar las cataratas del Niágara.

—De todos modos, ¿por qué has preferido la aurora boreal en lugar de las cataratas del Niágara?

—Porque creo que un prodigio tan divino en medio de las bellezas naturales de Alaska es un poco más interesante que un montón de agua en Buffalo. Además —dijo arrancando el motor—, le prometí a mi abuela que iría a ver la aurora en persona, ya que ella no tuvo la oportunidad de hacerlo.

Elliot la observó. Sus manos, pequeñas, desprovistas de anillos y esmalte de uñas, sujetaban el volante relajadamente. Miraba la calle con aire inquisitivo.

—¿Hacia dónde vamos?

Él señaló a la derecha, todavía con los ojos fijos en el perfil de su acompañante. Tras unas cuantas indicaciones

más, Leila le echó un vistazo rápido, como si estuviera comprobando el retrovisor lateral, y preguntó:

—¿Y ahora cuál es el plan? ¿Insistimos con algo espectacular y cinematográfico?

—No sé si seré capaz de repetir otra actuación como esa. —Elliot jugueteó con la manivela de la ventanilla—. Volveré a probar con la declaración de amor. La primera vez, para ser totalmente sincero, no me ha salido muy bien. Lo he dicho casi todo tartamudeando, y ella me ha cortado antes de que terminara. Ni lo he dicho al estilo de *Jerry Maguire*: «Ya me habías conquistado al decir hola». Ella me ha interrumpido y se ha largado.

—Bueno. Podrá correr, pero no esconderse.

Elliot se rio con ganas pese a la persistente sensación de vergüenza que le provocaba su primer intento con Maribel. Era un sentimiento que casi tenía pegado en la piel: algo que debía restregarse y limpiarse a fondo.

—Esa frase es la más chunga que podrías haber sacado a relucir en estas circunstancias.

—Ah, ¿no encaja? A mí me suena como la típica frase de película.

—Y así es. Pero es lo que les dicen los malos a los buenos, o los buenos a los malos. Es un tópico del cine de acción, pero no tiene nada que ver con las comedias románticas.

—Vaya, olvida que lo he dicho. —Transcurrió un momento—. Debería haberme callado después del primer discurso. Así habría conservado un aura de misterio y sabiduría.

—Mira, Leila, me has atropellado, o poco menos, en plena noche, y a pesar de que no nos conocemos, estás decidida a arreglar mi vida sentimental. Créeme, todavía conservas ese aura.

Cuando llegaron a la casa, Elliot esperaba encontrar el alboroto y el caos de las fiestas de graduación tal como los pintan en las películas: gente borracha vomitando en los arbustos, parejas montándoselo por todas partes, un tipo con un disfraz disparatado corriendo por la calle… Pero lo que encontraron fue una calle bastante tranquila, sin apenas huecos para aparcar junto a la acera, y una casa enorme con las luces encendidas. Sonaba débilmente un ritmo machacón y un vago rumor de voces.

Elliot y Leila recorrieron el sendero de losas que atravesaba el patio hacia la puerta principal. Una fuente, que exhibía la figura de un ángel, gorgoteaba serenamente sobre la amplia taza de piedra. Había un cartel en la puerta que decía: «ES INÚTIL LLAMAR AL TIMBRE; HAY MUCHO RUIDO AQUÍ DENTRO. PERO NO OS PREOCUPÉIS. TENEMOS SOBORNADOS A LOS VECINOS. NADIE LLAMARÁ A LA POLICÍA. ENTRA Y TÓMATE UNA COPA. KEG ESTÁ EN LA PARTE TRASERA».

Empujaron la puerta y dieron vía libre al fragor de la fiesta. Era posible que hubiera dos canciones distintas sonando a la vez, aunque quizá esa impresión se debía a la escasa familiaridad de Elliot con la música electrónica. O tal vez era el rugido de la gente gritando y dando alaridos lo que producía el efecto de un bajo añadido. Algunos chicos merodeaban junto a la puerta, apoyados en las paredes, dando tímidos sorbos a sus vasos rojos de plástico y echando vistazos a la hora.

Cruzaron el vestíbulo y recorrieron el pasillo que iba a la cocina. Había rótulos por todas las paredes de la casa, indicando dónde estaban los baños, la bebida o —al mejor estilo del cine adolescente— la mazmorra del sexo.

—¡Por Dios! Espero que no esté en la mazmorra del sexo —masculló Elliot.

—¿Cómo va vestida? —preguntó Leila poniéndose de puntillas para atisbar por encima de la gente, aunque inútilmente. La mayoría de los asistentes iban con esmoquin o trajes de fiesta, con lo cual el veraniego vestido amarillo de Leila llamaba la atención.

—Va de color morado, con un ramillete de orquídeas a juego. —Caminaron entre la gente por el pasillo y entraron en la cocina—. Yo temía que ya tuviera pareja para el baile de promoción y que fuera ese afortunado quien le diera el ramillete —explicó Elliot. Casi debía hablarle a Leila al oído para que lo oyera a causa de la música—. Pero Maribel y varias amigas suyas dijeron que no les hacía falta entrar del brazo de ningún tipo para pasar una noche especial. Por eso he podido darle el ramillete que había hecho para ella.

—¿Lo has hecho tú?

Él notó que se sonrojaba.

—Tuve que buscar en Internet para ver cómo se confeccionaba.

—¡Qué detalle! ¿Y se lo ha puesto?

—Sí. En general la gente no lo entiende, pero somos muy buenos amigos.

Se quedaron unos minutos cerca del arsenal de bebidas alcohólicas de la cocina, por si aparecía Maribel o alguna de sus amigas a servirse una copa. Un chico con un jersey de los Vikings, a quien Elliot reconoció de la clase de Arte de primero, se situó junto a ellos, como esperando que lo atendiera un camarero.

—¡Eh, Victor! —dijo Elliot cuando recordó por fin su nombre—. ¿Te acuerdas de mí?

—No —respondió el otro sin vacilar, todavía aguardando a que alguien le sirviera una copa.

—¡Ah! —Elliot frunció el entrecejo, hasta que advirtió que no se sentía muy ofendido—. ¿Has visto por ahí a Maribel? ¿A Maribel Palacios?

—Está justo a tu lado, colega —dijo Victor señalando a Leila.

—Vale —contestó Elliot—. Gracias.

—Nos ha ayudado mucho —comentó Leila volviéndose hacia un grupito de chicas, que estaba en el otro extremo de la barra preguntando por Maribel.

A decir verdad, Maribel no era una de las chicas más populares, aunque estaba en el consejo estudiantil y actuaba en muchas obras teatrales de la escuela. Sin embargo, Elliot supuso que preguntando a voleo acabarían dando con alguna pista. Pero únicamente dos de las personas a las que preguntaron sabían quién era, y solo un tipo la había visto. «Está por ahí», dijo inútilmente, y extendió el brazo para coger la botella de vodka.

Tras un par de minutos, decidieron dirigirse hacia la sala de estar. Las luces estaban apagadas a excepción de unos láser de color verde que brillaban a través de una nube de humo (Elliot confió en que el humo procediera de una máquina, y que no fuera un incendio). La sala estaba atestada de gente bailando; un DJ ponía la música de su ordenador. Como a Elliot le costaba imaginarse a Maribel entre aquella multitud de cuerpos sudorosos, siguieron adelante y salieron al exterior.

El patio trasero era un espacio enorme de césped rodeado de árboles, con estatuas decorativas y una piscina reluciente. Una pareja se había instalado en unas sillas reclinables en el extremo del fondo, pero las tumbonas restantes estaban ocupadas por borrachos que se dedicaban a contemplar las estrellas. El humo de los cigarrillos daba la impresión de ser un conglomerado de fábricas soltando gases por sus chimeneas.

Elliot y Leila se situaron junto al barril de cerveza y miraron alrededor, buscando a Maribel.

En la cola para servirse cerveza había dos chicos que Elliot conocía. Peter Jones, de quien había oído decir que se iba al MIT con una beca, se giró hacia su compinche y le dijo:

—¿Sabes lo que nunca he entendido de esta vida?

—¿Ya hemos llegado a ese punto? ¿Estamos en el momento de la epifanía?

—En la población mundial hay mayoría de mujeres, ¿no? —continuó Peter sin hacerle caso—. Son el cincuenta y dos por ciento de todo el planeta, o algo así. En cualquier parte del mundo, hay más mujeres que hombres. Es un dato estadístico.

—Ya. ¿Y?

—¿Por qué nunca he estado en ninguna fiesta donde se refleje esa proporción? Va en serio, mira a tu alrededor. La relación debe de ser perfectamente de tres a uno a favor de los machos. Cosa que indica que esta fiesta es un gran éxito. Por lo general, la relación es de cinco a uno. ¿Por qué las fiestas están exentas de cumplir la probabilidad matemática? ¿Qué clase de leyes las gobiernan? No lo entiendo.

—Necesitas una novia, tío.

—No cabe duda, necesito una novia.

Al fin Elliot vio a una de las amigas de Maribel, Stephanie, saliendo al patio. Apenas sabía nada de ella, salvo que tenía un puesto subalterno en el equipo del anuario escolar. Le dieron alcance mientras encendía un cigarrillo. Parecía incómoda ante la presencia de Elliot y evitaba mirarlo a los ojos. Obviamente, Maribel le había contado lo ocurrido.

—¡Eh, Steph! ¿Está Maribel aquí?

Stephanie dejó escapar una bocanada de humo y examinó a Leila con curiosidad.

—Sí. ¿Por qué?

—Tengo que hablar con ella.

La chica sacudió la ceniza del cigarrillo con el brazo bien extendido para no mancharse el vestido.

—¿Te has dado cuenta de que solo me diriges la palabra cuando la estás buscando? Cada vez que te veo venir, he de pensar: «¿Dónde está Maribel?» —Volvió a echar un vistazo a Leila, tratando de situarla, y, finalmente, miró a Elliot a los ojos—. Quizá sea una buena idea, la próxima vez que te enamores de una chica, que intentes hablar con sus amigas.

Elliot no supo qué responder. Tartamudeó un par de veces y, a continuación, miró a Leila como si ella fuera su intérprete.

—¿Qué? —dijo Leila—. Esta chica tiene razón.

Steph suspiró, se llevó otra vez el cigarrillo a los labios y después dijo:

—La he visto dentro. Estaba subiendo al segundo piso.

—Gracias —murmuró Elliot. Se percataba de que debía decir algo más, pero Leila repitió las gracias y tiró de él por el patio, de regreso a la casa.

Se abrieron paso lentamente entre la multitud. Leila iba observándolo todo y le indicaba cosas curiosas a Elliot, como si este nunca hubiera asistido a una fiesta de secundaria, ni hubiera visto a la gente bebiendo cerveza del barril mientras hacían el pino encima, o hundiendo una y otra vez la misma patata frita en un cuenco de guacamole.

—En esta habitación hay dieciocho personas pendientes del móvil —le comentó Leila, que iba detrás de él, mientras intentaban cruzar la pista de baile y escabullirse por la cocina—. ¿A quién envían mensajes si toda la gente que conocen está aquí?

—¿Hablas en serio?

—¡Aquel tipo por poco mete el teléfono en la salsa de cebolla! —exclamó Leila con regocijo—. Y esa chica de allí parece a punto… ¡Vaya! Acaba de vomitar. Pero no se arma ningún alboroto. Elliot, ¿por qué no se arma alboroto?

—En las fiestas a las que tú vas, ¿la gente no vomita?

Leila no le hizo caso y siguió mirando a uno y otro lado para no perderse detalle.

El chico se adentró un poco más entre el gentío y ella lo siguió.

Él había supuesto que el segundo piso sería zona vedada, pero la escalera no estaba acordonada y los rótulos señalaban hacía allí de forma incitante: «MÁS BAÑOS, GUARDARROPA Y OTROS RINCONES A LOS QUE DEJARSE ARRASTRAR MIENTRAS TE PEGAS EL LOTE O ALGO PEOR».

—Mejor esto que la mazmorra del sexo, ¿no? —dijo Leila. A él se le escapó un gemido—. Era broma, hombre. —Y le dio un palmada de ánimo en la espalda—. Espera, no. No era broma. Esto *realmente* es mejor que la mazmorra del sexo. Siento haberla mencionado.

—Leila…

—¿Sí?

—¿Recuerdas ese aura de misterio y sabiduría del que hemos hablado? ¿Quieres asumirla otra vez, por favor?

—Nunca me habían dicho que cerrara el pico de un modo tan amable —se burló ella, e inició la marcha por la escalera.

Pasaron de puntillas junto a una chica que se había desmayado en mitad de los escalones. Leila miraba con aire inexpresivo las fotos familiares colgadas de las paredes. Arriba, en otra sala de estar, había un sofá y una gran pantalla de televisión. Allí la gente, totalmente borracha, jugaba a videojuegos, pasándose de mano en mano un narguile e intentando en vano formar anillos de humo en el aire. Una pareja se acurrucaba en el extremo del sofá en forma de ele; la chica llevaba un vestido de intenso color morado, y a Elliot el estómago le dio un brinco repentino, como si cayera al vacío. Pero entonces la chica se giró para mirarlos, y él advirtió que era pelirroja, que llevaba una anilla en la nariz y que el color del vestido no era del mismo tono morado que el de Maribel.

Siguieron adelante, llamando a las puertas y entrando en una habitación tras otra. Cada vez que Leila abría una puerta, Elliot contenía el aliento, confiando en que Maribel no estuviera allí con alguien. En una de las habitaciones, un grupo sentado en el suelo escuchaba música de Pink Floyd; tenían las pupilas dilatadas. El baño olía vagamente a vómito. El dormitorio principal era el único que estaba cerrado con llave.

Llegaron, al fondo del pasillo, a la única puerta que aún no habían comprobado. Estaba entornada, y vieron que la habitación se hallaba a oscuras. Un rótulo pegado en lo alto advertía que quien entrara ahí se atuviera a las consecuencias. Leila fue a abrirla.

—Espera —pidió Elliot cogiéndola del hombro—. ¿Y si está con otro?

—Las luces están apagadas.

—Lo cual no resulta precisamente tranquilizador.

—Quizá esté sola, dormitando o algo así. No oigo ningún ruido ahí dentro.

Leila dio un empujón a la puerta.

—¿Hay alguien ahí?

Dio un paso hacia el interior. Elliot la siguió para mirar mejor. Le llegaban unos ruidos indefinibles desde algún rincón, y tuvo esa sensación inefable de que allí había alguien.

—¿Hola? —dijo Elliot—. ¿Maribel?

Los ruidos proseguían; obviamente, quienquiera que los emitiera no les prestaba la menor atención. El chico tanteó la pared, buscando un interruptor. Apenas distinguía a Leila, que avanzaba con los brazos extendidos y soltó un gritito al golpearse el pie o la espinilla con un mueble.

En el preciso momento en que Elliot encontró el interruptor y encendió las luces, la puerta se cerró a su espalda de golpe. No habría sabido decir qué le causó más estupor: el sobresalto de quedarse encerrado, la visión de la pareja metiéndose mano agresivamente (no era Maribel, al menos), o la imagen de las paredes cubiertas de estantes con Muñecas Repollo: centenares de caritas espeluznantes de plástico que los miraban fijamente como en una peli de terror de serie B. Algunas eran lo bastante antiguas como para que les faltara el pelo o un miembro, o para que sus rasgos estuvieran prácticamente borrados, quedándoles únicamente el bultito de la nariz y una mancha azul allí donde había estado el ojo.

La pareja de la cama —por suerte, vestida— advirtió al fin que las luces se habían encendido y dejó de meterse mano. La chica se incorporó, los miró enfurecida y le dio una bofetada a su novio.

—Tacos para cenar, cerveza en el baile… ¿y encima has vuelto a avisar a tus amigotes para que nos pillen in fraganti? He terminado contigo, Carl.

—Cariño, yo no conozco a esta gente —gritó el tal Carl llevándose la mano a la mejilla

Mientras Leila soltaba una carcajada, Elliot notó que empezaba a hiperventilar. Sentía como si los ojos de las Muñecas Repollo lo taladraran. Las leves sonrisitas modeladas en sus caras de plástico parecían burlarse de él. Incluso ese Carl era capaz de conseguir una chica, aunque ahora estuviera a punto de perderla. Elliot corrió hacia la puerta y tiró frenéticamente del pomo. La habían cerrado por fuera. Sacudió el pomo y gritó pidiendo ayuda, pero no oyó más que el ruido de fondo de la fiesta.

—Muy graciosos —gritó—. Nos habéis encerrado en la habitación. Ahora dejad de hacer el idiota y abrid la puerta.

Entonces se oyó tras la puerta la vocecita de una niña.

—¿No sabéis leer? Esa es mi habitación, y no tenéis permiso para entrar. Así que ahora no vais a salir sin mi permiso.

—¿Es una niña? —se extrañó Leila—. ¿Qué hace una niña en la fiesta?

—¡Niña! Estábamos buscando a una persona. ¡Déjanos salir, por favor!

—No —dijo la vocecita alejándose.

Elliot aporreó la puerta con fuerza, aunque él mismo apenas oía los golpes, ahogados por el estruendo de la música electrónica, y apoyó la frente en la dichosa puerta.

—¡Me prometiste que esta noche sería especial! —gritó la novia de Carl entre sollozos.

Elliot golpeó la puerta con la cabeza. No era así como había planeado la noche. Notó la mano de Leila en el hombro.

—¡Eh! Saldremos de aquí, no te preocupes.

—Mirad lo que habéis hecho —les dijo Carl señalando a su novia, que ahora sollozaba sobre la almohada.

—Lo siento —dijo Leila—. Estábamos buscando a una persona.

—Ya, pues no está aquí. ¿Y ahora vais a hacer el favor de largaros de una vez?

Leila sacudió la puerta con grandes aspavientos, y preguntó:

—¿Te has perdido la parte en la que nos han dejado encerrados?

—Vale —murmuró el chico, volviéndose hacia su novia, que temblaba de pies a cabeza. Intentó acariciarle la espalda, pero ella se la apartó de un manotazo—. Vamos, cielo. Te quiero, ¿vale? No seas tan melodramática.

Elliot observó consternado que la chica se incorporaba otra vez, contenta.

—¿De veras?

Y en cuestión de segundos ya estaban otra vez dándose

el lote, entre unos chasquidos de labios semejantes al ruido que se hace al masticar con la boca abierta.

Elliot pegó la espalda contra la pared y se dejó caer hasta el suelo. Mientras Leila se acuclillaba a su lado, él se pasó la mano sana por la cara.

—Estoy muerto, ¿verdad? Me has arrollado con el coche y ahora estoy en el infierno.

—Debemos de habernos matado los dos —contestó ella, haciendo una mueca ante el antiestético intercambio de saliva que tenía lugar sobre la cama.

—Por casualidad no sabrás forzar una cerradura, ¿no?

Leila meneó la cabeza lentamente.

—Si lo sé, no me consta. ¿Tú crees que podrías tirar la puerta abajo?

—Me gustaría decirte que sí, pero probablemente terminaría otra vez en el hospital. —Elliot se miró la mano vendada, y se planteó si las cicatrices llegarían a ser algo más que un doloroso recuerdo de aquella noche—. No sé qué es peor: ellos o las muñecas. Me da la sensación de que van a cobrar vida y me harán cosquillas.

Se estremeció solo de pensarlo. Golpeó la puerta con el codo, con la esperanza de que alguien lo oyera o de que la niña los dejara salir.

—Te quiero tanto —dijo Carl, besando a su novia.

Ella se separó, todavía sollozante. Parpadeó para reprimir las lágrimas.

—¿De veras?

Leila y Elliot los miraron con una mezcla de asombro y repulsión, mientras ellos se magreaban de nuevo, murmurando cosas no tan dulces entre sus besos llenos de babas.

—Tenemos que salir de aquí —imploró Elliot.

—Inmediatamente —asintió Leila. Se levantó, miró alrededor, como si fuera a aparecer una segunda puerta y se quedó pensativa—. ¡Ventanas! —gritó enseguida—. Una casa como esta no puede tener una habitación en el segundo piso sin ninguna ventana. —Se acercó a la pared del fondo y se dedicó a apartar muñecas de los estantes. En efecto, las Muñecas Repollo tapaban una ventana.

Elliot se puso en pie corriendo. Por suerte, los estantes no estaban atornillados a la pared, sino encajados en las ranuras de unos soportes situados a los lados. Entre los dos desmontaron los estantes, dejándolos en el suelo junto a las muñecas, que a Elliot seguían pareciéndole espeluznantes, aunque ahora lo mirasen desde abajo.

Cuando él sacó el último estante, Leila se acercó a la ventana. «Maribel, ya vamos», dijo, tirando hacia arriba. La ventana no se movió. Antes de que Elliot volviera a desanimarse, sin embargo, ella quitó el pestillo que la inmovilizaba. Lo intentó de nuevo, y esta vez la ventana se abrió con toda facilidad, dejando entrar una bocanada de aire cálido. Elliot asomó la cabeza. Había una cornisa justo debajo, y no estaban a más de tres metros del mullido césped del patio delantero. Incluso sin la desesperación de estar atrapados en aquella habitación, no parecía un salto excesivo.

Leila se subió al alféizar. Elliot, maniobrando cautelosamente con una sola mano, fue tras ella. Se descolgaron sobre la cornisa con las manos pegadas a la pared para mantener el equilibrio. Leila lo animó:

—No vamos a darnos por vencidos, aunque nos cueste toda la noche. Al final tendrás tu gran momento de película.

Y saltaron los dos.

5

Elliot aterrizó sobre la hierba con un golpe sordo. Sintió una punzada de dolor en la mano, pero estaba tan contento que no hizo caso. Al levantar la vista hacia la habitación de las Muñecas Repollo, vio que se apagaban las luces.

—¿A dónde vamos ahora? —inquirió Leila.

—No sé. Podría estar en otra fiesta, o en casa de alguien.

—¿Por qué no la llamas?

—Es que el otro día se dejó el teléfono móvil sin querer en la lavadora. Y todavía no se ha comprado uno nuevo.

—Vaya contratiempo. ¿Y alguna de sus amigas?

—No tenemos muchos amigos comunes. Mi círculo social tiene un diámetro de, no sé, quizá cuatro personas. —Leila no se rio—. No es que necesite mucho más. Tres buenos amigos y una persona de la que estar perdidamente enamorado: es lo máximo que soy capaz de manejar. —Rio su propia gracia, pero ella tampoco lo acompañó.

Mordiéndose el labio, Leila recorrió la calle con la vista.

—¿Dónde más podría estar?

—En la tienda de discos —aventuró Elliot, pensando

en voz alta—. A veces le gusta subir a pensar al terrado de la tienda de discos en la que trabaja.

—El último día de secundaria y mi mejor amigo acaba de declararme su amor… —murmuró Leila—. Yo, en su lugar, estaría más bien pensativa. Vamos a ver, por si acaso.

Regresaron al coche. Leila puso música y arrancó. Elliot pensó en Maribel. Se imaginó que las huellas de pies que había en el parabrisas eran de ella. Al cabo de unos minutos, sin embargo, el vehículo empezó a gemir, a perder velocidad y a dar unos sacudones que lo arrancaron de su ensueño.

—Mierda —maldijo Leila. Pulsó el botón de las luces de emergencia mientras el coche rodaba lentamente hasta pararse.

—¿Qué ha pasado?

—Quizá nos hemos quedado sin gasolina. —Apagó el motor e intentó ponerlo otra vez en marcha, pero no

arrancaba—. ¡Maldita sea! Normalmente puede tirar treinta kilómetros desde que se enciende la luz.

—¿Por qué no has parado a repostar?

—Porque me he visto metida en todo el asunto Maribel. —Dio un puñetazo al volante y se dejó caer en el asiento.

El estómago de Elliot rugió otro «maldita sea».

—¿Tienes un seguro de asistencia, o algo así? Aunque a estas horas de la noche van a tardar una eternidad. —Miró el parabrisas, buscando las huellas de pies, pero el coche estaba entre dos farolas y las marcas no se veían en la oscuridad.

—No —dijo Leila probando de arrancar otra vez.

Elliot, con aire desanimado, se rascó una mancha todavía incrustada en el esmoquin.

—Supongo que es una señal. Probablemente, no lo vamos a conseguir esta noche. —Examinó la roña que se le había quedado bajo la uña, hizo una mueca y se limpió con la misma tela del esmoquin.

—Oye, esos tipos de las películas nunca lo tienen fácil, ¿verdad? Se supone que conseguir a la chica de tus sueños es una carrera llena de obstáculos.

—Estupendo, ya tenemos el eslogan de la noche. Y ahora dime, por favor: ¿cómo vamos a superar este obstáculo?

—Tú baja y empuja. Yo manejaré el volante y empujaré desde aquí —ordenó Leila abriendo la puerta.

—¿Qué?

—Vamos a llevar el coche hasta la gasolinera más cercana.

—Estás de broma. Queda como a tres kilómetros. Yo apenas soy capaz de recorrerlos a pie con una mochila. ¿Y tú pretendes que arrastre un coche toda esa distancia cuando solo tengo una mano operativa?

—Si esperas otro discurso estimulante, ya puedes olvidarlo. Bájate y ayúdame a empujar.

Elliot meneó la cabeza, se bajó del coche y, situándose en la parte trasera, intentó hallar el modo de hacer fuerza sin lastimarse la mano herida. Tras varios intentos torpes y dolorosos, encontró una posición cómoda y se dispuso a empujar. Leila iba delante, empujando a su vez con el cuerpo inclinado y sujetando el volante con una mano para que el coche no se desviara. Elliot mantenía la vista fija en el suelo, pero indicó:

—Tenemos que seguir recto dos manzanas y luego girar a la derecha si no me he desmayado para entonces.

No pasaba ningún coche por la calle, todo estaba en silencio. El chico percibía las lentas pisadas que daban mientras empujaban, y también el crujido de los neumáticos sobre la grava, que sonaba como si fueran aplastando insectos. A lo lejos, la línea de rascacielos del área de Minneapolis y Saint Paul iluminaba todo el horizonte. Entre ese fondo rutilante y Burnsville se veían delgados senderos de luz que surcaban la oscuridad.

—¿Vas bien ahí atrás? —gritó Leila.

Él jadeaba ruidosamente, exhausto por la larga noche, el alcohol y la pérdida de sangre.

—Ya me repondré. Me compraré un Gatorade en la gasolinera. Y tal vez necesite un transplante de pulmón. —Cesó de empujar un momento para recuperar el aliento—. Creo que la última vez que tuve el corazón tan acelerado fue a los diez años. —Inspiró hondo una vez más; el aire le producía dolor de garganta, pero tenía un efecto balsámico al llegarle a los pulmones—. Cuando jugábamos al pilla-pilla en el recreo.

Siguió así a lo largo de varias manzanas, resollando hasta que recobraba el aliento y después explicándole a Leila entrecortadamente —dos o tres palabras cada vez— que Maribel había tratado en una ocasión de pillarlo y que él se había debatido entre el deseo de correr más aprisa para impresionarla y el de quedarse quieto para que chocase con él.

—Qué romántico. Si ella te oyera hablar así, estoy segura de que ya sería tuya.

Elliot notó que se ruborizaba. Sus amigos siempre lo habían apoyado, pero nadie —aparte de su propia fantasía— había dado nunca por supuesto que sus sueños con Maribel pudieran hacerse realidad. Siguió empujando.

—¿Y qué acabaste haciendo? ¿Corriste o te quedaste quieto?

—Di tres pasos y tropecé. Ella me ayudó a levantarme antes de pillarme. El día más feliz de mi vida.

Leila se rio a carcajadas. Un sonido maravilloso que reverberó por la calle desierta y que le hizo pensar a Elliot en lo fantástico que habría sido contar con su ayuda ya en aquella época.

Cuando llegaron finalmente a la gasolinera, descansaron un poco para recuperar el aliento. Habían tardado menos de lo que Elliot había creído. No lo había pensado antes, pero la estación de servicio estaba frente a la tienda de discos. Su primer golpe de suerte en toda la noche.

—Bien —dijo Elliot husmeando su esmoquin—. El olor a sudor era el único que le faltaba a esta chaqueta. —Contempló la tienda de discos, al otro lado de la calle. La valla publicitaria que coronaba el edificio impedía ver si había alguien en el terrado. Por eso, precisamente, y por la panorámica del centro de Artes Interpretativas y de la línea de rascacielos de Minneapolis, le gustaba tanto a Maribel subir allá arriba.

—¡Vamos! —dijo Leila yendo hacia la tienda de la gasolinera—. Te compraré un Gatorade.

Cogieron varias bebidas y un desodorante en aerosol para Elliot. Leila pagó en la caja con su tarjeta de crédito, pero la operación fue denegada.

—Mierda —exclamó—. Esto debe de ser de tanto viajar. El banco se hace un lío al ver que estoy en varias ciudades el mismo día. Ya sé que te he dicho que pagaba yo, pero no llevo dinero en metálico. ¿Te importaría pagar tú?

—Pues yo tampoco llevo nada. Les he dado todo el dinero a unos tipos a cambio de la botella de *bourbon*.

Miraron con aire suplicante a la cajera, pero ella se encogió de hombros y volvió a concentrarse en la revista que estaba leyendo. Salieron apesadumbrados.

—¿Sabes qué? No te apures por la gasolina —dijo Leila—. Estamos en una misión, ¿no? Tú ve a mirar a la tienda de discos. Yo me quedaré aquí y buscaré a ver si encuentro algo de dinero en el coche.

—¿Qué debo decirle? Suponiendo que esté allí.

—Eso no importa. Háblale tal como hablas sobre ella y todo saldrá bien.

Él echó un vistazo a la tienda. Estaban todas las luces apagadas, salvo las que iluminaban la enorme valla publicitaria que había en lo alto del edificio. Distinguió el rótulo del escaparate que anunciaba novedades y ofertas especiales, escrito en su mayor parte con la pulcra letra de Maribel.

—Leila…

—¿Sí?

—Si algún día necesitas ayuda para perseguir al chico de tus sueños, cuenta conmigo.

—Gracias. Quizá haya de tomarte la palabra.

Elliot cruzó al trote, mirando primero si venía algún coche. Rodeó el edificio hasta la parte trasera y abrió la verja tal como Maribel le había enseñado. Se encaramó sobre el contenedor de basura para alcanzar la escalera de mano que llevaba al terrado. El corazón le latía tan violentamente que incluso sentía los latidos en su vacío estómago. Respiró hondo varias veces y empezó a trepar. Un dolor agudo le recorría la mano a cada peldaño, pero él se imaginó a Maribel sentada allá arriba, con su vestido de fiesta, con la espalda desnuda bajo el cálido aire veraniego, con sus grandes ojos castaños entornados y abstraídos, y todavía trepó más deprisa.

Llegó al último peldaño y se encaramó sobre el terrado. Era un espacio totalmente despejado; no había nada entre la escalera y la valla publicitaria, excepto algunas tuberías. Caminó hacia el centro del terrado, aunque era evidente que estaba desierto. No solo saltaba a la vista; él *percibía* la ausencia de Maribel. Por un segundo, sintió como si no fuera a verla nunca más, como si ese terrado vacío no significara únicamente que se presentaba un nuevo obstáculo, sino que ella había desparecido de forma irrevocable de su vida. La verdad era que no sabía cuántas falsas esperanzas más era capaz de concebir.

Se acercó a la valla publicitaria, asomó la cabeza por un lado y miró hacia la gasolinera, en la acera de enfrente. Leila estaba en la tienda, inclinada sobre el mostrador, hablando con la cajera. ¿Qué clase de adolescente viajaba sola a Alaska para ver la aurora boreal? ¿Qué clase de chica estaba dispuesta a ayudar a un completo desconocido como lo estaba haciendo ella?

Bajó por la escalera y cruzó la calle en dirección a la gasolinera. Leila lo vio venir y salió de la tienda. Por alguna razón, él la saludó con la mano, como si no la hubiera visto en mucho tiempo.

—¿No ha habido suerte...? —empezó a decirle antes de fijarse en su mano vendada—. ¡Oh, estás sangrando!

—¿Eh? —Se miró la mano. Había aparecido en la zona de la palma un círculo sanguinolento que se extendía lentamente—. Mierda.

—Te llevaría otra vez al hospital, pero... ya sabes —dijo Leila dándole una patada a un neumático.

—Hay una farmacia de veinticuatro horas a un par de manzanas. Lo único que necesito es una gasa nueva.

—Así se habla —afirmó ella.

En la farmacia, probaron otra vez la tarjeta de crédito de Leila con los mismos resultados. Entonces intentaron convencer al encargado para que Elliot pudiera llevarse una gasa y volver al día siguiente con el dinero.

—Es una urgencia —insistió Leila señalando la sangre que se filtraba a través de la venda.

—En ese caso, les recomiendo que vayan al hospital.

—Por favor, señor. Si mañana no le traigo el dinero puede denunciarme a la policía. Peor aún, puede llamar a mis padres. Llevo toda la noche rehuyéndolos y, seguramente, le darán una recompensa por informarles de que estoy vivo. Me llamo Elliot Pinnik. Vivo en...

—Son siete dólares con cuarenta y nueve —indicó el encargado con los brazos en jarras y el entrecejo fruncido: la típica pose adulta para indicar que la conversación había concluido.

Elliot y Leila salieron de la farmacia y se quedaron frente a la entrada.

—Me gustaría desangrarme hasta morir para que el tipo tuviera que apechugar con la culpa. —Suspiró y se limpió la venda—. Bueno, inagotable animadora, ¿y ahora qué?

Ella le dio una patada a un guijarro del suelo. Elliot siguió la trayectoria del guijarro por el aparcamiento, donde en ese preciso momento entró un coche deslumbrándolo con los faros. Cuando sus ojos se recobraron, el coche ya estaba aparcado y un tipo con pantalones de chándal y una camiseta manchada caminaba hacia la entrada de la farmacia. Daba la impresión de no haber dormido en varias semanas.

—Disculpe, señor —dijo Leila cuando se acercó—. Ya sé cómo le va a sonar esto, pero estamos en…

—Lo siento, no tengo suelto —respondió el hombre sin mirarlos apenas, y entró en el local.

Leila observó cómo se cerraban las puertas automáticas tras él.

—¡Vaya! O sea que es así como te sientes al mendigar.

—¿Intentamos robar las gasas?

—¡No! —exclamó con extraña vehemencia—. Nada de robar. —Se serenó un poco y prosiguió—. Con suerte, aparecerá alguien de buen corazón dispuesto a prestarnos un poco de dinero. Si también está dispuesto a prestarnos para la gasolina, iremos a casa de Maribel y esperaremos a que aparezca. Siéntate y pon cara de estar sufriendo. Pero no enseñes la parte ensangrentada de la mano; no conviene asustar a la gente.

Él obedeció y se sentó en el bordillo del aparcamiento. No hubo movimiento durante un rato. El tipo insomne salió de la farmacia con un paquete gigante de pañales y se alejó con el coche. Una mujer de media edad, que había estado fumando en el interior de un vehículo, arrojó la colilla al suelo sin molestarse en pisarla y pasó junto a ellos ignorándolos por completo.

Un par de chicos veinteañeros se detuvieron y escucharon a Leila, pero le echaron a Elliot un vistazo suspicaz y dijeron que no con la cabeza. A este se le estaba durmiendo un pie. Se acordó de cuando Maribel, en el último curso, había montado una noche de cine en su casa. Él se había sentado en el sofá y ella se había instalado en un hueco del suelo, pegada a sus pies; en un momento dado incluso le había apoyado la cabeza en la rodilla. Temiendo romper el hechizo, Elliot no se había movido durante el resto de la película, ni siquiera cuando el pie —de tanto tiempo dormido— empezó a dolerle.

Una furgoneta entró en el aparcamiento. Elliot prefirió que Leila se encargara de hablar y adoptó una expresión inofensiva y afligida, con la mirada fija en el suelo. Oyó que se abría la puerta de la furgoneta y luego una voz conocida.

—¡Pero si es el hombre de la noche!

Elliot alzó la vista, desconcertado. Era Kurt.

—¿Qué demonios hacéis aquí, chicos? —preguntó. Saludó a Leila con un gesto y ella se lo devolvió—. ¿Cómo te ha ido con la chica? Después del número que te has marcado, creía que estarías en un sitio romántico, con un colchón...

—Ella ya no estaba en el baile. No me ha visto.

—Vaya mierda. ¿Has mirado en la fiesta de ese tal Bobby?

—Sí, tampoco estaba allí. Llevamos toda la noche buscándola.

—¿Y por qué habría de estar en una farmacia?

—Hemos tenido que dar un pequeño rodeo para remendarme —dijo alzando la mano para mostrarle la sangre.

—Joder —dijo Kurt.

—Pero resulta que no tenemos dinero —intervino Leila.

—¿Cuánto necesitáis?

—Siete cincuenta —indicó Elliot poniéndose de pie.

—Y un poco más para la gasolina. Si no te importa —añadió ella.

—Tu actuación de esta noche bien lo vale —aceptó Kurt haciéndoles una seña para que lo siguieran. Pagó el paquete de gasas y luego le dio veinte dólares a Leila para gasolina. Elliot le lanzó al encargado una sonrisa engreída.

De nuevo en el exterior, trató de recordar lo que había aprendido en la clase de salud e higiene para aplicar una gasa nueva. A pesar de la sangre, la herida no tenía mal aspecto. Le había saltado uno de los puntos, pero la mayor parte de la sangre ya se había coagulado.

—Muchas gracias —le dijo a Kurt.

—De nada —respondió él sacando las llaves del bolsillo—. Por cierto, ¿habéis mirado en el Ruby's Diner? Hay un montón de gente allí espabilándose con café y platos combinados. Acabo de pasar por delante, y parecía que la mitad de la escuela estaba metida en ese antro. No me sorprendería que encontrarais allí a Maribel. —Kurt le dio la mano a Elliot y se despidió de Leila con un gesto—. Buena suerte, tío. Todo el mundo está contigo.

Mientras miraba cómo partía la furgoneta, Elliot se preguntó si había oído bien. ¿Sería posible que todo el mundo estuviera pendiente de lo que ocurriera entre él y Maribel?

—¿Qué opinas? —inquirió Leila, interrumpiendo sus pensamientos—. ¿Vamos al Ruby's Diner?

—A estas alturas, ya casi espero encontrarme el Ruby's Diner lleno de zombis o algo parecido.

Leila le dio un toque en el pecho.

—¿Vamos o no?

—Llevo enamorado de esa chica desde que tengo memoria. Claro que voy a ir al Ruby's Diner. Pero tengo derecho a hacer de vez en cuando un comentario idiota, ¿no?

—«De vez en cuando» es un eufemismo, supongo.

Él se encogió de hombros y dijo:

—Como quieras. Si fuera necesario, lucharía con un ejército de zombis para conseguirla.

6

Como casi todo en Burnsville, el Ruby's Diner quedaba muy cerca en coche. Elliot apenas tuvo tiempo para descifrar lo que sentía: la esperanza y la desesperanza mezcladas, el agotamiento acumulado aquella noche y la resaca de la adrenalina, la ausencia de Maribel y el intenso deseo de tenerla otra vez cerca, de decirle de un modo que no había sabido expresar hasta entonces lo mucho que la amaba.

Leila aparcó frente al restaurante. Elliot reconoció algunos de los coches que había en el aparcamiento y vio a través de los grandes ventanales que el local estaba atestado: una hazaña no desdeñable a las 4:00 de la madrugada. Varios chicos, con la corbata floja y la camisa fuera del pantalón, fumaban junto a la entrada. Los peinados de las chicas habían empezado a ceder y a deformarse: la laca de cabello estaba perdiendo al fin la batalla contra la gravedad. Todo el mundo parecía cansado pero orgulloso de su cansancio, como si el agotamiento de la noche representara los cuatro años de secundaria, y ellos quisieran mostrar al mundo que habían salido vivos.

—¿Quieres que espere aquí? —preguntó Leila.

—No. Sin tu ayuda no habría llegado tan lejos. —Miró a ver si divisaba a Maribel dentro, pero había gente por todas partes. Vio a una camarera que llevaba una bandeja cargada de crepes y salchichas, y que apartaba a alguien de su camino dándole un empujón con la cadera—. Además, en las películas siempre hay alguien que empieza a aplaudir. Confío en ti para ese papel.

Bajaron del coche. Él se sacudió el esmoquin con la mano sana. Se arrepintió de haber tirado a la calle la flor del ojal, porque lo habría ayudado a parecer un poco más presentable.

—¿Qué aspecto tengo?

Leila se le plantó delante, le estiró la chaqueta por las solapas y le quitó unas motas de suciedad imaginaria (o no tan imaginaria) del hombro.

—Tienes aspecto de haber pasado un infierno. Pero eso es lo que se supone que debes hacer: atravesar un infierno para conseguir a la chica. —Lo miró con ojos risueños sin el menor rastro del distanciamiento que Elliot había detectado a ratos en ellos—. Estás estupendo.

El restaurante estaba todavía más lleno de gente de lo que le había parecido a Elliot a través de los ventanales. Habían colocado tantas mesas juntas que el local parecía una cervecería alemana. Los chavales se apretujaban en los reservados como una compañía de payasos en un coche; se habían repartido entre los típicos grupitos y se hablaban a gritos de una punta a otra. Algunos tomaban café, otros engullían grasientos platos de desayuno y unos cuantos se habían quedado dormidos con la frente apoyada en la mesa. Los colgados —borrachos ensimismados o borrachos simpáticos— vagaban entre las mesas. Las camareras, la mayoría de ellas cincuentonas, parecían concentradas e irritadas, pero sobre todo perplejas por el hecho de que su turno, normalmente plácido y sosegado, hubiera sido revolucionado por aquella legión de adolescentes escandalosos. Los únicos clientes adultos, dos tipos con camiseta sin mangas y gorra de camionero, estaban sentados frente al mostrador, procurando a todas luces engullir sus huevos revueltos y pagar la cuenta lo antes posible.

Antes de que Elliot pudiera avanzar, alguien se le acercó por detrás y le rodeó los hombros con el brazo.

—¡Elliot! Eres mi puto héroe, tío.

La voz no le sonaba. Se volvió para mirar al tipo, que resultó ser un jugador de fútbol con quien solo había coincidido en un par de clases en toda la secundaria. Apestaba a *whisky* de mala manera, y Elliot sintió una oleada de vergüenza al caer en la cuenta de que él había olido igual unas horas antes.

—Lo que has hecho en el baile... —El individuo le puso una mano en un lado de la cabeza e hizo un ruido de explosión, acompañado de una rociada de saliva—. Ha sido guay. —Le sacó el brazo de los hombros y le dio una palmadita en la mejilla—. Superguay.

Dicho esto, se alejó tambaleante, birlando una tostada de un plato mientras pasaba de largo.

En cuanto se fue el jugador de fútbol, Elliot vio que Anthony, de su clase de mates, se le acercaba rápidamente. Le apuntaba con una mano y, al llegar, alzó la otra para chocar esos cinco. Él lo complació, cuidando de hacerlo con la mano sana. El ruido de sus palmas al chocar resonó por todo el local. Anthony se alejó sin decir nada, pero el chasquido había alertado a otros de su presencia, y enseguida se vio rodeado por un coro de gritos y aclamaciones.

—¡Brutal! —aulló alguien.

—No puedo creer lo que has hecho —dijo una tal Diana dándole una palmada en el hombro—. Eso ha convertido el baile en algo..., no sé..., memorable, ¿sabes?

Muchos otros compañeros se acercaron a chocar esos cinco con él y a elogiar su actuación con expresiones tan diversas como «auténtica», «profesional», «de coña» y, con un giro más bien anacrónico, «chachi». Elliot nunca había observado que a la gente le gustara manifestar su felicitación con formas tan variadas y (tan desagradables) de contacto físico. Por si acaso, escondió la mano vendada en el bolsillo de la chaqueta para que no se la lastimaran.

—Quizá no me necesites. Parece que hay mucha gente dispuesta a aplaudirte —le susurró Leila al oído.

Él se dio cuenta de que tenía razón. Nunca hasta entonces había sentido tantos ojos mirándolo con admiración. Seguían apareciendo manos para chocar esos cinco, y él cada vez correspondía con mayor entusiasmo, de tal modo que el chasquido de las palmas resultaba más y más satisfactorio, como un aplauso deconstruido.

Ahí estaba: el punto de inflexión de su larga y accidentada noche. En cualquier momento los múltiples rostros se irían girando lentamente hacia él, y uno a uno se echarían a un lado hasta dejar por fin a la vista a Maribel. Ella lo miraría con fijeza a los ojos; le sonreiría, le diría algo dulce y encantador, algo que se convertiría al instante en legendario, memorable. Eso era lo que tenía que haber sucedido esa noche. E iba a suceder a continuación. Ella estaba en el restaurante. Elliot lo percibía en el ambiente.

Avanzó, recorriendo con la vista los reservados a su izquierda y las mesas a su derecha. El rumor de tantas voces le parecía como una especie de silencio, como la pausa previa a la canción pop que habría de estallar cuando él y Maribel se hubieran besado por fin.

Al pasar junto a la mesa donde estaban sentados los chalados de las artes escénicas, alguien lo agarró de la muñeca.

—Toma —le dijo el tipo poniéndole en la mano tres trozos de beicon—. Te lo mereces.

Perplejo pero agradecido, él asintió y cogió el beicon.

Notó un golpecito en el hombro y se le aceleró el corazón, creyendo que era Maribel.

Pero no. Era Leila, que le susurró:

—Yo estoy bastante hambrienta. ¿Te importa?

Le pasó el beicon, se limpió la grasa en la pernera del pantalón y continuó por el pasillo. Los jugadores de baloncesto comían vorazmente; los «artistas» alzaban sus tazas de café vacías para que se las volvieran a llenar. Peter Jones, el chico que iba a estudiar en el MIT, miraba alrededor tristemente, echando cuentas.

—Es que no lo entiendo —oyó Elliot que decía.

Entonces, como el sol abriéndose paso en un día nuboso, un destello morado relució al fondo de la multitud.

Lo único que Elliot veía de la chica era el vestido, de aquel tono morado inconfundible, asomando por un lado del reservado. Estaba en el cuartito de la esquina, dándole la espalda. Al pasar una camarera y obligar a alguien a quitarse de en medio, vio que Maribel tenía la mano sobre la mesa, luciendo visiblemente el ramillete de orquídeas en la muñeca.

Girando poquísimo la cabeza, porque no quería perderla de vista, le dijo a Leila:

—Es aquella.

Sin esperar las palabras de ánimo de su nueva amiga, cruzó el local a grandes zancadas, sorteando a los que estaban de pie en medio del pasillo y a los borrachos que extendían las piernas fuera de los reservados. Ya no era consciente de la fuerza con que le palpitaba el corazón, de todos los nudos que tenía en el estómago, ni de si le dolía la mano o no. El único pensamiento que ocupaba su mente era Maribel.

Tenía su nombre en la punta de la lengua antes de llegar a su lado. Estaba totalmente decidido a pronunciarlo en voz alta y a decirle exactamente lo mucho que significaba para él. Pero Maribel no estaba sola.

En el reservado había alguien con ella. Un tipo que Elliot no había visto nunca, que ni siquiera (que él supiera) iba a la misma escuela que ellos. Llevaba un esmoquin inmaculado. Maribel se estaba riendo de algo que el chico acababa de decir. No advirtieron siquiera que él estaba allí.

Como no era capaz de apartar los ojos y como sus pies parecían negarse a llevárselo de allí, Elliot no pudo hacer otra cosa que ver cómo la chica a la que había amado durante casi una década se inclinaba y besaba al desconocido.

A lo largo de toda su amistad, Maribel le había dado a él algún besito en la mejilla. Una vez, el besito se había deslizado por su mejilla hasta un punto que técnicamente podía considerarse situado bajo el lóbulo de la oreja. Esto, sin embargo, no era un besito. La mano de Maribel, la del ramillete en la muñeca, subió hasta la cara del tipo y la atrajo hacia sí.

El corazón de Elliot volvió a romperse en pedazos antes de que el acto hubiera concluido siquiera. Con todo lo que había tenido que aguantar esa noche, para acabar encontrándola así... Deseaba desaparecer. Sentía como si estuviera desapareciendo, como si su cuerpo ya no soportara más las cabronadas de aquella noche y estuviera pulsando el interruptor de autodestrucción. Como si, en cualquier momento, fuera a explotar.

Había pensado siempre que el amor no correspondido era una tortura y creía comprender qué había sentido la orquídea al ser arrollada en el suelo. Pero él había estado toda la noche ahí tirado también, todavía entero, y ahora Maribel era el neumático que lo aplastaba sobre el asfalto.

Finalmente, por suerte, el desconocido percibió su presencia y se separó de Maribel. Ella, extrañada, al darse cuenta de su actitud, se giró. Sus ojos se encontraron directamente con los de Elliot.

Qué injusto era que la persona que te estaba rompiendo el corazón pudiera seguir siendo tan tremendamente hermosa, que su rostro fuera todavía el más amado de este mundo... En aquellos ojos, Elliot captó un destello que quizá fuese de compasión. ¿Acaso esa expresión había estado ahí siempre, acaso él no la había percibido en todos aquellos años? Súbitamente, consciente de que preferiría estar en cualquier otro punto del planeta, él se volvió por donde había venido. Cuando se cruzó con Leila, ya casi había echado a correr, deseoso de poder olvidar por completo aquella noche.

7

Elliot permaneció callado durante el trayecto en coche hasta su casa. No quería hablar sobre Maribel, no quería que Leila se compadeciera de él, no quería ceder a la colosal presión de las lágrimas que se agazapaban en sus ojos. El horizonte empezaba a iluminarse con tonos violáceos y las nubes que habían cubierto el cielo por la noche se volvían visibles.

Leila aparcó. Lo único que Elliot deseaba era quitarse el esmoquin, arrastrarse hasta la cama e intentar dormir. Sin embargo, las luces de la casa estaban encendidas, lo cual significaba que su madre se había quedado levantada esperándolo, pues tenía una capacidad inaudita para imaginar desastres y debía de haberse preocupado más de la cuenta, especialmente porque él no había respondido a sus llamadas en toda la noche. Así pues, Leila y él se bajaron del coche y fueron a pie al campo de juegos que quedaba a la vuelta de la esquina. Se sentaron en los columpios y contemplaron cómo las nubes se teñían lentamente de color rosa y anaranjado. Las cadenas chirriaban bajo el peso de Elliot.

Notaba que Leila no le quitaba los ojos de encima.

—Por favor, no me preguntes si estoy bien.

—No iba a preguntártelo. Ya sé que no.

El chico apoyó la cabeza en la cadena del columpio. Le

asomó una lágrima por el rabillo del ojo y se apresuró a enjugársela.

A la mierda Molly Ringwald y sus finales felices. A la mierda Lloyd Dobler, quien, de haber existido en la vida real, se habría tendido efectivamente en mitad de la calle, pero derrotado y sin esperar a un día de lluvia para hacerlo. Aquellos dos personajes eran el motivo de que se sintiera como si el pecho se le hubiera desmoronado encima. Había sido por ellos por lo que se había permitido seguir amando a Maribel tanto tiempo. A causa de ellos se había engañado a sí mismo y había creído que un gesto romántico espectacular lograría que te amase alguien que no te amaba.

—La vida no es como esas películas. Ha sido una estupidez por mi parte pensar que en realidad podía llegar a serlo. —Dio una patada al suelo; el lodo se le pegó a la puntera del zapato—. Debería dejar de mirarlas; me están comiendo el tarro.

Se secó otra vez las lágrimas y trató de detenerlas a fuerza de voluntad. Las cadenas del columpio continuaban chirriando al balancearlo. Con frecuencia se había sentado allí, en el parque, con Maribel, en esos mismos columpios, para matar el tiempo durante las tardes desocupadas. En esas ocasiones se había sentido como si estuvieran viviendo en un mundo hecho para ellos dos solos.

Aparecieron los primeros rayos de sol, claramente perfilados a través de las nubes como en una pintura. Las nubes exhibían una pátina dorada; el cielo era de un azul claro, con matices anaranjados.

—¡Maldita sea, cielo! —exclamó Elliot—. No es momento de ofrecer un aspecto tan vívido. Estoy intentando demostrar que la vida es una mierda.

Leila, a su lado, sofocó la risa mientras se mecía suavemente en el columpio, impulsándose con los pies pero sin despegarse del suelo. El vestido le crujía levemente con el movimiento. Contemplaron aquel cielo de intempestivo aspecto majestuoso.

—Ya sabes lo que pasaría a continuación en la película, ¿no?

Él suspiró, confiando en que no pretendiera mantener vivas sus esperanzas. La miró, cayendo en la cuenta, sorprendido, de que solo la conocía hacía unas horas. Parecía, en cambio, que hiciera mucho más tiempo. Leila plantó los pies en el suelo para detener el columpio y lo miró a los ojos. Él se quedó pasmado de lo impresionantes que eran, como si fuese la primera vez que los veía. Entonces ella se inclinó y lo besó.

Elliot tardó un momento en entender lo que ocurría. La boca de Leila estaba pegada a la suya, dulce, cálida, estimulante. Él todavía tenía los ojos abiertos y habría jurado que veía cómo el mundo empezaba a cambiar. La luz en torno a ellos se volvió suave y dorada, como filtrada por una lente. Cerró los ojos. Oía en su cabeza una música que podría haber procedido de todas partes simultáneamente.

Estaba equivocado; la vida podía ser como las películas. Le devolvió el beso, con el corazón henchido.

Entonces Leila se separó de él, poniéndole la palma de la mano en el pecho. El sol asomaba ya por el horizonte, anaranjado y cegador, y relucía en los ojos de ella.

—No lo vayas a malinterpretar —dijo—. Quería demostrarte que esto puede sucederte. Que puedes alcanzar un final feliz si encuentras a la persona adecuada. —Le apartó la mano del pecho, pero mantuvo los ojos fijos en él—. Ya sé que esperabas que esa persona fuera Maribel. Pero aunque las cosas hayan salido de otro modo con ella, no significa que nunca vayas a vivir un amor de película.

Elliot se lamió los labios inconscientemente. El sabor y el contacto de la boca de Leila perduraban en la suya.

—Te sucederá, ya verás —afirmó ella girándose hacia

el sol—. Eres un tipo fantástico, y estás dispuesto a luchar por lo que amas. Algún día, una chica se dará cuenta y te amará precisamente por eso. Un día, Elliot, conseguirás a la chica. —Bajó la vista al suelo y se meció otra vez en el columpio. Las cadenas volvieron a rechinar—. Simplemente, no será hoy.

Elliot no sabía muy bien qué decir. Igual que ella, se puso a contemplar el amanecer y a mecerse lentamente. Los pájaros gorjeaban saludando al nuevo día; un cardenal rojo posado en un árbol miraba hacia donde ellos estaban y silbaba una melodía en Morse: una nota larga seguida de tres cortas. Poco después alzó el vuelo y, convertido apenas en un trazo rojo, desapareció entre la fronda de los árboles.

—Esta no es la última vez en tu vida que vas a estar enamorado —prosiguió Leila—, y, probablemente, no será la última que acabas con el corazón destrozado. Pero no puedes plantarte en mitad de la calzada cada vez.

Elliot, atónito, farfulló:

—Solo estaba un poco… —Pero Leila le lanzó una mirada que le impidió seguir improvisando una excusa.

—Eres un tipo demasiado especial para hacer algo tan estúpido como lo que has estado a punto de hacer esta noche.

—Está bien, está bien. —Aceptó mirándose los pies.

—Quiero que me prometas que nunca más volverá a ocurrir nada parecido.

—Te lo prometo —dijo él rápidamente. Guiñando los ojos frente al sol, le tendió la mano a Leila con el meñique extendido.

Ella lo miró algo desconcertada.

—¿Nunca has hecho una promesa-meñique?

Leila negó con la cabeza.

—Extiende el meñique así. —Ella obedeció y el chico le cogió el meñique con el suyo. Siempre que había hecho con Maribel una promesa de ese tipo, había pensado que era como entrelazar las manos en una quinta parte—. Las promesas con el meñique son aún más serias que las normales. Así que te estoy super-prometiendo que no volverá a suceder.

Leila, guiñando los ojos también, replicó:

—Muy bien. Ya sé que acabamos de conocernos, pero si llego a saber que has roto tu promesa, te vas a enterar.

—Te creo. —Se estrecharon las manos entrelazadas como en un apretón clásico y luego Elliot le soltó el meñique—. ¿De dónde demonios has salido tú para no saber lo que es una promesa-meñique?

Ella se encogió de hombros y extendió las piernas para darle impulso al columpio.

—De Wisconsin —dijo.

Él se apoyó en la cadena, y la observó. El viento le agitaba el vestido y el pelo; tenía un aspecto risueño. Mientras empezaba a acusar el agotamiento, Elliot pensó que la noche podría haber acabado de una manera muy distinta si otro coche, en lugar del de Leila, hubiera aparecido cuando él se había plantado en mitad de la calzada.

Tras unos minutos, ella cesó de columpiarse.

—Me parece que debería dejar que te acuestes, ¿no? Has tenido una noche muy larga.

—¡Uf! Todavía he de lidiar con mi madre —dijo él levantándose del columpio—. Aunque quizá será mejor que aguante el chaparrón ahora, mientras pueda inspirar algo de compasión con mi mano lastimada.

Ya se le pasará el enfado —contestó Leila.

—En tres o cuatro años, quizá. —Le ofreció la mano sana para ayudarla a levantarse, y echaron a andar hacia su casa—. Gracias por ayudarme. O al menos por intentarlo.

—Ha sido un placer. No te vayas a deprimir demasiado tiempo. Has hecho todo cuanto has podido.

—Gracias a ti.

Ella le ofreció una sonrisa tan cálida que Elliot sintió

celos de los amigos de aquella chica, aunque no los conociera.

—No tienes que darme las gracias. Tú solo recuerda nuestra promesa-meñique.

—Así lo haré. —Bostezando, él estiró los brazos hacia arriba y notó un ligero crujido en la columna. Ya habían llegado a su casa. Se habían detenido tras el árbol del patio por si su madre estaba observando a hurtadillas—. ¿Te vas a poner en camino ahora?

Leila cruzó los brazos sobre el pecho y se tapó la boca, porque los bostezos de Elliot se le habían contagiado.

—Sí. La aurora boreal me llama.

El chico asintió, como si entendiera por qué iba allí, como si entendiera algo acerca de ella.

—¿Te importa que te dé un abrazo? Me parece que cualquier otra despedida no sería suficiente.

Leila se echó a reír, se acercó y lo abrazó con toda naturalidad. Sabía abrazar de verdad, con firmeza y afecto. Le dio un apretón extra al final, que Elliot interpretó como un último gesto animoso. «Todo te irá bien», parecía decirle.

Cuando se separaron, ella le sonrió una vez más y alzó la mano con delicadeza.

—Adiós, Elliot.

—Adiós.

Se dio la vuelta para regresar al coche. Elliot cruzó el patio hacia la puerta. Dejó escapar un suspiro, preparándose para enfrentarse a su madre.

Fue entonces cuando vio la nota pegada en la puerta. Era una sencilla hoja doblada, y su nombre figuraba pulcramente escrito delante con una letra que reconoció en el acto. Arrancó la nota de la puerta y la desdobló.

«Estaré en la tienda de discos hasta las nueve. Ven, por favor. Necesito verte otra vez. Con cariño, Maribel.»

El corazón le palpitó a toda velocidad y lo inundó la felicidad incluso antes de haber leído la última línea que Maribel había escrito al pie de la hoja.

«Tendría que haber estado besándote a ti.»

Se giró y vio a Leila ya en el coche, a punto de partir. Corrió hacia ella con la nota en la mano. Estaba sin habla, y se limitó a tendérsela por la ventanilla abierta.

Ella la leyó y se la devolvió sonriéndole tan ampliamente como él.

—Tu película no ha terminado, por lo que veo.

Él leyó la nota otra vez, pasando el dedo por el pliegue de la hoja, por la letra de Maribel… Se la guardó en el bolsillo y le dijo a Leila:

—¿Te importa dejarme en un sitio? Te viene de camino.

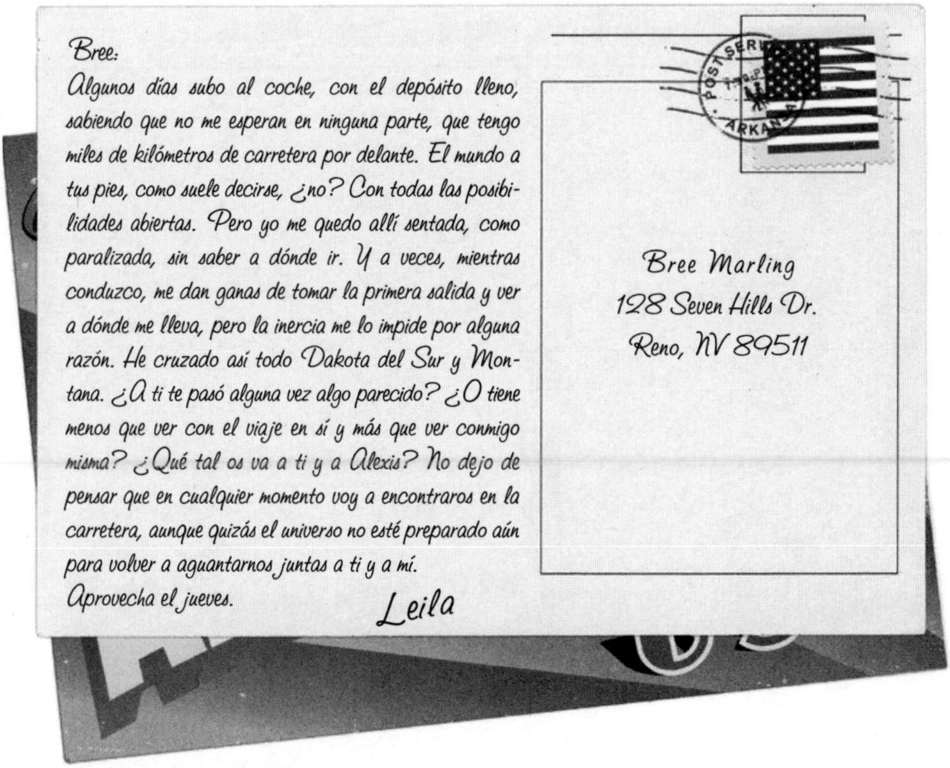

Bree:

Algunos días subo al coche, con el depósito lleno, sabiendo que no me esperan en ninguna parte, que tengo miles de kilómetros de carretera por delante. El mundo a tus pies, como suele decirse, ¿no? Con todas las posibilidades abiertas. Pero yo me quedo allí sentada, como paralizada, sin saber a dónde ir. Y a veces, mientras conduzco, me dan ganas de tomar la primera salida y ver a dónde me lleva, pero la inercia me lo impide por alguna razón. He cruzado así todo Dakota del Sur y Montana. ¿A ti te pasó alguna vez algo parecido? ¿O tiene menos que ver con el viaje en sí y más que ver conmigo misma? ¿Qué tal os va a ti y a Alexis? No dejo de pensar que en cualquier momento voy a encontraros en la carretera, aunque quizás el universo no esté preparado aún para volver a aguantarnos juntas a ti y a mí.

Aprovecha el jueves.

Leila

Bree Marling
128 Seven Hills Dr.
Reno, NV 89511

SONIA

1

El ruido en el restaurante se había convertido en un monótono fragor: el tintineo de cubiertos, las risas que reverberaban en las paredes de ladrillo... Cada dos por tres un mozo, que transportaba un contenedor de plástico lleno de platos sucios, abría de un empellón las puertas de la cocina y daba paso a que saliera toda la cacofonía de cazos, ollas y sartenes crepitando al fuego.

Sonia cerró los ojos tal como Sam le había enseñado y procuró identificar alguna palabra suelta entre las conversaciones cruzadas. A veces, ellos dos hacían una lista de las palabras que habían pescado al vuelo y formaban con ellas frases absurdas. Sonia nunca le explicó a Sam que ella se guardaba esas frases ni que las convertía en el verso de un poema o en el diálogo de un relato breve.

En los meses transcurridos desde la muerte de Sam, sin embargo, solo había conseguido identificar entre los murmullos el nombre del propio Sam.

Por qué esperaba que las cosas serían distintas en la cena prenupcial de la hermana de Sam, no lo sabía. Abrió los ojos y vio que Martha y Liz le hacían señas desde la otra punta del local. Fue hasta allí y las abrazó, como si hiciera mucho que no se veían.

—¡Por Dios! —dijo Liz alzando su copa de vino ante un camarero que pasaba, para que se la volviera a llenar—. No puedo creer lo impresionante que estás con ese vestido.

—Absolutamente preciosa —asintió Martha, y consiguió que Sonia se sonrojara.

—Si estuviera Sam, no sería capaz de quitarte las manos de encima —aseguró Liz dándole un codazo. Martha taladró con la mirada a Liz, pero esta se encogió de hombros y dijo que era la verdad.

Sonia bajó la vista a su vestido floreado, como si le resultara embarazoso llevarlo, y alisó el dobladillo con los dedos.

—A él le habrían encantado esas cositas tailandesas.

—¡Es cierto! —exclamó Liz—. Cuando hicimos la degustación, había muchos otros aperitivos deliciosos que elegir, pero estos no los pude rechazar. Sam me habría matado si hubiera sabido que había dejado escapar cualquier especialidad tailandesa.

El fragor de las conversaciones se había reanudado otra vez, y las tres contemplaron el restaurante, siguiendo la trayectoria entre las mesas de un camarero que iba llenando las copas.

Sonia dio un sorbo a su refresco, y evitó mirar hacia donde estaban los padrinos.

—Gracias otra vez por hacerme dama de honor —dijo—. Significa mucho para mí.

Liz puso los ojos en blanco.

—¿Vas a parar ya de darme las gracias? Habría sido muy raro no tenerte como dama de honor.

—Ya, pero aun así...

—Aun así, nada. Tú eres como mi hermana. —Dio un sorbo de vino y saludó a alguien de lejos—. El deber me llama —dijo, y se dirigió hacia un grupito de amigas de la mesa de la esquina.

—¿Puedes creer que vaya a casarse? —preguntó Martha—. Me siento vieja.

—La primera vez que yo la vi, bajaba la escalera en

pijama con aquel pato de peluche en la mano. Parecía que tuviera doce años. Pensé que Sam me había mentido al decirme que tenía una hermana mayor, ya en la universidad.

—Roger dice que todavía duerme con él a veces.

Sonia se echó a reír.

—Supongo que no hay ninguna norma que diga que te has de desprender de tus peluches cuando te casas.

—Ya —dijo Martha con la vista fija en Liz—. Todavía la veo a esa edad. A los doce años, quiero decir. Llevando libretas llenas de nombres de chicos e intentando liberarse, incómoda, cuando yo la abrazaba en público. Incluso la veo cuando tenía dos años y se embadurnaba el pelo de comida. Los veo a los dos a lo largo de las distintas edades. —Se quedó callada; después meneó la cabeza y miró a Sonia—. Fíjate, ahora me pongo nostálgica.

—No importa. —De la cocina salían unos ruidos semejantes a los chirridos de zapatillas deportivas sobre una cancha de baloncesto. Sonia recordó que Sam, cuando jugaba, solía pasar obsesivamente la mano por las suelas de las zapatillas para limpiárselas. Acababa el partido con las palmas negras, y a ella le inquietaban todos aquellos gérmenes acumulados.

—Me alegro mucho de que estés aquí. No sería lo mismo sin ti. —Martha suspiró y le puso la mano en el hombro desnudo—. Este es un fin de semana de celebración. Deberías tomar una copa de vino.

—Es verdad —aceptó Sonia, aunque no tenía intención de buscar consuelo en el alcohol. Si había que celebrar algo, lo haría a solas con Jeremiah. En cuanto le pasó esta idea por la cabeza, sintió una oleada de culpabilidad y decidió que una copa de vino no le vendría mal—. Voy a buscarla ahora mismo.

—Muy bien —dijo Martha dándole un ligero apretón—. Sírvete también un poco de ese postre. Es tu tarta de lima favorita.

Sonia buscó a algún camarero con una bandeja de copas de vino. En cuanto le dio la espalda a Martha, sintió que se le llenaban los ojos de lágrimas. Cogió una servilleta de una mesa y se las enjugó con cuidado para que no se le corriera el maquillaje.

Esa misma noche, más tarde, Sonia salió de su habitación en el hotel y, cruzando de puntillas el pasillo, se dirigió a la de Jeremiah. Iba con camisa de dormir y pantalones cortos. Mientras caminaba, notaba aún el efecto de las dos o tres copas que se había tomado durante la fiesta en el bar del hotel. Jeremiah, con la camisa desabrochada, abrió; las sombras resaltaban sus músculos abdominales, que no habían desaparecido por completo pese al año que había pasado en la universidad bebiendo y holgazaneando.

—¡Eh! —exclamó.

Ella vaciló un momento, sin estar muy segura de por qué había ido. Habría sido menos arriesgado y más inteligente quedarse en su habitación escribiendo, como hacía todas las noches antes de acostarse. Pero entonces Jeremiah le sonrió de aquella manera suya tan peculiar y la cogió de la mano, y ella recordó en el acto lo reconfortante que le resultaba su presencia.

Jeremiah la atrajo para besarla y cerró la puerta.

—Lo he estado deseando todo el día —dijo, mientras los dos retrocedían tambaleantes, sin despegar los labios, hasta caer en la cama. Sonia notaba el sabor del vino en su propia boca y un regusto de cerveza en la de Jeremiah. Se quitó la camisa por la cabeza y volvió a tumbarse para besarlo.

—Yo también —dijo la chica, mientras él le acariciaba el cabello.

Sonia sentía bajo su cuerpo los latidos del corazón de Jeremiah. Hizo un esfuerzo para no imaginar ninguna enfermedad agazapada: algo tal vez larvado en el cerebro de él que fuera a surgir de improviso. Desde la muerte de Sam, no hacía más que imaginar enfermedades en las personas que la rodeaban. Cada vez que apoyaba la cabeza en el pecho de Jeremiah, tenía que contenerse para no contar los latidos, o para no detectar alguna arritmia que también acabara llevándoselo.

—Nadie en todo el planeta besa mejor que tú —murmuró él.

—¿Estás seguro?

—Sí —afirmó, y se apartó de sus labios para plantarle esos besitos rápidos que le gustaba ir dándole por la cara, empezando por la comisura de la boca y continuando por las mejillas, como si no quisiera dejarse ni un milímetro de piel—. He investigado mucho. Con miles y miles de mujeres.

Ella se separó un poco, sujetándole la cabeza para que él no pudiera perseguirla con más besos.

—Se te dan fatal las «conversaciones de almohada». Y no empieces ahora con estadísticas, por favor.

Jeremiah se zafó de sus brazos y miró hacia donde él había tenido apoyada la cabeza.

—Técnicamente no es una «conversación de almohada». Estamos por lo menos a dos desviaciones estándar de la almohada más próxima.

—No sé gran cosa de estadística, pero estoy casi segura de que esa frase no tiene sentido.

—Tú no tienes sentido —dijo él, y la estrechó de nuevo para darle otro largo beso.

La primera vez que se besaron, Sonia se había quedado atónita. Había sido un gran beso, un beso del que costaba despegarse y que había persistido tanto rato en sus labios que se había pasado el resto de la noche sintiéndose culpable, cuestionándose si Sam había sido mediocre besando y si ella no había conocido la diferencia hasta que había aparecido Jeremiah.

Como solía hacer, él cesó de golpe de besarla y rodó con ella de modo que Sonia quedó debajo. La miró en silencio, pasándole los dedos entre el pelo de aquella manera que la impulsaba a desear únicamente cerrar los ojos y sonreír horas y horas.

—¿Qué haces? —preguntó Sonia, y lo estrechó con fuerza.

—Te miro, nada más —contestó él sosteniéndole la mirada un segundo; a continuación le besó el cuello. Ella ya había advertido que Jeremiah no era capaz de mirar a los ojos mucho rato seguido y, por algún motivo, adoraba esa pizca de timidez—. Eres absolutamente preciosa.

Sonia lo atrajo para acurrucarse juntos y entrelazó las piernas con las suyas.

—Tu «conversación de almohada» ha mejorado extraordinariamente en los últimos treinta segundos.

—De nuevo, no hay almohada que valga —dijo él, estudiando la cara de Sonia como si nunca hubiera visto nada parecido.

La habitación estaba en silencio, salvo por el zumbido del aire acondicionado y el suave chasquido de los besos de Jeremiah. Sonia entrevió en el televisor silenciado el resumen de deportes, y se alegró de que hubiera terminado la temporada de baloncesto. Afuera, una pareja armaba alboroto en el pasillo, riéndose —borrachos, parecía— de otros invitados a la boda. Jeremiah le deslizó la mano desde el cabello hasta la clavícula, pasando un dedo un par de veces de arriba abajo antes de inclinarse para reseguir el camino a base de besos.

Era solamente en esos momentos cuando la ausencia de Sam no dolía. Pero Sonia sabía muy bien que cuando el momento terminara y ella estuviera otra vez sola en su habitación, se sentiría tan atormentada por la culpabilidad que no podría dormir. Ahora, sin embargo, ese dolor constante con el que llevaba viviendo desde hacía casi un año, parecía prácticamente olvidado.

—Quiero bailar contigo mañana —dijo Jeremiah—. En la boda.

Sonia suspiró.

—¿Con la familia de Sam presente? No, no me parece...

—Vamos. He estado mirando tutoriales de Internet para bailar salsa y estoy a punto de conseguir bailarla siguiendo el ritmo.

—Me dejas impresionada. Pero tendrás que exhibir tus habilidades con otra persona.

—No quiero bailar con ninguna otra.

—Muy amable —repuso Sonia acariciándole la mejilla—. Pero no podrá ser.

—¿Por qué?

—Porque se darán cuenta —respondió ella sencillamente, con la esperanza de cortar la conversación.

Él se puso a juguetear con un hilo de la colcha, junto a la cabeza de Sonia. La miró con aquellos hermosos ojos verdes, ahora ligeramente teñidos de tristeza.

—¿Y qué?

Sonia se inclinó para besarlo en ese punto donde el cuello se le unía al maxilar. De vez en cuando, mientras se besaban, él solía detenerse y señalar ese punto, diciendo: «Aquí». Había sido la expresión de Jeremiah, tras uno de esos besos, lo que le había hecho comprender a Sonia que lo amaba, aunque todavía no se lo había dicho.

—No hablemos de eso.

Jeremiah se apartó de ella y expuso:

—Yo creo que sí deberíamos hacerlo.

Sonia gimió, y salió de debajo de él. El sordo dolor volvió a surgirle en el estómago, en aquel rincón oculto de sus entrañas que había cobrado vida en cuanto Sam había fallecido. Se levantó y se acercó al escritorio que había en un rincón. Apartó la silla con cierta brusquedad y tuvo que sujetar la chaqueta del esmoquin, que Jeremiah había dejado en el respaldo.

—¿No quieres estar conmigo? —le preguntó él, incorporándose, sin mirarla a los ojos.

—Tú sabes que no es eso —dijo Sonia doblando la chaqueta sobre su regazo y alisando la tela.

—Entonces, ¿qué es?

Sonia no contestó.

—Sé que lo has pasado muy mal, So. Sé que en parte aún lo amas y que probablemente siempre lo amarás. Eso lo entiendo; yo nunca te pediría que intentaras olvidarlo. —Se frotó los brazos entre sí, se apretó los nudillos hasta que crujieron y levantó la vista al techo. Cuando volvió a hablar, le salió una voz trémula, y al ver Sonia su expresión dolida, le entraron ganas de besarlo en el cuello y, al mismo tiempo, de recriminarle a gritos que hubiera sacado el tema—. Estoy demasiado loco por ti para guardarme esto dentro.

Sonia cruzó los brazos sobre el pecho, sintiéndose de

repente desnuda, y lo miró. Jeremiah esta vez le sostuvo la mirada, no apartó los ojos, y ella sintió que se le llenaban los suyos de lágrimas.

—No puedo bailar contigo —musitó.

—Sí puedes. Yo no sería más que una pareja de baile.

Sonia sintió que se le ponía la carne de gallina; desdobló la chaqueta que tenía en el regazo y metió los brazos en las mangas, aunque eso no calmó sus escalofríos.

Jeremiah no había desviado aún la mirada, y ahora Sonia vio un brillo adicional en sus ojos.

—¿Has dejado atrás a Sam? ¿Lo has dejado atrás lo suficiente para estar conmigo?

Ella intentó sofocar un sollozo, pero igualmente le subió por la garganta y resonó en el silencio de la habitación.

Apartando los ojos por fin, Jeremiah bajó la mirada.

—Necesito estar solo un rato —dijo.

En cuando salió, Sonia sintió que se ahogaba. Cruzó el pasillo corriendo para recoger el bolso en su habitación y bajó la escalera. Necesitaba desesperadamente respirar aire fresco. Cuando ya estaba fuera del hotel, advirtió que todavía llevaba la chaqueta del esmoquin de Jeremiah.

Todo en la ciudad de Hope, en la Columbia Británica, tenía un aire decididamente pintoresco. Las farolas imitaban el estilo de las antiguas lámparas de gas. En las calles se alineaban las casas de ladrillo de tres pisos, las tiendas de barrio de toda la vida, así como infinidad de macetas y una cantidad tal de bancos públicos que habrían permitido acomodar sin dificultad a la población entera. Eran calles perfectas para ese tipo de paseos que daban ella y Sam, cogidos de la mano, siempre que la invitaban a pasar unos días en la cabaña que tenía en esa ciudad la familia de él. Sonia había intentado varias veces reflejar por escrito el encanto de la ciudad, pero siempre se le resistía.

Se dirigió hacia un supermercado, confiando en que aún estuviera abierto y pudiera comprar algo para calmarse. A medio camino, rompió a llorar otra vez y tuvo que apoyarse en un coche; los sollozos le salían a borbotones, en violentos accesos.

—¿Estás bien?

Sonia alzó la vista y vio que una chica morena, de su edad más o menos, se había detenido delante de ella con una taza de café en una mano y las llaves del coche en la otra. Se apartó del vehículo y asintió, pero no pudo contener los sollozos. La chica le tendió un pañuelo; ella lo cogió y se secó la nariz.

—Perdona —se excusó.

—¿Qué te ha pasado?

—Es algo complicado —respondió Sonia sin cesar de cuestionarse si ella y Jeremiah todavía seguían juntos. Ese mero pensamiento la hizo llorar con más ímpetu. Trató de calmarse inspirando hondo, concentrándose en los detalles: una grieta de la acera, la mosca que zumbaba en el escaparate del supermercado...

—¿Puedo ayudarte? —preguntó la chica—. ¿Quieres café?

—No, gracias.

Estrujando el pañuelo, dijo sin más ni más:

—Pensándolo bien, ¿podrías llevarme a alguna parte? Cualquier sitio me sirve. Necesito alejarme de aquí.

La chica, preocupada, asintió y dijo:

—Claro. Sube.

2

Sonia se miró en el espejo del baño. Tenía las mejillas hinchadas de llorar; el pelo, desgreñado; los ojos, enrojecidos. La chaqueta de Jeremiah le sobraba por todas partes y las mangas le tapaban las manos. Se había abrochado los tres botones, pero pese a ello se veía que únicamente llevaba un sujetador debajo.

Se enrolló las mangas y se echó un poco de agua por la cara; después sacó una barra de brillo de labios y se la aplicó sin demasiado entusiasmo. Su móvil volvió a zumbar, traqueteando sobre la sucia encimera del baño, y en la pantalla apareció el nombre de Jeremiah. No se veía capaz de responder sin estallar otra vez en lágrimas. Aunque la llamara para que volviera a su habitación, ella todavía no sería capaz de decirle si ya había dejado atrás a Sam o no.

Silenció el móvil y lo guardó en el bolsillo del esmoquin. Se echó un poco más de agua en la cara y salió del baño del área de descanso. La chica (Sonia había descubierto cuando llevaban media hora circulando que se llamaba Leila) estaba sentada en el lado del conductor, con los pies fuera del coche, contemplando aquel paisaje de montañas cubiertas de árboles bajo la luz de la luna llena.

—Siento haberte arrastrado tan lejos. No tienes por qué llevarme de regreso a casa —le dijo Sonia, aunque ya habían vuelto a cruzar a Estados Unidos y estaban a medio camino de Tacoma. En cuanto se desplomó en el asiento del pasajero, Leila arrancó para volver a la carretera.

—No importa —respondió esta encogiéndose de hombros—. ¿Te encuentras mejor?

—La verdad es que no. —Su móvil vibró de nuevo y ella pulsó el botón lateral para detener el zumbido.

—¿Qué hacías en Canadá? —preguntó Leila, mirando por los retrovisores laterales mientras las adelantaba un tráiler.

—Una boda familiar —dijo Sonia, para simplificar—. ¿Y tú?

—Estaba de paso, en realidad.

No había transcurrido un minuto cuando volvió a zumbar el móvil.

—Perdona —se disculpó Sonia—. Voy a atender o no parará de llamar.

Pulsó el botón, aunque en principio no dijo nada.

—¿Sonia?

—Sí —musitó con voz trémula. El modo en que Jeremiah había pronunciado su nombre había resultado extraño, cargado de dolor.

—Mi chaqueta. Necesito que me la devuelvas.

Sonia vaciló, echando una mirada a Leila, que estaba concentrada en la carretera.

—He salido de la ciudad. —No oía nada al otro lado de la línea, sino solamente un leve zumbido debido a las interferencias, al viento o al aire acondicionado de la habitación del hotel. Jeremiah se quedó tanto rato callado que ella le echó un vistazo al teléfono, para ver si se había cortado la comunicación.

—Los anillos están en la chaqueta, Sonia.

Pasó rugiendo otro tráiler, parpadeándole un montón de luces rojas, como las que titilan en las azoteas de los edificios altos para mantener a raya a los aviones. El rugido sacudió el coche y hasta provocó un retumbo en el aire.

—¿Cómo? —dijo, incrédula. Pero nada más decirlo, percibió el peso extra de la chaqueta y tomó conciencia de un bulto que la presionaba a la altura del pecho.

—Estés donde estés, tienes que regresar.

Sonia palpó el bolsillo interior y notó los bordes del estuche. Se llevó la mano al pelo, tirando de las greñas apelmazadas. No entendía cómo era posible que hubiera salido del hotel con la chaqueta puesta y que no hubiera notado la existencia del paquete en todo el trayecto. Era consciente de que debía volver, pero no estaba segura de poder afrontar de nuevo aquella expresión desgarrada de Jeremiah.

—¿Ya estamos en paz? —preguntó casi gimiendo.

—De eso hablaremos luego. Pero ahora tienes que traer esos anillos. —Jeremiah nunca había sido tan seco con ella.

Sonia asintió para sí. Le echó un vistazo a Leila, que había estado escuchando con expresión inquieta.

—De acuerdo —dijo, y colgó sin más, incapaz de soportar la frialdad del tono de él.

—¿Te apetece que hablemos de ello? —preguntó Leila al cabo de un momento.

Sonia cruzó los brazos, negando con la cabeza. No le reprochaba que se lo preguntara, pero hablar no servía de nada. Había sido por hablar justamente por lo que había saltado todo por los aires. Ni siquiera se animaba a pedirle a Leila que diera media vuelta.

—Mira, oye, todos hemos pasado momentos así —dijo Leila—. Y si algo he aprendido es que guardarte los problemas para ti solo sirve para que sea más difícil afrontarlos.

—¿Ah, sí? ¿Tú vas por ahí contándole tus problemas a todo el mundo? —explotó Sonia, lamentando de inmediato su tono.

—No, no lo hago. O no lo suficiente. Por eso lo sé.

—Perdona, lo he dicho sin querer. Tú has sido muy

amable conmigo y no debería replicarte así. —Contempló la carretera sumida en la oscuridad. Había recorrido esa carretera muchas veces para dirigirse a la cabaña de la familia de Sam, pero no sabía con exactitud en que área de descanso habían parado, ni a qué distancia estaba de casa.

—No tiene importancia. Estás disgustada —la disculpó Leila—. ¿Has experimentado esa sensación espantosa que te entra en el estómago cuando piensas en algo que te hace llorar?

Sonia pensó de inmediato en el trayecto hasta el hospital cuando Sam sufrió el colapso. Pensó en la primera vez que había besado a Jeremiah. Pensó en los meses que había pasado sin poder escribir una línea, en las páginas de su cuaderno que continuaban dolorosamente en blanco, como si, de repente, no tuviera nada en la mente. Pensó en Martha, que aún le hablaba de Sam como si esperase que él fuera a salir de su habitación en cualquier momento. Sí, conocía muy bien aquella sensación. Había pasado un año en sus garras, y la única persona capaz de disiparla la estaba agudizando.

—Sí —consiguió decir.

—Pues ahora seguro que la sientes más, porque los mismos pensamientos te vienen continuamente a la mente y van rebotando por tu interior una y otra vez. Eres como una tetera que necesita soltar un poco de vapor. Necesitas que venga alguien a sacarte del fuego y a servirte en una taza.

—¿Pretendes convertirme en un té?

—Bueno, la metáfora es un poco embrollada —observó Leila—. Pero creo que ya me entiendes. Solo pretendo ayudar.

Sonia miró un coche que pasaba de largo; trató de atisbar a los que iban dentro, pero no vio más que un borroso trazo metálico.

—¿Por qué eres tan amable con una completa desconocida?

—No lo sé. Quizá es simplemente porque me gusta el té.

Sorprendiéndose, Sonia consiguió sonreír. Observó a Leila, olvidándose por un momento de Sam y de Jeremiah, y se preguntó quién sería aquella chica.

Leila se removió en el asiento, dobló la pierna izquierda y se sentó sobre ella.

Sonia sacó el móvil del bolsillo para comprobar la hora y, por tanto, averiguar el tiempo que faltaba para la boda. La pantalla se encendió, mostrando la fotografía de ella y Sam sentados sobre la escultura del troll de Seattle. Le habría gustado saber si a Jeremiah le molestaría quizá ver aquella foto en el móvil, o si debía cambiarla. Ni siquiera para cometer esa traición estaba preparada.

A ella se le daba mejor manejar sus emociones con papel y bolígrafo, pero al parecer había perdido esa capacidad. Tal vez Leila fuese una persona de fiar; por su manera de hablar de la tristeza, la conocía bien. O tal vez resulta que solamente podemos guardarnos las cosas un tiempo determinado antes de que nos salgan a borbotones sin quererlo.

—Hace unos siete meses —empezó Sonia—, Sam, que había sido mi novio desde hacía dos años, sufrió un colapso en mitad de un partido de baloncesto. Lo llevaron corriendo al hospital, pero murió al cabo de dos horas. Una anomalía del corazón. Algo del miocardio, no lo sé. Nunca consigo recordar el nombre exacto de la enfermedad.

»Ya sé que la mayoría de los adolescentes creen que su primer amor es el único amor de su vida, pero lo nuestro era especial. —Hizo una pausa para enjugarse los ojos y, al ver que la pantalla del móvil aún mostraba la foto de Sam, se apresuró a guardárselo en el bolsillo. No podía hablar de él y mirarlo al mismo tiempo—. Cuando murió, yo sentí que todo se había terminado para mí. Que ninguna otra persona sería capaz de igualar, ni mucho menos superar, lo que nosotros habíamos vivido. En realidad, no quería que se me acercara nadie. Mi media naranja había muerto, y yo iba a pasar el resto de mi vida sin él.

Una lágrima se deslizó rápidamente por su mejilla, como absorbida por un desagüe, y se limpió el reguero que le había dejado.

—¡Por Dios, esto no es más que el principio! ¿Estás segura de que quieres escuchar toda la historia?

—El té no está listo. Sigue sirviéndolo.

—Esa metáfora no funciona para nada. —Sonia sofocó una risita.

—¡No importa! Todavía no has terminado de contarme tu historia.

Sonia se restregó los ojos, se pasó la mano por el pelo, ordenando sus pensamientos, y prosiguió:

—La familia de Sam siempre se había portado de maravilla conmigo. Y eso no cambió después de su muerte. Si acaso, incluso se portaron mejor. Me llamaban para ver cómo estaba, me llevaban a cenar, me invitaban al cine... ¡Qué demonios, me trataban mejor que mis padres! Yo nunca había tenido la sensación de formar parte de una familia hasta que conocí a Sam.

»Bueno, el caso es que pasaba mucho tiempo en su casa; asistía a las cenas familiares, a las barbacoas y demás. Y allí fue donde conocí a Jeremiah. Su hermano se casa mañana con la hermana de Sam —dijo, sacando el móvil, para indicar que era él quien la había llamado. Inspiró hondo lentamente. Se sentía como si estuviera en la cuerda floja, como si moverse demasiado deprisa pudiera precipitarla en otro acceso de llanto.

—Al principio, ni siquiera me di cuenta de que nos habíamos enamorado. Un día, él se ofreció a llevarme en coche a casa y, antes de que me diera cuenta, estábamos besándonos. Después, me dolió el estómago durante días. O sea, el último ramo de flores que había puesto en la tumba de Sam no se había marchitado todavía, y yo ya estaba arrojándome en brazos de otro.

Leila fue a decir algo, pero cambió de opinión y aguardó a que Sonia continuara. Enfilaron un puente; un pequeño rótulo de color marrón indicaba que estaban pasando sobre el río Stillaguamish.

—Llevamos viéndonos en secreto desde hace un par de meses ya, y a pesar de lo feliz que me hace, cuando no estamos juntos me siento todavía peor de lo normal. Es como si estuviera engañando a Sam, como si el hecho de estar con Jeremiah significara que nunca lo quise en realidad, que él murió creyendo equivocadamente que había encontrado a su media naranja.

»Y ahora Jeremiah quiere que lo hagamos público, o quiere romper; ni siquiera sé cuál de las dos cosas desea. Pero yo no puedo permitir que la familia de Sam se entere de que estoy saliendo con otro. Si apenas puedo decírmelo a mí misma, ¿cómo voy a ser capaz de decírselo a ellos? ¿Y si después no quieren saber nada más de mí? No puedo arriesgarme a perderlos.

Debían de estar circulando bastante despacio, porque de vez en cuando les adelantaba algún vehículo rápidamente, iluminando con los faros el interior del coche. Leila permanecía callada, aguardando con paciencia a que Sonia expusiera su relato. Como si esperara enjugar su tristeza simplemente escuchando.

La pierna de Sonia chocó con la bolsa de plástico que estaba colgada de la palanca de cambio. En el sujetavasos había una botella de agua mediada, que Leila se apresuró a ofrecerle al ver que la chica le echaba un vistazo.

—Cuando me he tropezado contigo, Jeremiah y yo acabábamos de tener una pelea, y necesitaba alejarme de allí. Pero soy idiota, y he salido con su chaqueta puesta, donde guardaba los anillos de la boda. —Le lanzó una mirada a Leila, en cuyo sereno rostro habían aparecido atisbos de inquietud: la frente fruncida y los labios un poco prietos—. ¿Crees que podríamos volver atrás? Tengo que llevarle como sea los anillos. Si no, arruinaré la boda.

Leila puso de inmediato el intermitente para detenerse en el arcén; el coche traqueteó sobre las bandas sonoras destinadas a avisar a los conductores de que estaban muy cerca del borde de la calzada.

—¿Por qué no me lo has dicho antes? —preguntó virando para cambiar de sentido.

—Ni siquiera te lo has pensado dos veces —dijo Sonia, asombrada.

—Creo que lo último que necesitas ahora es creer que no tienes a nadie a tu lado. Si lo único que necesito es un poco de gasolina y de tiempo para que alguien no se sienta solo, estoy dispuesta a hacerlo con mucho gusto.

Cruzó la carretera de dos carriles, que estaba completamente vacía, y regresó por donde habían venido.

—¿Se te ha pasado esa sensación espantosa? —preguntó.

—La verdad es que no. —Sonia dio otro trago de agua; se sentía llena de gratitud—. Pero me ha aliviado. Gracias.

—De nada.

Durante un segundo pareció como si aquella horrible sensación hubiera desaparecido o, al menos, se hubiera suavizado. Pero algo inquietaba a Sonia, un vago temor a haber olvidado alguna cosa. Buscó en el bolsillo interior de la chaqueta y encontró el estuche de los anillos. Para asegurarse, lo sacó y lo abrió. Ahí estaban: los dos anillos colocados de pie como dos soldaditos de plata en posición de firmes. El teléfono móvil lo tenía metido en la pretina de los pantalones cortos.

Para comprobar que llevaba también el monedero y el pasaporte, bajó la mano para coger el bolso. En cuanto rozó la esterilla de fibra que tenía a sus pies, recorrió con los dedos el suelo buscando el bolso de piel. Se agachó y metió la mano cuanto pudo por debajo del asiento.

—¿Qué ocurre?

—Mierda —exclamó Sonia al recordar claramente la imagen de su bolso sobre la sucia encimera del baño—. Creo que me he dejado el bolso en el área de descanso.

Se desabrochó el cinturón y se agazapó para echar un vistazo, pegando el hombro sobre el cuero sintético del asiento. Pero ya sabía que no estaba allí.

—No importa —dijo Leila con calma—. Pararemos de camino.

Tardaron pocos minutos en llegar. No había ningún coche en el aparcamiento, cosa que Sonia interpretó como una buena señal: nadie habría tocado el bolso. Se bajó a toda prisa del coche y entró en el baño.

Y sin embargo, la encimera estaba vacía; no había nada allí, salvo los charcos de agua y el reguero seco del jabón que había caído del dispensador. Corrió desde la puerta hasta el lavamanos, como si estuviera demasiado lejos para ver el bolso. Pero no, el bolso había desaparecido y, con él, su contenido: la barra de brillo labial; una fotografía *selfie* que se habían sacado ella y Sam; la billetera, donde llevaba una tarjeta de crédito de emergencia, varios billetes canadienses y su permiso de conducir del estado de Washington; la llave de la habitación del hotel; su cuaderno de notas, con las últimas entradas llenas de palabras tachadas nada más escribirlas, y su pasaporte norteamericano, con la tinta del último sello de entrada aún fresco.

Le pareció que el peso de los anillos le aumentaba en el bolsillo, como si estos, de algún modo, tuvieran conciencia de que estaban a una distancia sideral de donde deberían haber estado.

3

Sonia y Leila estaban sentadas en el McDonald's de veinticuatro horas de un *duty-free* que quedaba cerca de la frontera. Sonia se daba golpecitos en la cabeza contra el ventanal, mirando la autopista y suplicando al cielo para que se le ocurriera una solución. Leila estaba con el codo sobre la mesa y el mentón apoyado en la mano. Una bolsa de patatas fritas se iba enfriando entre ambas. Los empleados del restaurante charlaban relajadamente para pasar el rato, esperando a que apareciera el siguiente viajero nocturno. De vez en cuando le echaban un vistazo a aquella chica vestida con una chaqueta de esmoquin, pantalones cortos y un sujetador parcialmente visible.

—Yo misma llevaré los anillos —ofreció Leila, al cabo de un rato, levantándose de la silla—. Todavía tengo mi pasaporte.

—No tienes por qué hacerlo. Podemos pensar en otra cosa.

—No hay motivo para buscar otra solución cuando ya tenemos una. Tú te quedas aquí y yo te llamaré en cuanto vaya a salir del hotel —dijo Leila tendiéndole su teléfono a Sonia para que le programara el número.

—Eres un pozo sin fondo de bondad, Leila. Gracias.

—Volveré pronto —dijo ella, y salió rápidamente con los anillos en la mano.

Aunque Sonia habría preferido no cargarse de más motivos para sentirse culpable, decidió mentir a Jeremiah y enviarle un mensaje de texto diciendo que iba de camino.

«de acuerdo», respondió él, que nunca usaba mayúsculas.

Ella tecleó varias respuestas y las borró al momento; cerró el móvil e, inmediatamente, volvió a activar la pantalla, aunque la apagó de nuevo.

Se cubrió la cara con las manos, apretándose los ojos hasta ver esas pequeñas explosiones de luz en la oscuridad. Movió la cabeza, agitando el cabello, y captó su reflejo en la pantalla del móvil. La mata de color castaño rojizo tenía un aspecto totalmente desgreñado. Entonces se pasó los dedos entre los enredos. Cuando terminó, volvió a coger el móvil. «No estoy segura de nada, pero te quiero», escribió. Se quedó mirando esas palabras casi un minuto entero antes de borrarlas.

Justo cuando empezaba a calcular cuánto podría tardar Leila en llegar allí y regresar —un par de horas, al menos— entró la chica en el McDonald's, con aire avergonzado.

—¿Qué ha pasado? —Por un instante, Sonia se imaginó que todo se había solucionado mágicamente y que los anillos habían sido teletransportados hasta las manos de Jeremiah.

—La patrulla de la frontera no me ha permitido pasar —explicó Leila. Se mordió los labios y frunció el entrecejo, ofreciendo casi una caricatura de la congoja—. Han considerado sospechoso que acabara de cruzar la frontera e intentara volver a pasarla.

—¿En Canadá? ¿Desde cuando son tan quisquillosos los canadienses para dejar entrar a la gente en su país?

Leila bajó la vista al suelo, encogiéndose de hombros, y replicó:

—No lo sé, pero me han registrado el coche y han revisado todas mis cosas. Tal vez creían que estaba pasando drogas o algo así, no sé. El tipo me ha dicho que tenía suerte de que no me detuvieran, pero que los agentes de aduanas pueden denegar la entrada a cualquiera que crean conveniente.

Sonia se derrumbó en el duro banco de plástico. Ya se imaginaba a Jeremiah en el brete de confesarles a Liz y Roger que no tenía los anillos. Aunque tratara de ocultar los detalles, la verdad saldría a la luz. Dudaba sobre quién quedaría más destrozado: Liz, al ver su boda arruinada; Martha, al enterarse de la relación que ella mantenía con Jeremiah; Jeremiah, a causa de su indecisión, o ella misma, por provocar semejante trastorno en la vida de todos.

—No te preocupes. Ya se nos ocurrirá algo —la tranquilizó Leila, aunque sin mucha convicción. Recorrió con la vista el McDonald's vacío—. Quizá entre alguien que vaya en esa dirección y, bueno, a lo mejor no le importa llevar los anillos...

—No se los confiaría a nadie —aseguró Sonia, cayendo de repente en la cuenta de la facilidad con que se había fiado de Leila para que llevara los anillos a Canadá y volviera a recogerla. No sabía si había sido por la amabilidad que la chica le había demostrado, o por el hecho de haber podido desahogarse con ella y contarle sus penas. Tal vez era, simplemente, porque Leila parecía interesarse de verdad por ella.

—¿Y si esperamos a que cambien de turno en la frontera? A lo mejor me encuentro a un agente más simpático que no me ponga pegas.

Sonia lo pensó un momento con cierto escepticismo.

—Si han puesto una alerta sobre tu pasaporte, cosa probable, nadie te dejará pasar. —Cogió el estuche de los anillos y le dio vueltas sobre la mesa, conteniendo el impulso de arrojarlo con rabia a la otra punta del local. Afuera, en el centro comercial, unos rótulos amarillentos anunciaban descuentos especiales en chocolates y alcohol.

Leila sacó el móvil de su bolso, como recordando de repente que tenía uno.

—¿Sabes? —dijo pasando el dedo por la pantalla—. Estoy mirando en el mapa y…, o sea, siempre he sabido que Canadá era grande y que la frontera canadiense tenía una longitud enorme. Pero, vamos, es que es bestialmente larga. —Le pasó el móvil a Sonia—. ¿Te parece posible que tengan suficiente personal para vigilarla por completo constantemente? ¿Hasta el último rincón? Porque no hay una valla ni nada parecido, ¿no?

El mapa mostraba los puntos de entrada principales a lo largo de las autopistas. Unas pequeñas burbujas indicaban los centros de *duty free* como ese en que se encontraban. Pero entre los accesos principales por carretera había kilómetros y kilómetros de bosque. Lo único que existía entre esos puntos de control era una línea imaginaria que alguien había decidido mucho tiempo atrás que separaba los dos países.

—Igual me estoy volviendo loca —comentó Leila—, pero ¿no podríamos pasar a pie? Es decir, si la gente cruza la frontera de México, que está mucho más vigilada, no debería ser tan difícil colarse aquí furtivamente.

Sonia sofocó una risita y estudió el mapa más de cerca.

—Sería brutal si lo consiguiéramos.

—No veo por qué no —dijo Leila con excitación.

—¿Y tu coche?

—Lo dejaremos en algún sitio cerca de la carretera, como el aparcamiento de un motel, donde no resulte demasiado sospechoso. Nos internaremos en el bosque hacia el norte. Tengo una brújula en el teléfono, y esta aplicación que te dice cuánto llevas andado en caso de que el GPS no capte ninguna señal. Y luego ya solo tenemos que llegar a la carretera y conseguir que nos lleven en autostop a Hope. Deben de circular muchos camiones; eso no ha de ser un problema. Tengo una amiga que estuvo meses viajando por todo el país en autostop, y me dijo que te sorprenderías de lo fácil que llega a ser si estás en la carretera adecuada.

—¿Y nosotras estamos en la carretera adecuada?

—Ni idea. Pero vale la pena intentarlo, ¿no?

Sonia amplió el mapa en el móvil de Leila.

—Quizá si ampliaras el mapa lo suficiente podrías ver las patrullas fronterizas. —Le devolvió el móvil a Leila—. ¿Cómo regresaremos a tu coche?

—Haremos lo mismo a la vuelta. No es tan complicado.

—No es tan complicado —repitió Sonia, pretendiendo relacionar esas palabras con la idea de cruzar furtivamente una frontera internacional. Pensó en los numerosos principios de frase que tenía tachados en su cuaderno. Se preguntó si su bloqueo para escribir podría superarse con una noche como esa.

—De acuerdo —aceptó cogiendo otra patata frita y partiéndola: el grumoso contenido rezumó fuera como si hubiera aplastado a un insecto—. Adelante.

Según la aplicación del móvil de Leila, habían caminado un kilómetro hacia el oeste por el bosque. Apenas veían más allá de sus narices, de modo que las dos avanzaban con tiento. Se mostraban agradecidas porque la luna llena se colara entre los árboles y porque la luz del móvil las salvara de la oscuridad total.

Sonia estaba nerviosa pero excitada, con el corazón mucho más aligerado que antes. Sin saber si era necesario susurrar, dijo:

—Estamos entrando en Canadá. —A cada paso, temía que surgiera alguien de la negrura. Cada crujido del bosque le parecía el ruido de interferencias de un radiotransmisor, y a cada rama que la rozaba se imaginaba que era un agente a punto de esposarla—. ¿Y si nos tropezamos con un equipo de las fuerzas especiales?

—No creo que haya fuerzas especiales aquí. Tal vez la policía montada o algo así —contestó Leila.

—Eso todavía sería peor —opinó Sonia, y le apoyó la mano en el hombro; no quería perderla en la oscuridad—. A mí los caballos me dan pánico.

—¿Los caballos? ¿Por qué?

—Por principio, no me gustan las bestias capaces de arrancarme la cabeza de una coz.

—¿Qué ha sido eso? —inquirió Leila deteniéndose de golpe, con lo cual Sonia chocó con ella.

—¿El qué?

—¿No lo has oído?

Sonia se quedó totalmente inmóvil, esperando oír las sirenas o un helicóptero acercándose. Se percibía apenas un rumor de follaje, pues el viento mecía en lo alto las copas de los árboles. Oyó su propia respiración, los grillos a lo lejos, pero nada más.

—¿No has oído un relincho? —preguntó Leila.

—Eres una abusona. —Sonia le dio una palmada en el brazo, mientras echaban a andar otra vez, procurando ocultar el miedo que le había entrado al creer que las habían descubierto. Tenía el corazón disparado, pero, aun estando aterrorizada, se moría de ganas de conseguirlo, de contarle a Jeremiah aquella pequeña aventura. Eso suponiendo que todavía quisiera hablar con ella.

—Bueno, me parece que ya nos hemos alejado bastante —dijo Leila—. Ahora podemos ir hacia el norte. Debe de haber un par de kilómetros hasta la frontera, pero recorreremos cuatro para asegurarnos y saldremos a la carretera. —El resplandor de la pantalla le iluminaba la cara, y Sonia captó de nuevo en su expresión un destello de algo parecido a la melancolía—. La carretera continúa todo recto durante un trecho después de la frontera; no debería costarnos encontrarla.

—¡Vamos! —Sonia le indicó con un gesto que abriera la marcha. Mientras seguían caminando por el bosque, su móvil zumbó en el bolsillo del esmoquin. Rodeando la pantalla con la mano para concentrar la luz, echó un vistazo.

«dónde estás?»

Volvió a apagarlo, porque no sabía bien qué responder de momento.

—¿Ese chico otra vez?

—Sí. Quería saber dónde ando.

Algo crujió bajo sus pies: una rama caída. Los ruidos que hacían al caminar eran los únicos que parecían oírse en muchos kilómetros a la redonda, y la idea resultaba a la vez reconfortante y profundamente inquietante.

—¿Tú...? —balbuceó Sonia, sintiéndose media tonta por preguntarlo—. ¿Tienes novio?

Leila seguía marcando el camino hacia el norte entre los árboles. Caminaba con pasos cortos y los brazos extendidos hacia delante en la oscuridad.

—No —dijo tras una pausa—. Había un chico... Creía que quizá podría pasar algo con él. Pero ya no me parece probable.

—¿Por qué no?

—¡Ay! Cuidado con estos arbustos. Están llenos de espinas. —Los apartó con la manga para que Sonia pasara—. Tuvimos una gran pelea.

—¿Todavía hablas con él?

—Le envío postales. Pero no tengo noticias suyas desde hace tiempo. Desde la última vez que lo vi, de hecho.

—¿Cuánto hace?

—El mismo tiempo que llevo viajando. Casi dos meses.

Dieron varios pasos cautelosos, e intentaron no tropezar con ninguna rama o pisar un excremento de oso.

De pronto Leila volvió a detenerse. Alzó una mano, indicándole a Sonia que no se moviera. Esta miró alrededor para tratar de averiguar por qué se había detenido, pero únicamente distinguía las espesas sombras del bosque.

—Como vuelvas a decir que has oído un relincho, te juro...

—Bueno, señoritas —gritó una voz grave, sobresaltándolas—, se acabó la diversión. Ya es hora de dar media vuelta.

Sonia no vio al hombre de inmediato. De hecho, no supo quién había hablado ni desde dónde, hasta que Leila sacó el móvil y enfocó la pantalla hacia el agente, que estaba apoyado en un árbol. Llevaba una gorra de béisbol y parecía muy corpulento. Cuando él encendió su linterna, Sonia advirtió que era el chaleco antibalas, con todos sus artilugios adosados, lo que le daba ese aspecto. Al apuntarlas a la cara con la linterna, el individuo desapareció tras el resplandor un instante, hasta que las pupilas de Sonia se acomodaron a la luz. Ella ya esperaba que un grupo de agentes la esposara, y se le hizo un nudo en el estómago. De un momento a otro, le leerían sus derechos.

—¿Son americanas?

—Sí —respondieron.

El agente fronterizo apenas había abandonado su relajada posición contra el árbol. Casi parecía como si estuviera tomándose un descanso para fumar un cigarrillo.

—Bien. Gracias por intentar visitar Canadá. Vayan con cuidado en el trayecto de vuelta. En adelante hagan el favor de venir a través de un punto de entrada oficial, donde los servicios fronterizos puedan certificar su visita como es debido.

Leila giró la cabeza para mirar a su compañera. Estaba tan pasmada como la propia Sonia.

—Lo sentimos mucho, señor. Nosotras solo...

El hombre se apartó del árbol. Sonia observó con perplejidad que parecía divertido.

—Mi mujer ya se está cansando de mis historias del tipo «no vas a creer las cosas que me cuentan». —Puso los brazos en jarras—. ¿De veras creían que iban a cruzar la frontera a pie?

Ninguna de las dos se atrevió a responder.

—Por desgracia, han decidido pasar justo por mi cuarto de baño —dijo señalando el árbol y riendo por lo bajini.

—Entonces, ¿nos deja marchar? —graznó Sonia.

—¿Ha intentado alguna vez abrir un expediente a estas horas de la noche? Es una lata. No me interesa escuchar el motivo, sea cual sea, por el que pretendían cruzar la frontera a pie. Tienen pinta de buenas chicas. —Guardó silencio un momento, como recordando algo. Volvió a apuntar la linterna al atuendo de Sonia y arqueó una ceja—. Quizá un poco extrañas, pero buenas chicas. Vuelvan a casa con sus padres.

Sonia no necesitó que se lo repitiera. Agarró del brazo a Leila y, dando media vuelta, empezaron a desandar a toda prisa el camino que habían recorrido. Ambas, contentas de no hacerlo esposadas.

—No sé si sentirme aliviada por no acabar en el calabozo, o cabreada por no haberlo conseguido —murmuró Leila.

—Vamos a dejarlo en «aliviada» —propuso Sonia, aunque al sentir la presión del estuche de los anillos en la chaqueta, ya no estuvo tan segura. Al principio se apresuraron a través del bosque, utilizando los móviles para iluminarse. Pero poco a poco redujeron la marcha, quizá porque se fueron dando cuenta de que al llegar al coche, que habían dejado en el aparcamiento del motel, seguirían con el problema sin resolver. A cada paso, Sonia notaba que los anillos le pesaban más en el bolsillo.

Sabía muy bien que no le quedaba más que un recurso, pero la idea le resultaba tan poco atractiva que concibió toda clase de alternativas disparatadas (¿cuánto se tardaría en conseguir un pasaporte falso?, ¿sería posible tirarse en paracaídas cerca de la frontera y caer accidentalmente en el lado canadiense?) antes de decidirse a reconocerlo. Tendría que volver a casa y pedir ayuda a su familia.

4

Cuando se detuvieron frente a la casa de Sonia en Tacoma, el sol brillaba entre las grisáceas nubes diseminadas por el cielo. El monte Rainier, cuya cima todavía estaba nevada, se alzaba sobre la ciudad como un enorme centinela montando guardia. La chica sintió una punzada de pánico al advertir que la boda daría comienzo dentro de pocas horas.

Los coches de sus padres estaban en el sendero. No los habían lavado desde hacía muchas semanas, y las ventanillas estaban punteadas de manchas de polvo redondas, como gotas de lluvia. Aunque los dos estuvieran en casa, lo más probable era que tuvieran que ir a trabajar, y lo de «el trabajo es sagrado» venía a ser el primer mandamiento en aquella casa. Sonia no albergaba muchas esperanzas de que pudieran ayudarla, por mucho que estuvieran dispuestos a hacerlo. Era en momentos como ese cuando echaba de menos unos padres como los de Sam, capaces de abandonarlo todo por sus hijos.

Como las llaves de la casa habían desaparecido con su bolso, tuvo que llamar al timbre. En el interior sonaron voces airadas. Oyó que su padre se acercaba mascullando. Al abrir la puerta, tenía aspecto de enojado, como si ya hubiera empezado a discutir mentalmente con quien hubiera osado llamar al timbre tan temprano. Llevaba el uniforme de encargado de equipaje del aeropuerto, y sostenía una taza de café en la mano. Al ver que era su hija, dijo: «¡Ah! Hola. ¿Todo bien?», y regresó sin más hacia dentro, dejándoles la puerta abierta.

—Sí, bien. ¿Tenéis que trabajar hoy? —preguntó Sonia mientras hacía pasar a Leila.

—Claro —respondió su padre por el pasillo.

Ella suspiró. Mitch era su única posibilidad, pues.

Todas las cortinas estaban echadas, lo cual no era ninguna novedad. La casa siempre tenía un aire lúgubre, como la propia Tacoma. Los padres estaban en la sala de estar, tomando café y comiendo burritos de huevos revueltos, de los que se calientan en el microondas. El padre se desplomó en la silla y se puso a terminar el crucigrama. La madre estaba en el sofá, mirando su programa matinal favorito.

Sin apartar la vista del televisor, dio otro mordisco al burrito y lo masticó con ese modo de chasquear ligeramente los labios que sacaba de quicio a Sonia. Toda la casa olía a alubias y a sucedáneo de queso cheddar. Tras engullir el bocado, advirtió por fin que las dos chicas estaban de pie junto al sofá.

—¡Ah, buenos días! Creía que ibas a alguna parte hoy. ¿Tienes trabajo?

—Me he tomado libre el fin de semana —respondió Sonia, cuestionándose si su madre se acordaría siquiera de la boda.

—Te vas a tener que encargar de que le cambien el aceite a mi coche, entonces, ya que yo te llevé el miércoles.

Sonia no hizo caso. Miró a Leila, avergonzada por el hecho de que sus padres ni siquiera hubieran advertido su presencia.

—¿Está Mitch en casa?

La madre soltó un bufido y contestó:

—¿Dónde iba a estar?

Sonia le indicó a Leila que la siguiera. Cruzaron la sala de estar hacia la escalera y provocaron una protesta amortiguada al pasar frente al televisor. La barandilla de la escalera estaba cubierta de una capa de polvo. Sonia sintió que se ruborizaba. Ella nunca había hablado de su familia con nadie, ni siquiera con Sam o con Jeremiah. Prefería ocuparse de ellos en sus escritos. No comprendía a sus padres; no entendía cómo habían caído en aquel bucle de trabajo y malhumor que parecía definir sus vidas. O por qué habían decidido ser padres, ya que nunca habían mostrado afecto por ella ni por su hermano. En sus escritos, podía fingir al menos que conocía sus antecedentes, los motivos de fondo para que vivieran la vida como si fuese una maldición que había caído sobre ellos.

Sorteando la cesta de ropa sucia que había en lo alto de la escalera, ambas chicas recorrieron el pasillo. El móvil de Sonia vibró de nuevo:

«estoy empezando a preocuparme. ¿dónde estás?»

Guardó el teléfono y llamó a la puerta de Mitch.

—No he entrado en su habitación desde hace tiempo, pero si no ha habido cambios, prepárate para el pestazo —le advirtió a Leila. Volvió a llamar y entró.

El olor era casi tangible. Una bomba fétida que reunía todos los olores típicos de los chicos adolescentes: calcetines, sudor y ese perfume general que desprende un cuerpo inmune a su propio hedor. Todo ello mezclado con Dios sabe qué: bebidas derramadas que habían impregnado profundamente la moqueta; restos de patatas pudriéndose en la mesa del ordenador; el aliento de una semana fermentando en el aire viciado...

Sonia respiró de inmediato por la boca; Leila, a su espalda, contuvo una arcada. Mitch roncaba suavemente, con un pie asomado por un lado de la cama. Bajo la luz grisácea que se colaba entre las persianas, Sonia distinguió un hilillo blanco que le colgaba de la sotabarba.

—Mitch —susurró.

Él no se movió.

—Mitch —repitió un poco más fuerte. Él gruñó, agarró un cojín y se lo lanzó, pero no acertó—. Mitch, necesito un favor.

Él se dio la vuelta.

—Lárgate.

Sonia dio un paso, sorteando algo que no pudo identificar en el suelo.

—Sabes que no habría entrado aquí si no fuera una emergencia. Necesito tu ayuda.

Mitch gimió y se alejó un poco más, pegando la cara a la pared.

—Dormir —dijo, y farfulló unas palabras que Sonia no consiguió distinguir.

Leila se tapó la nariz con la camiseta y, casi gritando, dijo:

—Mitch, tu hermana necesita tu ayuda. Despierta.

Intrigado por aquella voz desconocida, él se volvió y abrió los ojos. Los guiñó como si entrara luz a raudales.

—¿Quién demonios eres tú?

—Me llamo Leila. Y ahora escucha a tu hermana.

Mitch se rascó la barba. El hilo que le colgaba se había quedado en la almohada, seguramente para volver a engancharse más tarde a su vello facial.

—Está bien. Te escucho. —Se oía cómo se rascaba por debajo de las sábanas.

Sonia reprimió el impulso de decirle lo asqueroso que era.

—Necesito un favor. Te va a sonar un poco raro, pero ya te imaginas que no te lo pediría si no estuviera desesperada.

—Dilo de una vez.

—Necesito que vayas a Canadá para hacerme un recado.

—Vete al diablo —barbotó él, y se giró hacia la pared.

—Mitch, va en serio. Es una larga historia, pero el caso

es que tengo los anillos de boda de Liz, y la boda se celebra hoy. A mí me es imposible ir allí.

El chico soltó otro gruñido y le dijo:

—Lléname el depósito y dame cincuenta dólares, y te daré permiso para que te lleves mi coche.

—No me estás escuchando. No puedo entrar en Canadá. He perdido el pasaporte. Necesito que vayas allí en coche y entregues los anillos. Yo pagaré la gasolina.

—¿Pretendes que vaya hasta Canadá?

—Son solo tres horas de camino.

Él se echó a reír.

—¿Es que has estado robando hierba de mi alijo? Ni loco voy a conducir seis horas para hacerte un favor.

Sonia sintió que se le llenaban los ojos de lágrimas.

—Mitch, por favor. Eres la única persona a la que puedo pedírselo. Si no vas, la boda se irá al garete.

—Ya, bueno. No es problema mío, ¿no?

—Voy a pegarle —dijo Leila, tapándose aún con la camiseta. No dio ni un paso hacia él, sin embargo, y Sonia se hallaba demasiado alterada como para que se le ocurriera una alternativa. Ya estaba habituada a la indiferencia de su familia, pero había creído que si realmente los necesitaba, ellos dejarían de lado por una vez su mezquino egoísmo. No resultaba agradable comprobar que se había equivocado.

Sin saber qué hacer, se quedó inmóvil en medio de la habitación. Le habría gustado que Leila pegara a su hermano.

—Ve a hablar con Stoner Timmy —musitó Mitch.

—¿Qué?

—Stoner Timmy. Lo encontrarás en el café Tim Hortons de Bellingham. Tiene ciertos asuntos en Canadá. No es exactamente un tipo muy respetuoso con la ley; por eso no me sorprendería que se trate de alguna clase de contrabando. A lo mejor él sabe cómo pasarte por la frontera.

Ciertamente, no era un gran favor, pero Sonia sentía

ganas de abrazarlo por intentar ayudar un poco al menos. El pestazo, no obstante, la hizo titubear, y entonces el chico gritó que salieran de una vez de su habitación.

Sonia sabía que tenía muy pocas posibilidades, pero estaba decidida a aferrarse a ese diminuto atisbo de esperanza. Cualquier recurso, por descabellado que fuera, era una oportunidad para evitar el desastre y no acabar siendo la responsable de arruinar la boda. Pasó un momento por su habitación para ponerse ropa normal; enseguida bajaron las dos corriendo y cruzaron la sala de estar, lo que provocó una vez más las quejas de sus padres por armar alboroto tan temprano. Subieron al coche de Leila y se dirigieron a Bellingham para buscar a Stoner Timmy.

5

En cuanto Sonia y Leila entraron en el café Tim Hortons, divisaron a Stoner Timmy.

—Tiene que ser ese, ¿verdad? —dijo Leila señalando a un tipo de veintitantos años, que estaba en una mesa junto a la ventana. De frente, se le veía el cabello rubio oscuro de aspecto sedoso, pero por detrás lucía unas rastas apelmazadas. Llevaba unos pantalones a cuadros, sandalias de cuero gastadas, calcetines con rombos y, pese al calor, un sudadera con capucha de colores psicodélicos. Sobre la mesa había como media docena de vasos de cartón; uno de ellos lo utilizaba de cenicero. Cómo se las arreglaba para fumar sin crearse dificultades en un café relativamente pequeño, no estaba claro, aunque tampoco parecía que le importara a nadie. El tipo escribía totalmente absorto en un cuaderno, y de vez en cuando sonreía.

—¡Por Dios! —exclamó Sonia, y se colocó en la cola de las personas (solamente dos) que había frente al mostrador—. Me da la sensación de que voy a necesitar una taza de café para afrontar esta conversación.

—Buena idea —corroboró Leila—. ¿Cómo vamos de tiempo?

Sonia echó un vistazo al móvil y respondió:

—La ceremonia empieza a las tres, o sea que tenemos unas seis horas para que ese tipo nos pase de contrabando a Canadá. No es tan complicado. —Alzó la vista hacia el menú, que conocía bien. En Tacoma no había ningún Tim Hortons, quedaba demasiado al sur; pero la familia de Sam era canadiense y siempre se detenían en alguno de ellos cuando hacían un viaje por carretera. Decidió pedir la bebida preferida de Sam y un dónut; hecho esto, se volvió hacia Leila, que seguía estudiando el cartelón del menú colgado en lo alto.

—Creo que no me lo has contado todavía —dijo Sonia cuando Leila hubo pedido—. ¿Por qué haces este viaje? ¿Por qué quieres ver la aurora boreal?

—Siempre he estado medio obsesionada con la astronomía. Seguramente, es lo que estudiaré cuando vaya a la universidad. —Cogió su cambio y, apartándose de la cola, esperaron junto al mostrador a que les sirvieran las bebidas. Ambas se dieron la vuelta involuntariamente hacia Stoner Timmy, que acababa de encender un nuevo cigarrillo y se dedicaba ahora a hacer dibujitos en uno de los vasos de café—. Pero más que nada, yo creo que estaba destinada a conocer a Stoner Timmy. A la mierda la aurora boreal. Esto es lo que yo quería.

Sonia se echó a reír, aunque ya empezaba a picarle un poco la curiosidad. Entonces les entregaron sus pedidos. Ella, más hambrienta de lo que había creído, le dio un mordisco al dónut de inmediato, cambiando de tema sin proponérselo.

El dónut con glaseado de azúcar de arce sabía a Sam. O más bien, a los dos años que había estado con él. Dio otro mordisco. Decantarse por aquel dónut había sido un error y, al mismo tiempo, la reconfortaba profundamente.

—¿Vamos? —propuso Leila señalando la mesa envuelta en humo.

Sonia asintió y se dirigió hacia allí mientras deslizaba la mano en el interior de la chaqueta, que llevaba colgada del brazo, para comprobar que los anillos seguían en el bolsillo.

Stoner Timmy —en apariencia, al menos— estaba abriendo la tapa de todos los vasos de la mesa y examinando su contenido. Al acercarse, Sonia observó que cada vaso estaba medio lleno y que los líquidos que contenían variaban demasiado de color para tratarse solo de café.

—¿Stoner Timmy?

El tipo alzó la vista de su misterioso experimento. Entornó los ojos de un modo amanerado y dio una calada al cigarrillo. Miró alternativamente a Sonia y a Leila, y viceversa. No iba bien afeitado, aunque su vello facial apenas podía considerarse barba. Clavó sus ojos en los de Sonia.

—Me gustan tus cejas, tía. Muy vanguardistas.

—Humm —musitó ella sin saber cómo tomárselo—. Gracias. Hola. ¿Tú eres Stoner Timmy?

—Es sabido que respondo a ese nombre, cierto. Ahora, que tenga algún derecho a ese nombre depende de los dioses. O de la naturaleza. O bueno, de la oficina de la seguridad social. En fin, del hombre —dijo prolongando la última letra y meneando los dedos frente a su cara como un titiritero.

—¡Por Dios! —Leila sofocó la risa escudándose en Sonia—. Esto va a ser interesante.

Stoner Timmy dio otra calada al cigarrillo, aún a medio fumar. Acto seguido, sin motivo aparente, lo arrojó en uno de los vasos y encendió otro.

—¿Buscáis mi ayuda? —preguntó indicándoles las dos sillas que tenía enfrente.

Sonia se sentó con recelo, pasmada ante la idea de que aquel tipo pudiera ayudarla a resolver el más ínfimo de los problemas, y mucho menos a pasar a Canadá furtivamente. Leila, por su parte, se sentó resueltamente y recuperó enseguida la compostura, aunque los ojos le brillaban de excitación.

—Sí —contestó Sonia, buscando el modo de plantear el asunto—. Nos han dicho que puedes pasar gente por la frontera.

Stoner Timmy miró por la ventana y asintió con solemnidad. La chica sospechó que solo estaba dándose importancia.

—Conozco el camino al Gran Norte Blanco, es verdad.

Se acarició la barbilla, como si tuviera una larga barba blanca, en lugar de los pelillos dispersos que le salían en la cara.

—Entonces, ¿puedes llevarnos al otro lado? —inquirió Sonia con escepticismo—. ¿Cómo?

—¡Eh, eh, eh! —El individuo alzó las manos—. ¿A qué vienen tantas preguntas?

A Leila se le escapó una risita, pero no pareció que él se hubiera dado cuenta.

—Es muy importante que consiga cruzar la frontera, y quiero asegurarme de que no estoy perdiendo el tiempo. Si nos puedes pasar, dinos qué hemos de hacer.

—Tenlo por seguro, tú, la de las Cejas Interesantes. Hago varios viajes al día. Mi sustento depende de ello —afirmó abarcando la mesa con un gesto, como si los vasos de café indicaran una gran riqueza—. Pero antes de explicar el cómo, tengo algunas preguntas por mi parte.

—Estamos impacientes por escucharlas —dijo Leila mientras acercaba más la silla.

Timmy sacudió la ceniza del cigarrillo.

—Fantástico. —Miró a Leila guiñando los ojos, bien por su inclinación teatral, bien porque le había entrado humo—. Me gusta tu Moxie.[3] No veo mucha gente que beba eso hoy en día.

Sonia le dio otro mordisco al dónut favorito de Sam. Stoner miraba abstraído el espacio entre las dos chicas.

—Stoner Timmy, ¿cuál era la pregunta?

—¡Ah, sí! —dijo él, saliendo de su estupor (en la me-

3. Refresco carbonatado amargo, a base de extracto de raíz de genciana.

dida de lo posible, al menos)—. Primera pregunta. ¿Quién te ha enviado?

—Mi hermano Mitch.

—Y él, ¿para qué agencia del Gobierno trabaja?

—¿Cómo? No trabaja para ninguna agencia del Gobierno. No trabaja en nada. Se pasa el día tirado por ahí, colocándose. Cuando se siente productivo, se da un baño.

—Fantástico —dijo el hombre—. ¿Qué negocio tenéis entre manos con nuestros vecinos del norte?

—¿Para qué necesitas saberlo? —Leila se divirtió imitando el tono suspicaz del tipo—. No es una pregunta pertinente.

—El éxito de mi negocio depende de las consecuencias que tenga mi actividad en Canadá. Si llevo a personas inofensivas y procuro pasar desapercibido, mi negocio va viento en popa. Si, por el contrario, llevo a indeseables y llamo la atención más de la cuenta, mi negocio corre peligro. —Sonia alzó las cejas, impresionada por la repentina elocuencia de Stoner Timmy—. O sea, una mierda —añadió para rematar, rebajando de golpe la categoría de cuanto acababa de decir—. Por tanto, si vais a matar a alguien, o a lanzar un hechizo que provoque la muerte de todos los bosques, o algo así, la gente se fijará en mí. ¿Entendéis lo que digo?

Sonia echó un vistazo alrededor para comprobar si alguien estaba escuchando las palabras de aquel lunático. Por suerte, nadie miraba hacia allí.

—Vamos a una boda —explicó Sonia sacando el estuche del bolsillo de la chaqueta de Jeremiah—. Se celebra dentro de unas horas, y yo tengo los anillos.

Stoner se colocó el cigarrillo en la comisura de la boca y cogió el estuche, estudiándolo con el mismo asombro con el que alguien examinaría un cubo Rubik resuelto. Sonia notó que su móvil volvía a zumbar y lo silenció sin sacarlo del bolsillo, sintiendo una punzada de pánico al pensar que el tiempo se iba agotando.

—Por favor, Tim, ¿nos puedes ayudar?

Tras un momento de silencio, aquel personaje abrió el estuche y observó brevemente los anillos antes de cerrarlo y volver a dejarlo en la mesa.

—Así que es de amor y de joyas de lo que trata vuestra misión —dijo sin hacer caso de la súplica de Sonia.

—De eso trata exactamente —afirmó Leila—. Incluso se podría decir que, sin amor y sin joyas, no tendríamos misión.

—Como tantos otros. —Stoner Timmy cogió uno de los vasos, miró dentro para comprobar que no lo había utilizado como cenicero y dio un sorbo del líquido, fuera lo que fuese. Le resbalaron unas gotas por la barbilla; el líquido era rojo, como el coche de Leila. Se secó las gotas con la manga de la sudadera, y la mancha desapareció entre los torbellinos de colores psicodélicos—. Pareces pura de corazón y merecedora de llegar al norte, Cejas Interesantes. —Señaló a Sonia y luego a Leila—. Y tú también, Bebedora de Moxie. Una última cosa antes de explicaros el modo de entrar en Canadá. He de saber… —Hizo una pausa. Sonia se sorprendió al ver que se inclinaba sobre la mesa tanto como Leila, que a estas alturas ya no podía contenerse y sonreía como si aquella conversación fuera lo más divertido que le hubiera pasado en su vida—. A) ¿Alguna de vosotras lleva un micrófono?, y B) ¿Alguna de vosotras es un Señor del Tiempo?

Leila le lanzó a Sonia una mirada entusiasta, mordiéndose los labios para impedir que le entrara un ataque de risa.

—¿Si somos Señores del Tiempo? —preguntó Sonia, incrédula. ¿Qué demonios era un Señor del Tiempo?, ¿y por qué Stoner Timmy sospechaba que alguna de las dos lo era? Pedirle una explicación, sin embargo, suscitaría probablemente toda una sarta de desvaríos ininteligibles—. No, no soy un Señor del Tiempo. Y no llevo ningún micrófono.

Alzando una mano, Leila proclamó:

—Prometo que no soy, ni he sido ni seré jamás un Señor del Tiempo.

Stoner Timmy se quitó el cigarrillo de la boca y dejó escapar lentamente el humo, sin apartar los ojos de ella.

—¿Estás segura? ¿No estás perdida en el tiempo?

—No, que yo sepa. —Todavía procuraba reprimir la risa, pero Stoner siguió estudiándola un instante atentamente, y poco a poco el brillo en los ojos de Leila se fue desvaneciendo. De repente sintió como si se estableciera entre ellos una comunicación en la que Sonia no participaba.

—No cabe duda de que estás perdida —dijo él, y dio otra larga y lenta calada al cigarrillo—. Canadá quizá sea el destino de ella, pero no el tuyo —aseguró, todavía con los ojos fijos en Leila.

Se echó hacia delante, acercándose a ambas. Desprendía un olor sorprendentemente agradable a crema bronceadora de coco y a algodón recién lavado. Echó un vistazo hacia atrás, con aire misterioso y les indicó que se acercaran.

—La respuesta a vuestro problema está en los dónuts; de crema bávara, a poder ser.

Sonia aguardó a que prosiguiera, pero él se arrellanó otra vez en la silla, muy satisfecho de sí mismo.

—¿Cómo? No me digas que esa es toda la información que tienes para nosotras…

Dejando escapar el humo por un lado de la boca (directamente hacia la mesa vecina, cuyos ocupantes, cosa asombrosa, no se inmutaron), Stoner Timmy frunció el entrecejo y se rascó una zona enrojecida que tenía en el maxilar: tal vez una erupción, tal vez el resultado de rascarse demasiado.

—Ya he dicho demasiado. —Paseó la mirada por el local, como buscando algún espía. Acto seguido, fijó la vista en el último pedazo de dónut de Sonia—. ¿Vas a terminarte eso?

Ella, que ya se devanaba los sesos en busca de otra solución, meneó la cabeza y le pasó el dónut por encima de la mesa.

—Recuérdalo —dijo él recogiéndolo de la servilleta—, la respuesta está en los dónuts.

Guardó silencio, como dándole tiempo para que asimilara todo el significado de sus palabras. Pero Sonia no tenía ni idea de cómo podían servirle los dónuts para entrar en Canadá. Observó la reacción de Leila, pero esta parecía tan perpleja como ella.

Cuando terminó de masticar el dónut de Sonia, Stoner Timmy le hizo una seña a un chico que acababa de entrar en el café. El chaval se acercó a la mesa, y Stoner les pidió que lo disculparan: debía tratar «cuestiones de negocios».

Ambas chicas salieron al exterior entrecerrando los ojos, aturdidas por la grisácea luz matutina y por la conversación que acababan de mantener.

—Bueno, ha sido interesante —comentó Leila, aunque era consciente de que el estrafalario consejo de aquel individuo las dejaba otra vez en el punto de partida.

—¿La respuesta está en los dónuts? ¿Cómo demonios vas a entrar en un país con dónuts?

La pregunta quedó flotando en el aire: una pregunta insignificante comparada con las que Sonia dejó sin formular. ¿Cómo iba a perdonarla Liz jamás por arruinar su boda? ¿Cómo reaccionaría Martha al saber que se había escabullido en plena noche? ¿Hasta qué punto habría decepcionado a Jeremiah?

En el preciso instante en que todas sus frustraciones la estaban poniendo al borde de las lágrimas, Leila le dio un golpe en el brazo y señaló el camión de reparto del Tim Hortons que estaba en el aparcamiento con el motor en marcha. El conductor había descargado un montón de productos y se disponía a llevarlos adentro con una carretilla. El encargado del local observaba a su lado, repasando el pedido reseñado en un sujetapapeles.

—La última remesa —indicó el conductor. Las palabras resonaron en el aparcamiento. El encargado asintió, y ambos caminaron hacia el café, pasando junto a Sonia.

—Mira las placas de la matrícula —señaló Leila. Columbia Británica—. A eso debía de referirse Stoner Timmy. ¡La respuesta está en los dónuts!

Sonia se giró hacia el café, donde el encargado y el conductor del camión estaban descargando la carretilla. A estas alturas, ya estaba dispuesta a probar cualquier cosa. Cruzaron el aparcamiento a paso rápido y se asomaron a la parte trasera del camión. Había cajas de cartón por todas partes, amontonadas a la suficiente altura como para poder esconderse bastante bien, al menos hasta la próxima entrega en el siguiente Tim Hortons, que, como sabía por sus viajes por carretera, quedaba al otro lado de la frontera.

Decidida a no perder el tiempo, se encaramó al camión y ayudó a Leila a subir lo más sigilosamente posible, lo cual no resultó demasiado sigiloso. Sonia se dio un golpe en la rodilla con el parachoques y Leila estuvo a punto de darle una patada al coche que estaba al lado. Confiando en que nadie hubiera observado su torpe maniobra, se apresuraron a ocultarse tras la montaña de cajas del fondo. Permanecieron las dos juntas, conteniendo el aliento y resistiendo la tentación de asomarse por un lado para ver qué ocurría en el mundo exterior. Cuando regresó por fin, el conductor cerró la puerta sin molestarse en echar un vistazo por si faltaba algo, dejándolas en una oscuridad total; luego arrancó y enfiló la carretera.

6

El olor a dónuts era muy fuerte, de una dulce intensidad que no llegaba por poco al punto de lo empalagoso. Las cajas se amontonaban formando casi una muralla, y se bamboleaban con los movimientos del camión.

—¡Eh, Sonia! —susurró Leila iluminándose con el móvil y encontrando un sitio donde sentarse.

—¿Sí?

—¿Verdad o desafío?

—¿Hablas en serio?

—¿Tengo pinta de ser capaz de bromear sobre una partida de verdad o desafío?

—Vale, desafío.

—Te desafío a comerte una docena de dónuts antes de cruzar la frontera.

—No seas bruta. ¿Quieres que coja una diabetes?

—Está bien. Un dónut. De crema bávara, a ser posible —sugirió Leila sofocando una risita.

Sonia refunfuñó por lo bajini y miró en las cajas de alrededor.

—No sé de qué serán estas —dijo al encontrar una caja fácil de abrir sin tener que desmontarlo todo. Cogió el dónut que estaba más a mano y le dio un mordisco.

—¡Puaf! Es de coco.

—¿No te gusta el coco?

—¿A ti sí?

—Se acabó nuestra amistad —sentenció Leila.

Pese a las extrañas circunstancias que rodeaban el viaje en el camión, Sonia no podía evitar la sensación de que Leila y ella eran como dos chicas en una fiesta de pijamas que continuaban levantadas a altas horas de la noche, sofocando la risa para no despertar a los adultos.

—¿Es raro que todo esto me parezca divertido? —susurró Leila.

—No. Yo estaba pensando lo mismo. —Sacó el móvil y la pantalla iluminó débilmente el interior del camión: lo justo para que se vieran las caras—. Tal vez lleguemos a tiempo. —Extendió las piernas—. Te toca a ti. ¿Verdad o desafío?

—Verdad —respondió Leila rápidamente.

—Háblame más de ese chico.

—En realidad, creo que lo he olvidado por completo. Stoner Timmy es el nuevo hombre de mis sueños.

Sonia soltó un bufido, contuvo a duras penas la risa, y dijo:

—He de reconocérselo al tipo. No creía que fuera a ser capaz de ayudarme de ningún modo.

—¡Ah, gente de poca fe! Nunca menosprecies la capacidad para ayudarte de un desconocido. Aun cuando parezca estar al borde de la locura.

—¿Solo al borde?

—No he dicho de qué lado.

Se quedaron un buen rato calladas. Sentían el retumbo del camión por la carretera y los enormes neumáticos girando justo debajo de ellas. Sonia se relajó y apoyó la cabeza en las cajas de cartón. Supuso que el camión seguía esa misma ruta todos los días y que, aunque los aduaneros americanos lo registraran por las mañanas, probablemente la vigilancia era más laxa en el trayecto de vuelta. Los párpados se le empezaban a cerrar cuando volvió a sonar su móvil.

—¡Eh! —dijo en voz baja—. No puedo hablar ahora.

—Escucha, me estoy volviendo loco. ¿Dónde has estado toda la noche?

Sonia no tenía ni idea de cómo resumir aquella noche en una conversación telefónica inteligible.

—Ahora ya voy de camino. Debería llegar en una hora o tal vez un poco más.

Olvidando por un momento la pelea con Jeremiah, sintió un hormigueo ante la perspectiva inminente de volver a verlo, de saludarlo con un beso.

—Me dijiste lo mismo anoche y aún no has llegado —objetó él.

—Te prometo que estoy en camino.

Ese silencio otra vez. Un silencio al otro lado de la línea en el que Sonia podía imaginarse perfectamente a Jeremiah: semidesnudo, en calzoncillos y calcetines (quizá uno solo), a punto de levantarse y meterse en la ducha. Aunque se equivocara en sus imaginaciones, le alegraba pensar que lo conocía lo bastante como para atreverse a adivinar lo que hacía.

—¿Va todo bien? —inquirió él, finalmente.

—No te preocupes por mí, Jer —respondió Sonia. A pesar de la oscuridad, distinguió que Leila miraba hacia la parte delantera del camión. Tapó el móvil con la mano—. ¿Estamos parando?

—No cabe duda. ¿Tú crees que ya estamos en la frontera?

—Podría ser. —Sonia se puso otra vez al teléfono y se despidió de Jeremiah, sintiéndose optimista por primera vez.

Al cabo de unos segundos, la transmisión del vehículo rechinó mientras el conductor reducía la marcha y detenía el camión. Sonia se llevó un dedo a los labios y ambas aguardaron en silencio. A través de las paredes metálicas, se oía el zumbido de los coches en la carretera, aunque resultaba difícil decir de dónde procedían exactamente los sonidos. A Sonia le pareció oír el golpe de una puerta al cerrarse, pero habría podido ser cualquier otra cosa.

Entonces le llegó el inconfundible tintineo de unas llaves. Sintió repentinamente un nudo en el estómago. «Otra vez no —pensó—. Si nos atrapan de nuevo, se acabó todo. Voy a terminar en la cárcel. Arruinaré la boda y nadie querrá saber nada de mí nunca más.»

La luz del exterior entró súbitamente a raudales por la puerta. Sonia se incorporó de un salto, aunque no tenía a dónde huir. Se pegó en el hueco entre dos pilas de cajas, como si pudiera camuflarse entre ellas. Cuando la puerta estuvo completamente abierta, se oyeron unos gruñidos. Por una rendija entre las cajas, distinguió la silueta del conductor subiendo al camión.

—Salid de ahí, o llamo a la policía.

Sonia le lanzó una mirada a Leila, que permanecía sentada, con las rodillas pegadas al pecho. «¿Qué hacemos?», preguntó articulando las palabras solo con los labios. Leila se encogió de hombros, bien porque no la había entendido, o porque no podía hacer otra cosa.

—Estoy sacando el móvil —gritó el conductor.

—Está bien, de acuerdo—aceptó Sonia y, saliendo de su escondite, alzó las manos instintivamente, en señal de rendición. Se preguntó qué habría hecho ella para que todo se le volviera en contra. Por supuesto, nada más pensarlo, acudió a su mente la imagen de Sam y sintió que estaba recibiendo su merecido.

—¿Qué hacéis aquí dentro? —quiso saber el conductor, con una mano en la cadera y la otra alzando un dedo, como en una caricatura del típico adulto reprendiendo a unos críos—. ¿Robar?

—No estamos robando —replicó Sonia—. Solo queremos cruzar la frontera.

—¿Y creíais que esto daría resultado?

Sonia se encogió de hombros, atisbando la carretera

por detrás del conductor. Leila iba a decir algo, pero él la cortó.

—No tengo tiempo para discutir. Bajaos del camión.

Se hizo a un lado y esperó a que ellas saltaran a la cuneta; entonces él se bajó lentamente, haciendo una mueca de dolor al pisar la calzada: probablemente, las secuelas de una vida entera subiendo y bajando de las plataformas de los camiones.

—Tal vez lo habríais conseguido si no os hubierais dedicado a charlar. —Señaló el móvil que Sonia todavía sostenía en la mano. Sin mirarlas para nada, cerró la puerta, subió a la cabina y volvió a la carretera, dejándolas envueltas en una nube de humo negro.

Tardaron unos treinta minutos en regresar al Tim Hortons. Sonia no paraba de comprobar la hora en el móvil; ya no creía que fuera capaz de devolver los anillos a tiempo, aunque Leila trató de animarla mientras caminaban por el arcén. ¿Qué otro recurso les quedaba, a la desesperada, aparte de hablar con Stoner Timmy?

Parecía que el sol ascendía por el cielo mucho más deprisa de lo normal, ocultándose tras unas nubes grises que, seguramente, provocarían un aguacero por la tarde. Los coches pasaban a toda velocidad, como burlándose de Sonia.

Una vez que llegaron a Bellingham, la chica sorteó las mesas del Tim Hortons y se desplomó frente a Stoner Timmy.

—La respuesta no estaba en los dónuts.

Él seguía en su sitio, fumándose un cigarrillo y haciendo garabatos con un rotulador en el dorso de la mano, a pesar de que tenía un cuaderno en el regazo. Alzó la vista hacia ella, como si no se hubiera movido de allí en todo el rato.

—Qué desastre, tía.

Sonia iba a replicarle, pero notó que Leila le ponía la mano en el hombro. Esta dijo en voz baja:

—Necesitamos otro sistema para cruzar la frontera. El camión de reparto no ha funcionado.

Stoner Timmy frunció el entrecejo, y se metió el rotulador entre las apelmazadas rastas.

—Vuestra misión no requería un camión de reparto.

Si Leila no le hubiera dado un apretón, Sonia seguramente habría explotado. Suspirando, se arrellanó en la incómoda silla de plástico y dejó que Leila llevase la conversación.

—Es evidente —replicó esta— que nuestra misión requería un camión de reparto. Si no, no habríamos logrado subirnos a uno de esos. No podríamos haber ido contra nuestro destino, ¿no crees?

Stoner Timmy dio una larga calada al cigarrillo.

—Continúa.

—¿Y si nuestro destino era fracasar en el primer intento para que pudiéramos verte de nuevo y pedirte que nos mostraras el camino? Si no es esto lo que debía suceder, ¿cómo podría estar sucediendo en este preciso momento? —Ahora Leila parecía hablar en serio, sin rastro de ironía.

Sacudiendo la ceniza sobre un vaso de café, Stoner Timmy quiso saber:

—Bebedora de Moxie, ¿estás segura de que no eres un Señor del Tiempo?

Sin vacilar, Leila replicó:

—Quizá lo sea algún día.

El tipo dio una palmada tal sobre la mesa, que los vasos brincaron y la gente lo miró.

—¡Muy bien! Os guiaré yo mismo. ¡Harán falta una docena de dónuts de crema bávara y un coche!

—¡Muy bien! —exclamó Leila palmeando la mesa a su vez y levantándose para comprar los dónuts. En cuanto regresó con la caja, salieron los tres del Tim Hortons. Stoner

Timmy dejó todos sus vasos encima de la mesa, y Sonia tuvo la impresión de que, cuando él regresara, seguirían allí.

—¿Conduzco yo? —preguntó Leila mientras se acercaban a su coche.

—No —dijo Stoner Timmy, y le arrebató las llaves de la mano con un ostentoso ademán—. De hecho, vosotras os tenéis que meter en el maletero.

—Estás de broma —protestó Sonia calculando la amplitud del maletero desde fuera.

—¿Te parezco un bromista?

—Mejor que no responda —masculló Sonia.

Stoner les indicó que se metieran en el maletero. Lo hacía con un poquito más de entusiasmo de la cuenta, le pareció a Sonia. Pero dados las acontecimientos, ya estaba dispuesta a renunciar al comportamiento racional si ello había de servirle para llegar a donde quería.

Por suerte, Leila no había bajado la guardia del todo y le exigió al individuo que le diera su palabra de que cruzarían la frontera sin dificultad.

—Debes saber —informó ella con un pie en el maletero— que intenté cruzar la frontera anoche y que quizá tengan registrado este coche como sospechoso.

Stoner Timmy apoyó la mano en la puerta del maletero.

—Bebedora de Moxie, la respuesta está en los dónuts.

Y ya sin más, las chicas se metieron dentro y se acurrucaron juntas en posición inversa, con las rodillas flexionadas para no darse patadas en la cara mutuamente.

—Bueno, Leila —dijo Sonia, en la inquietante y estrecha oscuridad—. Decías que habías vivido muchas aventuras durante tu viaje. ¿Hay alguna que esté a la altura de esta?

Leila soltó una risa melodiosa que, curiosamente, dio pie a que Sonia deseara que hubieran sido amigas realmente, en vez de dos conocidas reunidas por una extraña serie de circunstancias.

—Este es mi primer trayecto en un maletero a lo largo de todo el viaje. He visto y hecho muchas cosas: besarme apasionadamente con un chico en una isla, vomitar, acabar en un calabozo..., pero todavía no me había pasado de contrabando por una frontera un tipo que se ve a sí mismo como una combinación de Gandalf y del gran Lebowski. Así que te doy las gracias.

—De nada.

Sonia cerró los ojos y se quedó callada para no delatar otra vez su presencia.

Desde la muerte de Sam, no había sido capaz de soportar la oscuridad total. Le parecía que la oscuridad era palpable, como la tierra apilada sobre un ataúd. Necesitaba la claridad filtrada por unas cortinas, o el sonido de una música llenando el ambiente. Incluso con Jeremiah durmiendo a su lado, dejaba en marcha en el ordenador algún programa de televisión toda la noche, como una especie de canción de cuna que le impidiera preguntarse por el lugar donde Sam se encontraba, por la nada que ahora lo rodeaba.

Ella podía pedirle perdón gritando con todas sus fuerzas, decirle a voz en cuello que sentía haber encontrado otro amor, otro que no era él. Podía gritar estas palabras con un megáfono, escribirlas en un libro que todo el mundo pudiera leer pero, aun así, Sam no las oiría.

Se enjugó las lágrimas que le resbalaban por la nariz. El coche redujo la velocidad. Enseguida le llegó el sonido amortiguado de unas voces. Contuvo el aliento y percibió que Leila hacía lo mismo. El momento parecía suspendido en el aire, como esa fracción de segundo en que el columpio alcanza su punto más alto y después te arrastra otra vez hacia abajo. Sonaron unos pasos aproximándose; antes de que sucediera, Sonia vio cómo sucedía: otro fracaso desolador en sus esfuerzos para no arruinar la boda de Liz.

El cerrojo del maletero se abrió dando un chasquido y

la luz del día destelló bruscamente. Stoner Timmy y un agente de aduanas canadiense miraron el interior del maletero con cara inexpresiva. Nadie dijo nada, y Sonia estuvo a punto de echarse a reír, imaginando el punto de vista del agente: dos chicas acurrucadas en un maletero, con intención de pasar furtivamente la frontera, y un demente al volante, con una docena de dónuts en la mano. Entonces el agente cerró el maletero y volvieron a oírse los mismos sonidos en orden invertido: el clic del cerrojo, los pasos, las voces amortiguadas y el rugido del motor al ponerse en marcha.

Diez minutos después, el coche se detuvo y el maletero volvió a abrirse. La cara de Stoner Timmy fue la única que las recibió esta vez a la luz del día. Les tendió la mano para ayudarlas a salir del maletero.

—Bienvenidas a Canadá, señoras.

Había parado en una gasolinera donde los precios no figuraban por galón, sino por litro. Justo al lado había otro Tim Hortons casi idéntico al de Bellingham.

—¿Qué demonios? ¿Cómo es que ha salido bien?

Stoner Timmy mostró sus manos vacías.

—Como he dicho, la respuesta estaba en los dónuts. No hay que sorprenderse de la eficacia de los sobornos. Sobre todo cuando está implicado Tim Hortons.

—¿Eso es lo único que teníamos que hacer? ¿Sobornar al agente con unos dónuts?

—Reconozco que mi presencia ha ayudado lo suyo. El negocio que dirijo cuenta con ciertos accionistas. El agente McGee podría ser uno de ellos.

Leila, recogiéndose el enmarañado cabello en una coleta, miró a Timmy con curiosidad.

—Si bastaba con un soborno, ¿no podríamos haber ido dentro del coche?

El individuo soltó una risita y sacó un cigarrillo del bolsillo de la sudadera.

—A decir verdad, Bebedora de Moxie, eso nos lo podríamos haber ahorrado. Simplemente, me ha parecido divertido.

Leila, riendo, le dio a Timmy un puñetazo amistoso en el hombro. Sonia, entretanto, sacó el móvil del bolsillo.

—Mierda. Leila, si salimos ahora mismo, podemos llegar justo antes de que empiece la boda. —Se volvió hacia Timmy—. ¿Te llevamos a algún sitio?

Él dio una calada. El humo lo envolvió como si formara parte de su persona. Se giró de perfil hacia el Tim Hortons que quedaba junto a la gasolinera y mantuvo esa pose como para dejar claro que estaba absorto en sus pensamientos.

—No. Aquí estoy bien.

—¿Seguro? —insistió Sonia. Leila ya le había dado un abrazo rápido a Timmy y se disponía a sentarse al volante.

—Idos —indicó él, todavía en la misma pose—. Tenéis una misión que cumplir.

7

Cuando Leila giró y entró en el aparcamiento del hotel, Sonia se echó un vistazo en el espejito del parasol y observó las huellas de su extraña noche: los ojos hinchados por el llanto, las ropas arrugadas por el viaje en el maletero y un par de hojitas pegadas al apelmazado cabello, recuerdo de la infortunada excursión por el bosque. Durante el trayecto desde la gasolinera, el alivio que sentía por el hecho de llegar a tiempo a la boda había dado paso a una ansiedad creciente respecto a Jeremiah.

Cerró de golpe el espejo y observó el hotel. Se asemejaba vagamente a un castillo, rodeado de varias cabañas que armonizaban con los bosques circundantes. Era un hotel precioso en una ciudad preciosa. Cuando Liz había anunciado que se celebraría allí la recepción de la boda, Sonia no había sido capaz de imaginar un lugar más adecuado. El color azul metálico del lago le resultaba sorprendente cada vez que lo veía y las carreteras eran tan tranquilas que casi parecían extensiones de ese lago.

—¿Crees que llegamos a tiempo?

—Yo diría que sí. —Sonia entró—. He de ir a buscar a Jeremiah. —Titubeó; parecía llegado el momento de la despedida, pero no quería hacerlo todavía, y menos mientras se iba precipitadamente.

—Sí, ve. Podemos quedar en tu habitación —le propuso Leila.

Sonia le dijo el número de la habitación y el nombre bajo el que estaba registrada, para que le dieran una llave en recepción. Recogiendo la chaqueta del esmoquin del asiento trasero, se bajó del coche. Cruzó el vestíbulo deprisa y con la cabeza gacha para que nadie la reconociera y le preguntara dónde había estado. Llegó al ascensor y pulsó el botón varias veces, más de las necesarias. Sonó un ¡ting!, se abrieron las puertas doradas y apareció Martha, luciendo un vestido turquesa y un chal a juego sobre los hombros, perfectamente maquillada y peinada con toda elegancia.

Sonia inspiró hondo.

—¡Aquí estás! Te he buscado por todas partes —dijo Martha, saliendo del ascensor y poniendo el brazo entre las puertas para impedir que se cerraran—. ¡Tienes que ir a arreglarte! Ya sabes que Liz te lo echará en cara toda la vida si te retrasas aunque sea un minuto. Créeme, no le concedas ese poder.

—Humm —murmuró Sonia.

Martha se echó a reír.

—¿Tú también has tenido problemas para dormir esta noche? Yo estaba tan excitada que me he pasado horas dando vueltas en la cama y, al final, me he dado por vencida y he estado leyendo en la bañera. —Le puso a Sonia una mano en el hombro, empujándola hacia el ascensor—. ¡Venga, vete a vestir! ¡Ya te maquillaremos en el coche! Te espero aquí abajo. ¡Corre!

Y dicho esto, apartó el brazo, le hizo un gesto de despedida y desapareció tras las puertas del ascensor, que ya se cerraban.

Frente al reflejo distorsionado de sí misma en las puertas doradas, Sonia retrocedió tambaleante hasta la pared del fondo y dio un gran suspiro. Al menos, Jeremiah no se lo había contado a todos. Advirtió que el ascensor no se había movido y pulsó el botón del tercer piso. El nudo del estómago se le aflojó un poco, aunque volvió a tensársele cuando salió del ascensor y se dirigió a la habitación de Jeremiah.

Llamó tímidamente a la puerta. Él salió en esmoquin (salvo la chaqueta); todavía no se había atado la corbata de lazo, que pendía lánguidamente alrededor del cuello. Parecía sorprendido. Y aliviado. Pero no precisamente complacido.

Ella aguardó a que dijera algo, indecisa. Deseaba que apareciera aquella sonrisa sesgada de Jeremiah, preludio de uno de sus chistes. Tenía la sensación de que no lo había besado desde hacía mucho tiempo, como si toda la odisea para regresar al hotel no hubiera sido para entregar un estuche de joyería y una chaqueta de esmoquin, sino para arrojarse en sus brazos y besarlo.

—Lo has conseguido —dijo él secamente, empleando el mismo tono con el que le había hablado por teléfono

—Sí. —Le tendió la chaqueta y los anillos. El estómago le dio un brinco al rozarle los dedos con los suyos. Se demoró junto a la puerta, maldiciendo para sus adentros a los dedos por hacer siempre este tipo de cosas, como si no fuera posible entregar algo sin necesidad de rozarse.

Jeremiah se guardó los anillos, se puso la chaqueta del esmoquin y, retrocediendo unos pasos, se sentó en una esquina de la cama. Aún estaba deshecha; las sábanas, desparramadas y una almohada en el suelo. La miró. Aquellos ojos nunca dejaban de remover algo dentro de ella, y más aun cuando se apartaban enseguida tímidamente, como en ese momento.

Estaba claro que él no iba a ser el primero en hablar. No le ofrecería una reconciliación, aunque por lo menos no quería seguir peleándose.

—Debería ir a cambiarme —musitó Sonia sin apartar la vista del rostro del chico, mientras suplicaba en su interior que se ablandara y adoptara alguna expresión más relajada.

—Sí —dijo él apoyando los antebrazos en las rodillas y estudiando la moqueta—. Has apurado mucho.

—Lo sé.

Sonia no sabía bien si el silencio de Jeremiah era una especie de ultimátum —cuéntaselo a todos o hemos terminado—, o si, sencillamente, se sentía herido. Tampoco sabía muy bien qué significaba su propia incapacidad para abordar la cuestión: si su renuencia a alejarse de Sam era un deseo de alejarse de Jeremiah.

—Supongo que nos veremos en la ceremonia…

—Sí —contestó él levantando la vista por segunda vez. Hizo una de esas muecas que habría podido pasar por una sonrisa en un desconocido, pero que, viniendo de un ser amado, demostraba que no lo era en absoluto.

Sonia se sintió otra vez al borde de las lágrimas.

—De acuerdo —dijo, y se alejó aturdida por el pasillo.

Llamó a la puerta de su propia habitación, confiando en que Leila hubiera conseguido que le dieran una llave.

—¿Lo has encontrado? —pregunto Leila al abrirle—. ¿Cómo ha ido?

Sonia entró y se encogió de hombros.

—No lo sé. No se lo ha contado a nadie. Algo es algo.

—¿Habéis hablado de la situación?

—No mucho. Tenía que venir a cambiarme.

Hurgó en la maleta y sacó el neceser. Estaba como aletargada, como si, de repente, el menor movimiento le resultara trabajoso. Dejó la puerta del baño entreabierta mientras esperaba que se calentara el agua, un hábito que había adquirido duchándose en casa de la familia de Sam, donde todos compartían una aversión especial a los espejos empañados.

Probó el agua, entró en la bañera y permaneció inmóvil un minuto bajo el chorro caliente, mirando fijamente la única mota oscura de la cortina blanca mientras intentaba reunir energías para ponerse en movimiento. Entonces se lavó a fondo, deshaciéndose de la mugre del bosque, del olor a dónuts, de las horas de llanto...

Se enjuagó el pelo de un modo desganado y maquinal, como si fuera un lunes por la mañana y no le apeteciera levantarse. Cerró el grifo, se envolvió el cabello con una toalla y el cuerpo con otra. Fuera de la ducha, el ambiente era fresco. Se sentó sobre la tapa del váter, mordiendo abstraídamente la punta de la toalla que le colgaba del cabello. Era en momentos como ese, por alguna razón, cuando se le ocurrían las ideas para escribir relatos. Solían ser, simplemente, las líneas iniciales que más adelante engendrarían toda una trama, o un único personaje que le venía a la cabeza, deseando cobrar vida.

—Leila...

—¿Sí?

Arrancó con los dientes un hilo de la toalla, sin darse cuenta apenas de lo que hacía.

—Nada. Quería comprobar si estabas despierta.

Procuró sacudirse la sensación de vacío que notaba y empezó a secarse el pelo. Se imaginó a sí misma en la boda, de pie en el lado de la novia, mientras Jeremiah se hallaba en el lado del novio. Sabía que se pasaría la ceremonia echándole miraditas furtivas y teniendo cuidado de que Martha no la sorprendiera. El sentimiento de culpabilidad la asaltó con violencia, como si fuera un calambre, y la obligó a soltar el secador y salir del baño.

Leila estaba junto a la ventana, mirando el aparcamiento, o tal vez los bosques de detrás. Sonia se agachó sobre la maleta, con el propósito de quitarse todos los pensamientos de la cabeza.

—¿Estás bien? —preguntó Leila a su espalda.

—Sí —respondió Sonia enderezándose.

Regresó al baño para vestirse. La ducha le había devuelto su aspecto normal. Ya no tenía hinchazón alrededor de los ojos y el pelo le caía por debajo de los hombros con ondas naturales. Todavía parecía cansada, pero con un poco de maquillaje y con la deducción de Martha de que no había podido conciliar el sueño, quedaría a salvo.

Llamaron a la puerta del baño cuando estaba terminando de ponerse la ropa interior. Al salir, vio que Leila estaba apoyada en la pared frente a la puerta.

—Se te ve un poco… —Leila hizo un gesto vago con las manos y volvió a dejarlas a caer a los lados—. No sé. Rara.

Sonia sacó del armario el vestido de dama de honor, un vestido de color melocotón, de la bolsa con que se lo habían entregado el día anterior. Lo extendió sobre la cama, encogiéndose de hombros exageradamente, como hacen a veces los niños cuando se les pregunta qué les pasa.

—Muy bonito —opinó Leila y, haciendo una bola con el plástico, la arrojó a la papelera de mimbre del rincón. Se sentó al pie de la cama con cuidado, para no arrugar el vestido—. ¿Qué tienes en la cabeza? ¿Necesitas preparar más té?

Sonia volvió a encogerse de hombros, frunciendo los labios. Sam llamaba «triste y azul» a esa expresión y aseguraba que ella la adoptaba cuando acababa de comprender por qué motivo estaba disgustada. Recogió el vestido con desgana y le bajó la cremallera lentamente, como si fuera algo muy arduo.

—Te va a parecer una tontería —musitó.

—Sonia, me he pasado la noche ayudando a una extraña a entrar en Canadá ilegalmente. He dejado que un tipo llamado Stoner Timmy me encerrara en el maletero de mi propio coche y le he dado las llaves. A lo largo de este viaje, me han puesto tres multas por exceso de velocidad y cuatro por aparcamiento indebido y me he metido en el carril contrario de la carretera dos veces; en todos los casos porque estaba llorando. Me he pasado días —en serio: días enteros— pensando en un chico del que no he sabido nada en dos meses.

»Sinceramente, dudo mucho que lo que tengas en la

cabeza sea una tontería, pero aun suponiendo que lo sea, la tontería forma parte de la naturaleza humana. Especialmente, cuando se trata de emociones.

Sonia deseaba sentarse, pero no podía olvidar que Martha la estaba esperando. Echó un vistazo al reloj de la mesita, ese tipo de reloj con dígitos fluorescentes verdes que podía encontrarse en todos los hoteles.

—Vale —dijo Leila—. Me parece que ya sé lo que tienes en la cabeza, de todos modos.

Se colocó una trenza detrás de la oreja, se lamió los labios e inspiró hondo.

—Ya sé que creías que Sam era el amor de tu vida —dijo Leila encaramándose a la cama y cruzando las piernas. Miró con fijeza a Sonia, que sujetaba el vestido sobre el pecho—. El amor es algo poco frecuente, sin duda. Pero no necesariamente una cosa que suceda una sola vez en la vida. Por muchas personas con las que estés durante el resto de tu vida, por muchas personas a las que llegues a amar, nada cambiará el hecho de que tú amaste a Sam. Aunque te digo una cosa: tampoco serán tantas personas.

Guardó silencio un momento y prosiguió:

—Has tenido la suerte de haberte enamorado ya dos veces. La secuencia puede parecer un poco desconcertante, pero no pienso en absoluto que rebaje el valor de ninguna de esas relaciones. —Se levantó, cogió los pañuelos de papel que había junto a la cama y le pasó uno a Sonia—. Si perder a la familia de Sam es el precio que debes pagar para estar con Jeremiah, yo digo que lo pagues decididamente.

Sonia se acercó a la ventana y miró a ver si Martha estaba abajo esperándola. No había nada que ver, sin embargo, salvo el aparcamiento lleno de coches reluciendo al sol: como una caja de ceras con muchos colores repetidos. Consideró la posibilidad de no tener que mentirle más a la familia de Sam, de poder besar a Jeremiah y entrelazarle las manos siempre que quisiera. Una oleada de vértigo le cosquilleó la columna.

—¿Y si me odian al enterarse? —Pensó en el supuesto de que no la invitaran más a su casa, de que tuviera que volver a la única vida familiar que tenía antes de que Sam apareciera. Entonces atisbó su propia imagen en el reflejo de la ventana y, recordando la manía de Stoner Timmy de adoptar poses y de mirar a lo lejos con aire interesante, se dio cuenta de lo estereotipado que era apostarse junto a una ventana para hacer una declaración melodramática.

—Pues que así sea.

Apoyó la frente en el cristal. Sentía otra vez un nudo en el estómago, y la sensación de vértigo no había desaparecido. Se dio la vuelta, recogió el vestido de nuevo y se lo empezó a poner.

—¿Me ayudas a subir la cremallera?

Leila se acercó para ayudarla y le hizo compañía en el baño mientras se recogía el pelo en un moño.

—Mierda. Estoy haciendo esperar a Martha —dijo cuando terminó. Cogió el estuche de maquillaje de la encimera y se puso los zapatos de tacón que había elegido con la ayuda de Liz. Cogió el bolso de mano de color melocotón, a juego con el vestido, y metió dentro el teléfono móvil y la llave de la habitación que Leila había conseguido en recepción, así como un par de pañuelos de papel de la caja que había en el baño.

Salieron y se dirigieron hacia el ascensor. Sonia caminaba delante. Antes de pulsar el botón, miró a Leila de frente y le confesó:

—No creo que nadie llegue nunca a igualar lo que has hecho por mí. —Meneó la cabeza mirando al suelo; tal vez percatándose realmente de cuánto Leila había hecho por ella—. Tengo la sensación de deberte mucho más de lo que puedo expresar en una despedida tan apresurada.

—No seas tonta —dijo Leila—. No me debes nada. Nuestras aventuras me han permitido conocer al hombre de mis sueños. En cuanto terminemos de despedirnos, me vuelvo directamente al Tim Hortons.

Sonia se echó a reír; después, de mala gana, llamó al ascensor.

—De veras. Ya tienes mi número. Si alguna vez necesitas algo, dímelo.

El ascensor anunció su llegada con un ¡ting! Cuando entraron, Leila le dio inesperadamente un abrazo.

—Gracias —dijo Sonia abrazándola a su vez—. No sé de dónde demonios has salido, pero me alegro de que aparecieras. Habría estado perdida sin ti.

—Yo también.

Cuando se separaron, Sonia observó con sorpresa que a Leila le resbalaba una lágrima por la mejilla. Entonces se abrieron las puertas, y Sonia vio a Martha en un diván de cuero del vestíbulo, con el bolso en el regazo. No separaba la vista de los ascensores y, en cuanto se cruzaron sus miradas, le hizo un gesto y recogió sus cosas.

—Adiós —se despidió Sonia, aunque la palabra le pareció muy poca cosa nada más pronunciarla. Sonrió a su amiga y salió a toda prisa del ascensor. El ruido de sus tacones resonó en el suelo de mármol mientas se alejaba por el vestíbulo.

8

El trayecto del hotel a la iglesia resultó precioso. El paisaje estaba muy verde y el cielo se había despejado por completo. La carretera reseguía la orilla del lago. Aunque estaban a principios de agosto, todo parecía en plena floración, salpicado de capullos de colores blanco, violeta y rosa. Junto a la calzada crecían flores de un amarillo intenso, prácticamente inclinadas sobre el asfalto, como pidiendo que alguien se las llevara.

El padre de Sam, Bill, conducía en silencio, totalmente concentrado. Él detestaba la velocidad y, cuando salían de viaje por carretera, solía pedirle a Martha que condujera ella. Pero Martha se hallaba en el asiento trasero, ayudando a Sonia a maquillarse. Esta observó a través del espejo retrovisor que el nacimiento del pelo de Bill se iba perlando de sudor.

—El otro ojo —indicó Martha, girándole la cara a Sonia para aplicarle el delineador—. ¿Qué has estado haciendo toda la mañana? ¿No has ido a desayunar con los demás?

—No. Me he quedado en la cama para dormir un poco. —Mantenía la vista fija en la ventanilla, disfrutando del trayecto, repasando bien lo que iba a decir—. Liz ha escogido un día fantástico —comentó admirando el cielo.

—Es curioso, yo juraría que había nubes esta mañana —dijo Martha inclinándose para mirar por encima de las copas de los árboles. Pero si las había, no me extrañaría que Liz hubiera encontrado el modo de librarse de ellas. Esa chica sabe siempre cómo salirse con la suya.

—Nada comparado con su madre —dijo Bill mirando por el retrovisor para comprobar si Sonia se reía con su chiste. Ella lo intentó, pero apartó la vista enseguida, porque sus ojos se parecían demasiado a los de Sam y no podía mirarlos fijamente mucho rato.

Cuando llegaron a la iglesia, los organizadores aún no habían empezado a guiar a la gente hacia la puerta. Los invitados merodeaban cerca de la entrada, buscando un rincón de sombra, o posaban para fotografiarse cogiéndose del brazo. Se oía un murmullo general de conversaciones. Sonia sabía perfectamente lo que captaría si cerraba los ojos e intentaba identificar palabras sueltas. Y porque sentía que se lo debía a él, lo hizo. Cerró los ojos, notó la brisa en la piel y escuchó con atención hasta que entre el coro de voces oyó pronunciar el nombre de Sam.

Abriendo los ojos, contempló la iglesia. Era grande, toda de piedra, de techo abovedado y vidrieras de colores. Vio a Jeremiah junto a Roger en el atrio curvado de la entrada. Era evidente que procuraba no mirarla. Aguardó hasta que él acabó cediendo a la tentación y entonces le hizo una seña para que se acercase. Recorrió con la mirada el resto del patio y los prados circundantes, buscando el vestido blanco de Liz. Por un momento creyó que se había escondido para evitar que los ojos curiosos del novio pudieran verla antes de la boda. Pero enseguida recordó que la hermana de Sam siempre había detestado abiertamente esa tradición.

—No soy una especie de trofeo oculto tras una cortina —había dicho Liz—. Es degradante. No. Yo también pienso estar con mis amigos y mi familia antes de la boda. Y si Roger no se siente deslumbrado cuando suba al altar junto a él porque me ha visto un cuarto de hora antes, mal empezamos.

Roger y Jeremiah se acercaron a donde estaba Sonia, seguramente con la intención de saludar a Martha y Bill. Cuando llegaron a su altura, Sonia le pidió a Roger que buscara a Liz y le pidiera que fuera allí; procuró que sonara de modo natural y se dijo que aquello no tenía por qué arruinar la boda (justo lo que había intentado evitar durante toda la noche).

Mientras, Jeremiah saludó a los padres de Sam, estrechándole la mano a Bill y dándole un beso a Martha. Manejaba la charla con los adultos con extraordinaria soltura, como si no fuera un estudiante universitario de primero, sino una persona mucho mayor que conocía su lugar en el mundo. Era una de las cosas que le encantaban de él: su capacidad para expresarse de un modo distinguido, aunque ella sabía bien que en el fondo era un verdadero chalado.

Liz llegó radiante, dejando de lado provisionalmente todas las inquietudes que pudiera tener sobre la boda para saludar con alegría a sus padres. Tras una ronda de abrazos a todos los presentes, volvió a coger la mano de Roger y encajó los dedos entre los de él como si ese fuera exactamente el lugar que les correspondía. Sonia resistió la tentación de hacer lo mismo con Jeremiah.

—Martha, Bill, Liz, tengo que deciros una cosa.

Todos le prestaron atención, y ella estuvo a punto de perder el valor. Miró a Jeremiah a los ojos, y este asintió y le hizo un guiño de complicidad.

—Sé que es el peor momento que podría haber elegido, pero no os lo quiero ocultar por más tiempo. Siempre me habéis tratado muy bien, como si formara parte de la familia. —Se detuvo al notar que le temblaba la voz—. Jeremiah y yo estamos saliendo juntos.

Intentó descifrar las expresiones de los rostros de cada uno de los presentes, pero una vez que captó la sorpresa general, bajó la vista y miró fijamente el césped y los seis pares de zapatos reunidos en un semicírculo, con las puntas orientadas hacia ella. Notó un cosquilleo en la sien, y al pasarse la mano por la zona, advirtió que estaba llorando.

—Siento no habéroslo contado antes. No quería que pareciera que estoy olvidando a Sam. No es así. Os aseguro que no.

Sacó un pañuelo de papel del bolso de mano y se sonó. Una mujer, vestida de color verde oliva, llamó a Liz y echó a andar hacia el grupo. La novia la saludó y alzó un dedo, para pedirle que esperase un momento.

—Es muy pronto, ya lo sé —prosiguió Sonia. Volvió a utilizar el pañuelo y se sonó de nuevo. No lo hizo con disimulo, sino decidida y enérgicamente, para limpiarse bien y poder terminar su disculpa ante aquella familia maravillosa.

—Es demasiado pronto. Pero es un hecho. —Se volvió hacia Jeremiah, cuya expresión no traslucía gran cosa—. Estoy enamorada de ti —declaró—. Siempre querré a Sam, pero ahora estoy enamorada de ti, y lamento no haber tenido el valor suficiente para reconocerlo antes. —Y dirigiéndose a la familia de Sam, añadió—: Y también lamento no habéroslo dicho antes a todos vosotros y verme obligada a hacerlo ahora. Pero os lo tenía que contar. Y Liz, lo entenderé si ya no quieres que asista a la boda, o —dijo mirando a los padres— si vosotros queréis que me marche. Yo formo parte de esta familia solo por Sam, y siento mucho no haber podido amarlo más mientras él estaba aquí.

Notó que la gente los observaba. Bajó otra vez la vista al césped, al cerco de zapatos inexpresivos. Notó entonces una mano en el hombro y dio por supuesto que era la de Jeremiah. Quizá le habría resultado extraño estrecharla con la suya si no lo hubiera necesitado tanto. Pero cuando se decidió a hacerlo, notó con extrañeza que estaba llena de anillos.

—Mírame, cariño. —Martha le sonreía, plantada a

su lado—. Es bueno seguir adelante. —Sonia vio que Liz, detrás de su madre, se limpiaba el rabillo del ojo con la misma mano con la que sujetaba la de Roger. También ella sonreía—. Tú te uniste a esta familia por Sam, es cierto. Pero siempre formarás parte de ella. Y como en el caso de cualquier miembro de la familia, yo quiero que seas feliz.

En torno a ellos, los invitados desfilaban ya hacia la entrada de la iglesia. Sonia notó el sabor salado de sus lágrimas, que le llegaban a los labios. Contenía los sollozos, pero las lágrimas manaban igualmente de sus ojos.

—Es un momento extraño para todos, pero me alegra que nos lo hayas dicho —continuó Martha—. Yo tal vez sienta el impulso de mantener vivo a Sam a través de ti. Pero si lo intento, no me lo permitas, por favor. Tú no eres solo la novia de mi hijo para nosotros. O la ex de Sam. Eres Sonia. Nuestra Sonia.

—Y si has creído por un momento —intervino Liz— que vas a dejar por ello de ser mi dama de honor, estás rematadamente equivocada. —Volvió a limpiarse los ojos y la abrazó, arrastrando a Roger con ella, puesto que no quería soltarlo—. Y tú —dijo, dirigiéndose a Jeremiah y alzando un dedo amenazador ante sus narices—, como le rompas el corazón, te cortaré en pedacitos tu…

—¡Liz! —gritaron Martha y Bill al unísono, de un modo tan automático que Sonia se imaginó que Liz debía de haber formulado aquella amenaza ante sus padres las veces suficientes como para que ellos hubieran aprendido a interrumpirla a tiempo.

—Hablo en serio: si le haces daño, te las verás conmigo —afirmó Liz, todavía con el dedo alzado ante el rostro de Jeremiah.

—S... sí —tartamudeó el chico—. De acuerdo. Si le hago daño, mereceré todo lo que me hagas.

—Bien —dijo la novia «enfundando» el dedo amenazador. Giró la cabeza para mirar a la gente que se aglomeraba en la entrada de la iglesia, dispuesta a entrar en ella, y propuso—. Y ahora, ¿os importa si seguimos con mi boda?

—No seas malcriada —dijo Martha—. Es un momento especial.

—Es mi boda. Y puedo portarme como una malcriada si quiero —protestó Liz sacando la lengua.

Una brisa (no precisamente perfecta, pues era un poco demasiado cálida y cargada de polen) pasó de largo agitando los vestidos. A Sonia, por alguna razón, le hizo pensar en Leila. Al notar que esa brisa le secaba las lágrimas en las mejillas, le vino una imagen nítida de aquella chica en su coche rojo, con el pelo alborotado por el viento.

—Vamos —dijo Martha, sujetándose el chal sobre los hombros—. Entremos antes de que mi hija amenace con seccionar otras partes corporales.

La pista de baile comenzaba a llenarse. Un poco achispada por la comida de cuatro platos, por el vino y el alivio, Sonia cogió de la mano a Jeremiah y lo levantó de la silla.

—¿Estás preparada para mis impresionantes contoneos en la pista? —preguntó él, burlón, pero todavía con cierto nerviosismo.

—Espero quedarme pasmada.

—Si en algún momento no es así, tengo un plan be para distraer tu atención haciéndote reír o haciéndomelo contigo.

—Me gusta la idea.

Ella se sentía solamente un poco cohibida mientras lo llevaba de la mano por el salón atestado de gente. El único lugar público donde se habían cogido de la mano hasta ahora era en el Seven-Eleven que quedaba junto al apartamento de Jeremiah. Al llegar a la pista, Sonia se situó frente a él, sin soltarle la mano, y le puso la otra mano en el hombro. Él la sujetó por la cintura, y se pusieron a bailar, aunque un poco desacompasados respecto al ritmo de la canción que sonaba. Jeremiah no tenía ni idea, pero no por eso se arredraba. Sonia se estrechó contra él, esperando sentir la presión de su mano en la cadera.

—Siento haber desaparecido esta noche —dijo alzando la vista. Le habría encantado que sus ojos se encontraran, pero él tenía la mirada totalmente concentrada en lo que hacía con los pies.

—¿Ahora ya puedes contarme la historia?

Ella reflexionó y apoyó la cabeza en el pecho del chico, cuyo mentón encajaba perfectamente con el moño de Sonia.

—No sé si yo misma creo que esa historia sea cierta. Dejémoslo para mañana.

—De acuerdo.

Se estrechó más contra él y, de repente, notó que Jeremiah daba un traspié. Liz y Roger, que bailaban con un poco más de destreza, habían chocado expresamente contra ellos.

—¡Dejad de haceros los modositos! —gritó Liz para que se le oyera a pesar de la música—. Eso nos toca a nosotros.

Sonia se rio; entonces, sintiéndose a la vez agradecida y extraña, besó a Jeremiah en medio de la pista, a la vista de todo el mundo. Era esa clase de beso que puede impulsar a una pareja a mantener una relación seria, y no era el único de ese tipo que ella había recibido ya de Jeremiah. Él mantuvo los ojos cerrados durante un lapso casi cómico cuando concluyó el beso, como si necesitara recuperarse. Sonia le volvió a apoyar la cabeza en el pecho, sobre la chaqueta del esmoquin que ella había llevado toda la noche.

Bruscamente, se acordó de su pasaporte, desaparecido junto con el contenido de su bolso robado; y de simple felicidad y cansancio, murmuró contra el pecho de Jeremiah:

—No tengo la menor idea de cómo voy a volver a casa.

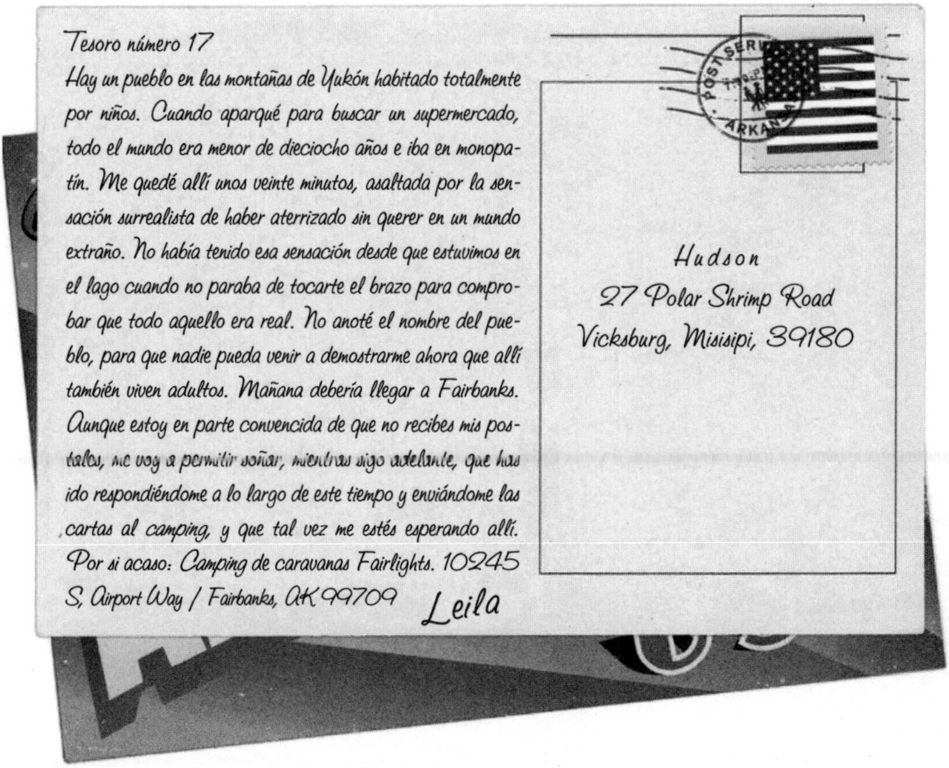

Tesoro número 17

Hay un pueblo en las montañas de Yukón habitado totalmente por niños. Cuando aparqué para buscar un supermercado, todo el mundo era menor de dieciocho años e iba en monopatín. Me quedé allí unos veinte minutos, asaltada por la sensación surrealista de haber aterrizado sin querer en un mundo extraño. No había tenido esa sensación desde que estuvimos en el lago cuando no paraba de tocarte el brazo para comprobar que todo aquello era real. No anoté el nombre del pueblo, para que nadie pueda venir a demostrarme ahora que allí también viven adultos. Mañana debería llegar a Fairbanks. Aunque estoy en parte convencida de que no recibes mis postales, me voy a permitir soñar, mientras sigo adelante, que has ido respondiéndome a lo largo de este tiempo y enviándome las cartas al camping, y que tal vez me estés esperando allí. Por si acaso: Camping de caravanas Fairlights. 10245 S, Airport Way / Fairbanks, AK 99709

Leila

Hudson
27 Polar Shrimp Road
Vicksburg, Misisipi, 39180

LEILA

1

Leila cogió un tronco y lo arrojó al fuego. La humedad acumulada en la corteza lo hacía chisporrotear y humear. Anochecía. Desde su llegada, el día anterior, al *camping* de las afueras de Fairbanks, en Alaska, el cielo había estado en esa semioscuridad mucho más tiempo de lo que había visto nunca, como si la Tierra girase a la velocidad suficiente para mantener continuamente el Sol por debajo del horizonte. En una hora y pico, oscurecería del todo. Y algo más tarde, en la quietud de la noche, aparecería tal vez —si había suerte— la aurora boreal rasgando el firmamento.

Giró la cabeza para que los ojos no le escocieran a causa del humo, y se tapó la nariz y la boca con la manga del suéter. El olor a leña quemada le impregnaría la ropa y el pelo toda la noche, ya lo sabía, y todavía no estaba segura de si le gustaba o no la sensación.

—Hola —dijo una vocecita. Alzó la vista y vio a una niña rubia que se acercaba al fuego, saludando con la mano. Le faltaban tres dientes. Los padres iban detrás; la madre vestía una falda larga estampada y se había trenzado el cabello; el hombre llevaba pantalones de lino y lucía pulseras de cáñamo y una barba que le llegaba al pecho—. ¿Quieres cenar con nosotros? —preguntó la niña sin aguardar a que respondiera para tomar asiento a su lado.

—Dee te ha visto montar la tienda por tu cuenta —explicó la mujer, presentándose; ella se llamaba Harriet y él, Brendan—. Nos ha hecho prometerle que no te dejaríamos cenar sola.

—¿Qué tal una brocheta de vegetales? —preguntó Brendan empezando a ensartar tomates *cherry* en una ramita que había mondado casi del todo.

Leila tosió a causa del humo, pero se alegró ante aquella compañía inesperada.

—Me encantaría cenar con vosotros —le dijo a Dee—. Gracias.

—¿Te va bien un té? —preguntó la mujer colocando el hervidor junto al fuego y sentándose en cuclillas en el suelo.

—De maravilla.

Brendan se agachó y clavó las brochetas a unos centímetros de la hoguera para que los vegetales se asaran.

—¿Cuánto tiempo piensas acampar?

—He reservado la plaza para una semana. Pero como he venido a ver la aurora boreal, me quedaré más si es necesario.

—¿Es la primera vez? —Brendan dio unas palmadas para sacudirse la tierra de las manos.

—Sí. —Y le preguntó a Dee—. ¿Conoces la verdadera historia de la aurora boreal?

La pequeña negó con la cabeza y sus rubios rizos se balancearon como muelles.

Leila recordaba que su padre se la había contado, y cómo se la explicaba de viva voz, incluidas todas las pausas y los gestos que hacía al narrarla. Pero ese recuerdo se mantenía aislado en su memoria. No conservaba otros recuerdos asociados a la historia: ni la edad que tenía la primera vez que él se la había explicado, ni cuántas veces se la había repetido, ni cómo se sentía ella al escucharla.

—A lo largo del tiempo, la gente ha hecho distintas

suposiciones. Algunos creían que ese fenómeno estaba compuesto de grandes fuegos en el cielo, o bien de una multitud de pájaros inmóviles en el aire. Ahora, en general, se cree que es solo la luz del sol, que hace unas cosas extrañas que no efectúa en ningún otro sitio. Pero todos se equivocan.

Dee se echó hacia delante, embelesada. Leila se preguntó si ella había reaccionado igual la primera vez que había escuchado el relato. Debía de haber sido cuando tenía la edad de esa niña, o incluso más pequeña, para que se le hubiera quedado tan grabado, mientras que las restantes circunstancias, no.

—La verdadera historia sobre la aurora boreal es esta —dijo frotándose las manos frente al fuego—: Hace miles y miles de años, ese fenómeno no existía. Estamos hablando de cuando la gente llevaba en todo el mundo una vida parecida: cazaban para comer; formaban familias y tribus; se levantaban con el sol y se acostaban con el crepúsculo.

»Entonces apareció una niña —prosiguió— que se dio cuenta de que el mundo se estaba convirtiendo en algo más grande y más complicado. Se construían barcas que permitían recorrer los ríos y llegar a lugares nuevos, y la gente empezaba a pintar, a escribir, a componer música…

»Esa niña también se percató de que su vida podía seguir varios caminos distintos, y temió que le hicieran seguir uno equivocado. ¿Y si ella quería convertirse en aventurera? ¿Y si estaba destinada a ser pintora, pero nadie le ponía un pincel en las manos? Se pasaba el día pensando en esas otras vidas que podría vivir…

Se calló un momento para causar mayor intriga, tal como hacía incluso cuando se contaba la historia a sí misma, y dejó que la última frase quedara flotando en el aire. El crepúsculo perduraba aún; el cielo era de un tono violáceo anaranjado y unas pocas estrellas habían salido de su escondite. Ella ya sabía que era demasiado temprano, pero examinó el cielo de todos modos, con la esperanza de sorprender a la aurora boreal tratando de escuchar a hurtadillas la historia. Dee parecía cautivada, demasiado absorta para notar que su madre se dedicaba a pasarle los dedos entre los rubios rizos.

—Todas esas posibilidades acapararon a aquella niña y se expandieron por su interior. Sentía tal pesadez en los pies que apenas podía caminar, ni tampoco era capaz de levantar los brazos para llevarse la comida a la boca. Las posibilidades le oprimieron los pulmones y le dificultaron la respiración.

»Inquietos, sus padres llamaron al médico de la tribu. Pero este no sabía qué le pasaba a la pequeña. Todo el mundo iba a verla, aunque nadie adivinaba qué la abrumaba para sentir semejante peso. Cuanta más gente la visitaba, peor se encontraba.

»El problema era que ella veía lo mismo en todos los demás, es decir, todas las vidas que no vivía la gente: el maestro con corazón de guerrero, el granjero con la imaginación de un escritor… Fue pasando el tiempo. A cada visitante que iba a saludarla, la niña empeoraba. Ella quería explicarles lo que ocurría, pero le pesaba demasiado la lengua para hablar. Un día, finalmente, ya fue excesivo. Eran ya montones de vidas para que la niña pudiera mantenerlas guardadas dentro.

—¿Y qué pasó? —preguntó Dee, inclinándose hacia delante en el regazo de su madre.

—Hubo un gran destello —dijo Leila abriendo la palma de la mano, como le constaba que había hecho su padre al explicarle la historia—, el destello más resplandeciente que se había visto jamás en la Tierra, y se llevó consigo al cielo a la niña y todas las vidas que había guardado dentro. Eso son las luces de la aurora boreal: todas las vidas que no estamos viviendo; no solo las de la niña, sino las de todo el mundo.

»Según la leyenda, la primera vez que la contemplas, se te revela tu verdadero camino.

Dee rio y aplaudió, y sus padres también lo hicieron. Brendan asintió, como mostrando su aprobación. A todo esto, sonó un chasquido en la hoguera, y Leila se dio la vuelta para observarla, como esperando que surgiera algo de entre las llamas. Era la primera vez que contaba la historia, y estaba entusiasmada por el hecho de compartirla, pero también le causaba terror la idea de que, al pronunciarla en voz alta, cesara de recordarla, del mismo modo que la confesión descarga la conciencia del pecador de sus crímenes.

Todavía dejando lánguidamente que la peinasen, Dee, con esa manera que tienen los niños de plantear cuestiones inopinadas, le preguntó a Leila:

—¿Dónde está tu familia?

Ella titubeó. Cogió una ramita y fue arrancándole la corteza. Miró a Dee. Le había hecho la pregunta con tanta inocencia que ni siquiera sintió el impulso habitual de eludir el asunto.

—En realidad, Dee, yo ya no tengo familia. Hace cosa de un año, sufrimos un grave accidente de tráfico —dijo apartándose el humo de la cara con la mano. Vio que se dulcificaba la expresión de los padres y que arqueaban las cejas compasivamente. Harriet dejó de peinar a Dee.

—¿Están muertos? —preguntó la niña sin rehuir la palabra.

—Sí. Tengo unos tíos que se hicieron cargo de mí después del accidente. Pero mis padres y mi hermana murieron.

—Qué triste. —Dee cogió una ramita y hurgó en la tierra sin mirarla a los ojos.

Leila creyó captar un destello de color en el cielo y alzó la vista, pero allí no había nada.

—Sí, quizá. Pero la verdad es que no los recuerdo en

absoluto. —Involuntariamente, se llevó la mano a la cicatriz que tenía desde la nuca hasta lo alto de la oreja. Todavía le provocaba escalofríos tocarla, aunque fuera a través del cabello que le había vuelto a crecer por encima. Cada vez que palpaba el tejido cicatrizado, se imaginaba el trozo de cristal que le habían sacado de allí. Percibía la imagen de litros y litros de sangre, aunque no recordara haber visto ni una gota—. No los reconozco en las fotos, ni me acuerdo de los días en que fueron tomadas. Se ha borrado todo —explicó, procurando quitarle importancia para no traumatizar a la niña.

—¿Amnesia? —Harriet inspiró hondo estrechando a Dee entre sus brazos—. Esas cosas ocurren, ¿no? —Cambió de posición la anilla que llevaba en la nariz para colocarla más cómodamente.

—Los médicos dicen que no pueden asegurar en qué medida se debe al traumatismo físico y en qué medida al estrés postraumático. Solo el tiempo dirá hasta qué punto llego a recuperar la memoria, si es que la recupero. Lo único que recuerdo de la época anterior al accidente es esta historia sobre la aurora boreal.

—¿No recuerdas nada? —preguntó Dee entornando los ojitos, como si intentara imaginarse algo semejante.

—No.

—¿Tampoco tus fiestas de cumpleaños? Yo siempre recuerdo mis fiestas. El año pasado tuve un pastel relleno de fresas, y mamá y papá me dejaron dibujar con el glaseado sobre el pastel, para que pudiera poner todo lo que quisiera. Luego fuimos a nadar, y me regalaron tres libros. —Le brillaban los ojos al recordarlo—. ¡Y ese no fue mi mejor cumpleaños! El de los siete fue buenísimo. ¿Tú te acuerdas de cuando cumpliste siete años?

—No me acuerdo de ninguno de mis cumpleaños —dijo Leila—, pero seguro que el de los siete fue muy bueno también.

—¿Qué más no recuerdas?

—Cariño —dijo Brendan poniéndole una mano en la cabeza—, a lo mejor Leila no quiere hablar de todo esto.

—No, no importa. Me sienta bien desahogarme.

Se acordó de Sonia, de Elliot y Bree, de cómo los había forzado a desahogarse de sus problemas. Mentalmente, se dijo que comprobaría si había recibido correo en la oficina del *camping* antes de marcharse. Era posible que la estuviera esperando la carta de Hudson que había ansiado recibir durante todo el camino.

—Desde el accidente, no tengo ni idea de quién soy realmente. Disponía de retazos sueltos: mi antiguo diario, la agenda de mi teléfono móvil, fotografías... Mis amigas venían al hospital deshechas en lágrimas y me abrazaban, pero yo no las reconocía. Volví a la escuela al cabo de un par de meses, pero resultaba demasiado raro. Como si me hubiera introducido en la vida de otra persona. Ni siquiera me reconocía a mí misma en el espejo. Era muy extraño que los desconocidos supieran más de mí que yo misma. Y pese a todo, no recuperé ningún recuerdo; solamente la historia de la aurora boreal.

»No me acuerdo de ninguno de mis cumpleaños —repitió Leila, diciéndolo como si fuera solo otro ítem de una lista—. Tampoco recuerdo cuándo aprendí a montar en bicicleta, ni estoy segura de saber montar. Aunque sí sé que aprendí a nadar y que mi cuerpo todavía lo recuerda. —Un agradable escalofrío le recorrió la columna al rememorar cómo había cruzado el Misisipi. Notó que se le ponía la carne de gallina.

—No consigo imaginármelo —dijo Harriet en voz baja, manteniendo el cabello de Dee entre los dedos—. ¿Cómo vuelves a tu antigua vida después de una cosa así?

—No lo sé —respondió Leila—. Yo no volví a mi antigua vida. Me trasladé desde mi casa en Austin hasta Luisiana, donde viven mis tíos. Pero no me sirvió de nada; únicamente, sirvió para que todo me resultara más extraño todavía. Cuando cobré el dinero del seguro, decidí que no había allí nada que me retuviera. Solo deseaba hacer una cosa, algo que quizá podría ayudarme a recuperar mis recuerdos. —Levantó la vista al cielo, pero sin pensar entonces en la aurora boreal, sino en Hudson y en el aspecto que tenía el cielo aquella noche llena de estrellas junto al Misisipi.

Se quedaron todos callados, incluso Dee. No se oía otra cosa que el crepitar del fuego y el murmullo de un riachuelo cercano. Ya estaba oscureciendo a ojos vistas. El cielo tenía un intenso tono violáceo y habían surgido más estrellas. No había ni una nube. Leila sintió que la recorría una oleada de adrenalina.

—Espero que las cosas cambien esta noche —musitó—. Ha de haber una explicación para que la única cosa que he conservado en la memoria sea una historia sobre la aurora boreal. Por eso emprendí este viaje. —Miró a Brendan y Harriet. Ellos le sostuvieron la mirada con expresión compasiva, y después ambos bajaron la vista hacia Dee—. Confío en que si veo la aurora en vivo me refrescará la memoria y me traerá algunos detalles sobre mi vida. Tal vez incluso todos mis recuerdos.

»Me quedaré despierta mientras esté oscuro y aguardaré a que aparezca.

Dee, que llevaba un rato arrojando hojas, ramitas y guijarros al fuego, se puso de pie y se acercó a Leila, que estaba sentada sobre un tronco. Sin vacilar, la abrazó y la estrechó con fuerza.

—Espero que recuerdes tus cumpleaños. Sobre todo el de los siete años.

Leila llevaba casi una hora escuchando la misma canción en bucle. Había un verso que le había llegado al alma; era tan extraordinariamente oportuno que la impactaba cada vez que lo escuchaba. «Persiguiendo el único recuerdo significativo que creías que te quedaba», gimoteaba el cantante de Neutral Milk Hotel, con acento nasal pero precioso, en los auriculares que Leila tenía puestos. Había descubierto la canción en el trayecto a Alaska, y aunque la letra restante no le decía nada, se había imaginado por anticipado el momento que ahora estaba viviendo, tendida en una manta sobre la hierba, contemplando el cielo del norte y aguardando a que apareciera la aurora boreal. Habría sido todavía mejor si esta hubiera aparecido en efecto. Pero llevaba horas esperando, y nada. El sol iluminaría pronto el cielo, cosa que la hacía sentirse impotente. Habría deseado abarcar la noche con los brazos, hundir los dedos en ella, suplicarle que se quedara un poquito más...

La adrenalina se iba agotando; se adormilaba. No sabía qué era más decepcionante: que no apareciera el fenómeno celeste o que el buzón de la oficina del *camping* estuviera completamente vacío. En cierto modo, parecían versiones distintas de lo mismo: la negativa de la aurora a hacer acto de presencia, o la de Hudson a responder a sus cartas. Evidentemente, el chico no quería saber nada de ella.

Todo resultaba una gran decepción. En ese momento el viaje entero se le antojaba inútil. Cuando había abandonado la casa de sus tíos, en un pueblecito de los alrededores de Nueva Orleans, se había sentido como si no fuera nadie. Menos aún, si ello era posible. Un no ser, un espacio negativo. ¿Y ahora qué era? Un no ser que había conducido varios miles de kilómetros y pasado algunas noches buenas entre otras muchas totalmente solitarias. Los amigos que había hecho, suponiendo que pudiera llamarlos amigos, apenas sabían nada de ella, puesto que no había nada que saber: nada que pudiera contarles. Incluso la historia que le había explicado a Hudson sobre las hormigas de su ciudad natal no era, de hecho, un recuerdo suyo, sino algo que había leído en su diario y que se había limitado a repetir, con la esperanza de que al pronunciar las palabras en voz alta, las llegaría a sentir tal vez como propias.

El corazón le dio un brinco al ver que una estrella fugaz cruzaba el cielo y que su estela persistía en la oscuridad como un fantasma. Permaneció donde estaba, con la cabeza apoyada en la pequeña e incómoda almohada que había comprado en una tienda del *camping* de Fairbanks. Volvió a cantar *Oh Comely* al mismo tiempo que sonaba la canción, asegurándose de recitar cada verso, aunque solo hubiera uno que entendiera realmente. Quería que se le grabara la letra en la memoria y que la melodía anidara en los recovecos de su cerebro.

Cuando empezaron a asomar las primeras luces del alba, intentó combatir su decepción por la ausencia de la aurora boreal recordando los amaneceres compartidos a lo largo del viaje con los amigos que había ido haciendo. Trató de convencerse de que el viaje había valido la pena, aunque solamente fuera por esas experiencias compartidas. Pero eso no pasaba de ser un consuelo, como máximo, y casi no significaba nada puesto que seguía sin tener la menor idea de quién era.

Terminó contemplando el amanecer, hasta que el sol dejó de ser una bola de color rojo anaranjado en el horizonte y adoptó su cegador aspecto amarillento de siempre. Entonces recogió la manta y la almohada, y caminó hacia su tienda con paso cansino. Habría otras noches, se dijo. Tarde o temprano, la aurora surgiría para que ella la viese.

Encontró a Dee al lado de la tienda, merodeando en pijama; llevaba el pelo recogido en una coleta. Al ver a Leila, los ojos se le iluminaron y se acercó corriendo.

—¿Ha funcionado? ¿Ya te acuerdas?

Leila hizo un esfuerzo por parecer alegre, pero negó con la cabeza.

Dee hizo un mohín.

—¿Ni siquiera un día?

—No. Pero quizá es porque no he visto la aurora boreal. Volveré a probar mañana. —Le dirigió un triste gesto de saludo y se metió en la tienda para recuperar unas horas de sueño. Hacía más de treinta horas que estaba despierta, pero no se durmió enseguida. Se quedó tendida durante lo que le pareció una eternidad, simplemente esperando, repasando las decepciones del día.

2

Leila estaba sentada con los pies sobre el regazo de Hudson, que le rodeaba los tobillos suavemente con los dedos. Él tenía una manera especial de tocarle la piel, como si absorbiera su energía. El viento era perfecto, tan agradable que apenas se notaba, casi como una caricia matinal. Sobre la mesa había un vaso de limonada con menta, empañado y cubierto de gotitas que resbalaban y formaban un charquito: un charco que a Leila le hacía soñar con una piscina. Observó cómo Hudson sonreía con los ojos cerrados y la cabeza ladeada e iluminada por el sol. Sintió el impulso de pasarle un dedo por los labios…

—¡Feliz cumpleaños! —gritó una vocecita, que la despertó con un sobresalto.

La cara de Dee, luciendo un sombrerito cónico sobre un amasijo de rizos rubios, ocupaba la entrada entreabierta de la tienda. La niña sopló por un matasuegras, que se desplegó como la lengua de un reptil.

—¡Feliz cumpleaños! —gritó de nuevo abriendo del todo la solapa de la tienda.

El viento que entró era fresco y agradable, igual que en su sueño, y Leila, sorprendida, recorrió la tienda con la vista, como si esperase encontrar a Hudson a su lado.

—¡Vamos! —dijo Dee haciéndole señas para que se despertara del todo y saliera—. Tenemos una sorpresa para ti.

La chica se había quedado dormida con la ropa puesta, con los vaqueros y la sudadera azul celeste que llevaba el día anterior, ambos manchados de hierba e impregnados de humo (lo cual, decididamente, le gustaba). Quitándose la sudadera, la arrojó a un rincón y se pasó las manos por el pelo, alisándose los mechones que le habían quedado de punta. Detrás de Dee, atisbó la falda de Harriet, los pantalones de lino de Brendan y otro par de piernas que no reconoció.

—¿Qué ocurre? —preguntó.

—¡Sal y lo verás! —exclamó la niña, apartándose de la entrada y haciéndole señas de nuevo con la mano para que la siguiera. Volvió a soplar por el matasuegras y afuera sonó un coro de instrumentos idénticos.

Por la temperatura exterior, debía de ser un poco más de mediodía. Leila se estiró y las vértebras le crujieron; enseguida obedeció y salió a gatas de la tienda.

—¿Qué es esto? —preguntó a Dee, contemplando perpleja la escena que se había formado junto a la tienda.

—¡Es tu fiesta de cumpleaños! —replicó la niña señalando a las personas reunidas, como si a Leila se le hubieran podido pasar por alto—. Ya sé que no es tu cumpleaños realmente, pero no me parecía justo que yo pueda recordar la mayoría de mis fiestas de cumpleaños y tú no te acuerdes de las tuyas. Y eso que has tenido muchas más. Ahora tendrás al menos una que recordar.

Harriet y Brendan llevaban gorritos de fiesta como el de Dee y sostenían un pastel mientras ahuyentaban a las moscas que intentaban aterrizar sobre el glaseado blanco. Liza, la encargada del *camping*, también estaba allí con un matasuegras. Había otras personas en derredor a las que Leila no conocía; seguramente, otros campistas que Dee había reclutado dado su carácter adorable: una pareja de veinteañeros, un grupo de tipos con pinta de aficionados a la caza y barbas desaliñadas, así como varias familias en torno a las mesas para comer, acompañados de sus hijos que representaban todos los grados posibles en la escala de la felicidad: desde los entusiasmados por participar en el cumpleaños de una desconocida hasta los indignados por el hecho de que sus padres los hubieran arrastrado a aquel rincón perdido entre los bosques, tan lejos de la civilización.

Leila notó que se le escapaba una sonrisa inmensa e incontrolable. Los retazos del sueño sobre Hudson la abandonaron por fin, reemplazados por un aleteo vertiginoso en el estómago. Miró a Brendan y Harriet arqueando las cejas.

—Ha sido todo idea de ella —explicó Brendan señalando a la pequeña con orgullo.

Dee cogió a Leila de la mano y la llevó hasta el pastel.

—Mamá dice que, en general, los pasteles de cumpleaños son de chocolate, así que te hemos traído uno de chocolate, a ver si al comerlo te acuerdas de alguno de los pasteles que te prepararon en tus cumpleaños.

El glaseado del pastel era completamente blanco, como un lienzo desnudo. Harriet sacó unas bolsitas de plástico llenas de cremas de distintos colores, y le dijo a Leila:

—Dee disfrutó mucho el año pasado dibujando en su propio pastel, y ha pensado que a lo mejor te gustaría decidir cómo decorar el tuyo.

—Sobre todo, huele el pastel —dijo la niña, todavía cogiéndola de la mano—. Papá dice que los olores son lo que recuerda mejor la gente.

—Eso he oído —dijo Brendan tímidamente, y se tiró de la barba—. Espero que esté bueno. Es el único pastel que hemos encontrado con tan poca antelación.

Leila miró a los campistas que la rodeaban; todos pendientes de ella. Todavía seguía sin poder controlar su sonrisa.

—No sé qué decir. Esto es fantástico.

—Tenemos una piñata —exclamó Liza dando unas palmadas.

—¿Has tenido alguna vez una piñata? —preguntó Dee, ilusionada.

Leila negó con la cabeza.

—¡Verás qué divertido! —aseguró la niña—. Yo nunca he estado en la primera fiesta de cumpleaños de nadie. Golpearemos la piñata. Y hemos traído globos de agua. Hoy no hace mucho frío, y mi mamá ha dicho que si nos secamos enseguida al terminar, no nos pondremos enfermos. Luego podemos jugar al escondite. Y a las sardinas, que es como el escondite, pero al revés: solo se esconde una persona, y todos los demás han de buscarla; y cuando encuentras a la persona escondida, te escondes con ella, hasta que solo queda una persona buscando. —Sus ojos se agrandaban de pura excitación.

Echaron a andar por un camino que se adentraba en el bosque, lejos de la oficina del *camping*. Los demás iban tras ellas, charlando relajadamente. Harriet andaba pre-

guntándose en voz alta cuál era el verbo adecuado para las piñatas:

—Las piñatas... ¿las tienes?, ¿las usas?, ¿juegas con ellas?, ¿o simplemente las golpeas?

Leila oyó que Brendan le explicaba a alguien en voz baja el problema de su amnesia. Uno de los niños, casi de la edad de Dee, se quejó de que tuvieran que caminar tanto, y su padre, sin irritación, le dijo que dejara de gimotear y disfrutara del día.

Pronto recorrieron la orilla del riachuelo y cruzaron el claro donde Leila se había pasado la noche contemplando el cielo. Si se hubiera apartado un poco del camino, habría localizado el punto exacto de la fotografía que aparecía en la Red. La foto del claro tenía el siguiente rótulo: «¡Uno de los muchos puntos ideales para ver la aurora boreal!».

Llegaron a una bifurcación que Leila todavía no había tenido tiempo de explorar; Dee los guio hacia la izquierda donde enseguida encontraron un grupo de mesas preparadas con manteles decorativos. Había cuencos de patatas fritas, bandejas de pinchos vegetales con distintas salsas, botellas de dos litros de diferentes refrescos y montones de servilletas de papel (sujetos con piedras) con la leyenda «¡Feliz cumpleaños!» impresa por todas partes. En cada mesa había dos o tres cajas de pizza, cuyo delicioso olor captó Leila al acercarse. Tres hombres de mediana edad se habían quedado allí para mantener a los bichos alejados del banquete. Llevaban barba de tres días y sorbían relajadamente sus cervezas. Uno de ellos las saludó con la mano libre; los otros dos se levantaron de los bancos, muy afables.

—Es tu fiesta, tú decides cómo empezamos —indicó Dee—. Podemos comenzar comiendo el pastel, o por la pizza, o por la piñata, o por los juegos. —Giró la cabeza varias veces en torno a la zona de la merendola; los rizos se le bamboleaban de un modo desproporcionado a sus movimientos—. ¡Mami! ¿Dónde está el helado?

—Lo hemos puesto en el arroyo —dijo uno de los que bebían cerveza—. Con el frío del agua, no se derretirá.

—¡Ah! —exclamó Dee. Soltó la mano de Leila y correteó entre las mesas, inspeccionando la comida restante. Una vez satisfecha, le preguntó—. Bueno, ¿qué quieres hacer primero?

Ella se agachó y abrazó afectuosamente a Dee; la niña dio un gritito de placer.

—Gracias —dijo estrechándola todavía un momento. A continuación hizo una reverencia y dio las gracias a Brendan, a Harriet y a los demás campistas reunidos alrededor.

Se sentía un poco abrumada. Apenas podía creer lo amable que había sido aquella gente. El impulso encantador de la niña de organizarle una fiesta, la disposición de los padres a complacerla... Si ninguna otra cosa lograba sacar a la luz sus recuerdos, ¿por qué no podía ser la amabilidad?

—Vamos a empezar por la pizza —anunció Leila, cogiendo a la niña del hombro y dirigiéndose a la mesa más cercana.

La fiesta de cumpleaños tenía en abundancia todo aquello que a Leila le gustaba de su viaje. Se preguntó si los demás sentían la misma excitación que ella al conocer a gente nueva, o si ella lo disfrutaba de un modo especial.

Los tres bebedores de cerveza mal afeitados, por ejemplo, se llamaban Ron, Geoff y Karl, eran primos hermanos y estaban en viaje de pesca; se llevaban solo un año y les bastaba un gesto de asentimiento para entender lo que el otro quería decir. La joven pareja acababa de prometerse tras haber sobrevivido a una relación a distancia de cuatro años. Uno de los niños, un chaval introvertido de doce años, decía que era poeta y que un perro se había zampado las doscientas cincuenta páginas de su obra, motivo por el cual había dejado de escribir desde hacía dos años.

A Leila le habría encantado escuchar las conversaciones que se desarrollaban simultáneamente, pero se conformó con prestar atención aquí y allá, y lo que sacó en conclusión fue un popurrí de retazos y de frases sueltas con las que la gente se iba contando la vida.

Una sensación de intimidad, por fugaz que fuera, se había creado en el ambiente, y Leila procuró no quedarse aparte observando, sino participar también en la reunión. Había descubierto que poseía ese rasgo peculiar: el deseo de observar a los demás desde lejos y, al mismo tiempo, el de integrarse en sus vidas.

Después de comer la pizza, de la conversación y del helado conservado en el agua del arroyo, decidió que la siguiente actividad fuese jugar al escondite. Ella se escondía en sitios pésimos para disfrutar del placer de buscar a los demás. Le encantaba fingir que no veía a los niños escondidos, y escuchar sus risitas ahogadas cuando se detenía junto a los arbustos entre los que se encontraban agazapados.

Cuando los adultos se cansaron del escondite y se retiraron hacia las neveras portátiles llenas de cerveza, Leila decoró el pastel y anunció que había llegado la hora de la piñata. Dee aplaudió entusiasmada y le pasó el palo de la escoba.

—Yo no quiero ser la primera —dijo Leila—. Soy muy fuerte, y nadie más podrá golpearla si empiezo yo.

—No, no —se empeñó Dee—. La chica del cumpleaños va primera.

—En serio. Explotará por todas partes. Soy así de fortachona.

Dee cruzó los brazos negándose a coger el palo de la escoba.

—Tú primera.

—Bueno, si insistes. Pero no me vayas a culpar después si no quedan caramelos porque ya se han caído todos.

Se acercó a la piñata, dejó que Harriet le vendara los ojos y, una vez que le dieron unas cuantas vueltas, se vino al suelo, haciendo comedia, al lanzar el primer mandoble.

—¿Le he dado? —gritó desde el suelo, lo que dio lugar a las delicias de todos los niños con su actuación. Al poco se levantó y le pasó el palo a Dee. Los niños hicieron por turnos veintidós intentos de golpear la piñata, mientras se abría alrededor un amplio círculo para evitar accidentes. Cuando le llegó el turno al poeta de doce años, la piñata cedió con un crujido y todos se arrojaron a recoger los caramelos que llovían desde lo alto.

Después de ese juego, el cansancio impuso un descanso a la concurrencia. Dee le hizo señas a Leila para que se acercara a una de las mesas para cortar el pastel. Tenía en el centro una única vela, encendida y enterrada casi hasta la mitad en un glaseado verde que pretendía representar la aurora boreal. Los campistas se agolparon alrededor y le cantaron *Cumpleaños feliz*. Dee berreaba más que nadie. Al terminar, la niña le dijo:

—Ahora sopla la vela y pide un deseo; si lo pides con mucha fuerza y no lo dices en voz alta, se hará realidad.

Dee estaba de rodillas en el banco, al lado de Leila, aunque echada hacia atrás, lejos de la mesa, como para resistir la tentación de apagar ella misma la vela. Tenía las mejillas enrojecidas por el sol y de tanto correr. Se envolvía con una toalla, tras la batalla de globos de agua, y temblaba ligeramente.

Leila guardó silencio un momento y se planteó qué deseaba. La llama parpadeaba y ondeaba bajo la brisa. Qué divertido sería si al pedir un deseo con esa vela improvisada recuperaba la memoria. Se imaginó que soplaba la vela y que el cartero aparecía de inmediato en el camino para entregarle a Liza un fajo de sobres. Entre estos, habría una carta de Hudson o una postal: cualquier cosa que rompiera su silencio. Se imaginó también que el propio Hudson aparecía en el camino. ¿Y si pedía simplemente una vida normal, una vida que no girase por completo en torno a lo que había perdido?

Bajo la mirada expectante de Dee, inspiró hondo, recordando que aquello no era más que una vela en un pastel, en vez de un milagro, frunció los labios y deseó sencillamente ver la aurora boreal. La llama desapareció dejando escapar una voluta de humo.

Dee se inclinó hacia Leila susurrando:

—¿Ha funcionado? ¿Lo recuerdas todo?

—Gracias, Dee. Siempre recordaré esta fiesta.

—¿Quién quiere un pedazo? —preguntó Liza, asumiendo la tarea de cortar el pastel en trozos razonables. Algunos dijeron que sí, otros que no, y varios pidieron un trocito de nada.

Dee bajó la cabeza y Leila vio que se le llenaban los ojos de lágrimas.

—Eh, ¿qué pasa?

Dee se sorbió la nariz y apretó los labios. El inferior todavía le temblaba de frío.

—Se suponía que iba a salir bien —dijo—. Se suponía que ahora lo recordarías todo. —Entonces se levantó de un salto del banco y se alejó corriendo por el camino, oscilándole la coleta, hasta desaparecer más allá de la curva.

Leila la llamó, pero Harriet ya se estaba levantando.

—No te preocupes —dijo la mujer—. Ya se le pasará. Tiende a reaccionar exageradamente cuando las cosas no salen como ella quiere. Tú disfruta de la fiesta.

Leila trató de hacerlo así, aceptando un pedazo de pastel y charlando con los demás invitados. Si Dee aún seguía disgustada cuando volviera, le contaría una mentira piadosa para que se tranquilizara. Se pasó el rato girándose para mirar, deseando ver como volvía Harriet con la niña. Tras unos veinte minutos, cuando ya empezaba a temer que la pequeña se hubiera tomado la cosa un poquito demasiado a pecho, apareció la mujer por el camino, frenética y deshecha en lágrimas.

—¡No la encuentro por ninguna parte! —gritó—. ¡Dee ha desaparecido!

3

Leila acompañó a los padres de Dee a buscarla por el bosque, deseando transmitirles calma con su presencia. Esta vez agradeció que anocheciera lentamente.

Habían registrado entre todos el *camping* durante un par de horas, divididos en grupos de dos o tres personas para cubrir la mayor cantidad de terreno posible. Con intervalos de segundos, sonaban gritos de «¡Dee!» entre los árboles, y los pocos pájaros que quedaban en la zona se sobresaltaban y levantaban el vuelo. El ruido de las alas empavorecía a Leila, pero no se atrevía a perder la compostura delante de Brendan y Harriet. Recorría el bosque con la vista, intentando divisar algo entre los árboles que no fuese la oscuridad o más árboles.

Brendan abrazaba a su mujer por los hombros, pero tenía un aspecto tan lúgubre y angustiado como ella. Cuando gritaban el nombre de su hija, sus voces sonaban frágiles, como pendientes de un hilo. Un guarda forestal llamado Rick caminaba junto a ellos, iluminando los arbustos con una linterna y examinando ramas demasiado altas para que Dee pudiera haberlas alcanzado. Obeso, dejado y de mirada apática, el hombre parecía una persona más idónea para trabajar como guardia de seguridad en un centro comercial que para pasarse las horas al aire libre, y menos aún como guarda forestal.

—Los niños de esa edad —dijo el tipo— se cansan muy deprisa. En ocasiones les falla un poco el instinto y al seguir deambulando, se pierden cada vez más. Pero una niña que ha estado otras veces de *camping*, como dicen ustedes, sabe que lo mejor es quedarse quieta en el sitio. Si se ha escapado después de una discusión, yo diría que la encontrarán cuando ella quiera que la encuentren.

—No ha sido una discusión —musitó Leila, pensando que debería haberse inventado algo, un detalle insignificante para que Dee hubiera podido alegrarse por ella.

—En todo caso, yo no me preocuparía —opinó el forestal.

—Ya, bueno, pero yo estoy preocupada —dijo Harriet.

A Leila le desesperaba que no se pudiera hacer algo más activo que buscar. Se sentía inútil cuando llamaban a gritos a la niña, o cuando llegaban a una zona despejada y escrutaban los campos sin saber qué hacer.

Empezaba a refrescar. No iba a helar ni nada parecido, pero Leila pensaba en lo pequeña que era Dee y recordaba que se había ido envuelta en una toalla húmeda; sintió una punzada de pánico. El mundo parecía, de repente, plagado de amenazas: animales hambrientos, barrancos ocultos o plantas venenosas que podían causar daño con un simple roce; el cáncer, las dolencias cardíacas imprevistas, los accidentes de tráfico…

Inspiró hondo y murmuró:

—Quizá haya vuelto al *camping*.

—No creo —dijo el forestal demasiado deprisa—. Me habrían avisado por radio. —El hombre siguió atisbando entre los árboles, sin advertir las miradas que Leila y Brendan le lanzaban.

—¿Siguen ustedes algún tipo de entrenamiento para desarrollar la sensibilidad, Rick?

—No —respondió él—. ¿Por qué lo pregunta?

Poniendo los ojos en blanco, Harriet dirigió a Leila una sonrisa furtiva y desangelada; era comprensible.

—Solo quería saber si ese encanto es natural. —Leila se agachó a recoger una ramita para tener las manos ocupadas. Estaba cubierta de diminutas hormigas negras, sin embargo, y la tiró otra vez al suelo. Se subió hasta arriba la cremallera de la chaqueta y se tapó la nariz con la tela.

—Espero que no haya llegado tan lejos —continuó Rick con voz monótona, sin molestarse siquiera en demostrar una auténtica preocupación—. Un par de kilómetros más y entraremos en el territorio poblado por osos.

—¿De veras, Rick? ¿Ese es el comentario que se le ocurre hacer en un momento semejante?

Ajustándose el cinturón, el guarda siguió abriendo la marcha por el camino, y replicó:

—No sé bien qué quiere decir. Los osos y otros animales salvajes son un serio problema para los campistas de la zona.

Harriet, crispando los puños, se encogió de temor.
Brendan, en abierto contraste con su actitud normalmente tranquila, parecía a punto de darle un puñetazo al forestal.

—Rick, ¿qué le parece si usted y yo seguimos por aquí y que ellos dos desandan el camino? Por si se nos ha escapado algo, o Dee ha vuelto al *camping* —propuso Leila.

—No es mala idea —aceptó el hombre—. Pero me han dado instrucciones de que me quede con los señores Maclin.

—¿Y si yo me quedo con ellos y usted regresa?

—Tampoco —replicó Rick sin enterarse de nada—. ¿Qué pasa si se tropiezan con una manada de lobos y no cuentan con mi pistola de dardos para protegerlos? ¿Entonces qué? —Dio unas palmaditas a la funda del arma, que llevaba en un costado, como si fuese un perro fiel.

Leila meneó la cabeza con incredulidad. Miró a Harriet con impotencia y se excusó:

—Lo he intentado.

—Ya, ya —dijo Harriet—. Tú vuelve atrás. Yo creo que cuanto más nos despleguemos, mejor.

—¿Estás segura? —Leila no quería dejarlos solos a merced de aquel guarda forestal tan obtuso, aunque en parte la idea de librarse de él le resultaba tentadora.

—Sí. Pero vete con ojo por si hay animales salvajes. Y llámanos si la encuentras —pidió sacando el teléfono móvil para intercambiar los números.

—La señal no es demasiado buena por aquí —informó el forestal.

—¡Maldita sea, Rick! —explotó Leila.

—Anda, sálvate tú. —Harriet le sonrió, lo que demostraba una entereza considerable. Seguro que eso era lo último que le apetecía hacer, pensó Leila. Si le hubieran dado a escoger entre sonreír o acurrucarse en el bosque y chillar y gimotear hasta que volviera a aparecer su hija, seguramente habría elegido esto último. Pero la mujer sonreía de todos modos y seguía adelante sin perder la serenidad.

Leila giró en redondo y volvió por donde habían venido. El camino era un sendero para excursionistas, bastante largo pero no especialmente difícil que, según había especulado el guarda forestal, era el que más probablemente habría tomado una niña de nueve años.

Escrutó los alrededores mientras caminaba, aunque después de hacerlo durante horas, era difícil mantener la esperanza. A pesar de todo, resultaba cautivador oír cómo se estremecían las hojas al viento, observar cómo oscilaba y se mecía la fronda entera de un árbol, igual que un montón de gente interactuando en un espacio concreto. La belleza del paraje era casi tranquilizadora, dando la impresión de que Dee no podía sufrir ningún daño mientras estuviera perdida en aquellos bosques.

Una rama crujió en alguna parte. A continuación se oyó un ruido muy leve de pisadas. Leila se quedó inmóvil, sin hacer ningún ruido, para asegurarse de que no eran imaginaciones suyas. Ahí estaban otra vez: unos pasos sigilosos.

—¡Dee! —gritó Leila.

Los pasos se aceleraron de inmediato. Sonaban cerca, entre los árboles, más allá del sendero. Si aún fuese de día, o el crepúsculo estuviera en sus inicios, seguramente la habría visto.

—¡Dee, soy Leila! —gritó de nuevo, apartándose del sendero y yendo hacia donde se oía el ruido de unas pisadas en la hojarasca, cada vez más deprisa. Antes de darse cuenta, Leila echó a correr por el bosque, esquivando arbustos, saltando obstáculos, protegiéndose de las ramas bajas y de las agujas de los pinos que le pinchaban la cara a medida que aceleraba.

—¡Dee! ¡No corras!

Ya estaba sin aliento. A ella, en su vida anterior, le había gustado mucho salir a correr. Eso lo sabía gracias a las gastadas zapatillas deportivas que guardaba en su armario y al ejemplar del libro de Murakami *De qué hablo cuando hablo de correr* que estaba en su librería. Pero esta era la primera vez que corría desde que había jugado a Bola-Borracha y escapado de la policía en la isla, cogida de la mano de Hudson.

—¡Dee! ¡Espera!

Costaba imaginar que las piernecitas de Dee pudieran correr tan deprisa. Rezó para que la niña no se tropezara con algún obstáculo y se hiciera daño. Le pasó por la cabeza una imagen de sangre, y aceleró todavía más hasta que las piernas le ardieron, siempre en pos de las pisadas, que, increíblemente, se iban alejando más y más, y cuyo ruido casi quedaba ahogado por el sonido de una corriente de agua que cada vez se oía con mayor intensidad. Leila rezó para que apareciera uno de aquellos claros cerca del arroyo y pudiera atisbar a Dee.

El sudor le empapaba el pelo, le resbalaba por la espalda y se le enfriaba pegado a la tela de la sudadera. «Se pondrá enferma —pensó—. Se hará daño, o seguirá perdida por el bosque, y todo porque yo no recuerdo ni una maldita fiesta de cumpleaños.» Las lágrimas le resbalaban por la cara, mientras pensaba en el bache que había provocado el reventón de los dos neumáticos del coche familiar, lo que propició que su padre perdiera totalmente el control. A causa de ese bache el coche se había estrellado y retorcido contra una farola, y de nada habían servido los cinturones de seguridad ante la fuerza ciega de la inercia. Un estúpido agujero en la carretera se lo había arrebatado todo; y aún se lo seguía arrebatando.

—¡Dee! —gritó sin saber si la niña podía oírla.

Bruscamente, ya era de noche. Debía de haber caído la oscuridad mientras corría por el bosque. Resultaba difícil saber cuánto tiempo llevaba corriendo. Parecía que había sido muy poco tiempo, pero los pulmones le dolían al respirar y las piernas no la mantenían al mismo ritmo. Les exigió todavía más, les suplicó que la llevaran un poco más adelante. Y obedecieron de momento. Continuaron en acción lo suficiente para que divisara un claro entre los árboles y el arroyo fluyendo serenamente al fondo.

Llegó al claro casi resollando, con el pelo empapado y pegado a la frente y al cuello. Conteniendo el impulso de agacharse, escudriñó todo el prado y vio a… un ciervo. Un pobre ciervo asustado corriendo entre las hierbas para salvar el pellejo, buscando el refugio de la hilera de árboles más próxima. Era apenas una silueta en la oscuridad, casi desprovista de color salvo por el trazo blanco del lomo. Pero era un ciervo sin lugar a dudas, y en unos segundos desapareció otra vez en el bosque, dejándola allí, sola y jadeante.

Se agachó por fin, se puso las manos en las rodillas y cerró los ojos para dominar su frustración. El sudor y las lágrimas le resbalaban por la barbilla y caían sobre la hierba. Le entró dolor de cabeza, justo a lo largo de la cicatriz de la nuca, cuyas palpitaciones seguían el ritmo de su corazón.

Cuando se recobró un poco, fue al arroyo y se echó agua por la cara, secándose con la manga de la sudadera. Sintió en la cara la punzada del frío. Le costó un rato advertir que ese era el mismo claro que aparecía en la foto de la Red. Debía de haber tomado un atajo por el bosque, o bien había estado corriendo más tiempo de lo que creía.

Las piernas le flaqueaban, temblorosas. Nunca había sentido la boca tan seca. Se arrodilló otra vez junto al riachuelo, ahuecó las dos manos juntas y bebió el agua casi helada. Cuando intentó volver a incorporarse, sus piernas se negaron. Entonces se dejó caer sobre la hierba, y las extendió.

Fue entonces cuando vio una silueta de pie a unos cien metros, justo en la zona donde ella se había tendido la noche anterior. Una figura pequeña, erguida, con coleta.

Leila se levantó y, pese a las protestas de sus agotadas piernas, cruzó el claro corriendo. Dee estaba entera, ilesa. Incluso se la veía feliz. En cuanto llegó a su lado, la abrazó y no pudo contener las lágrimas de alegría. Le vinieron un montón de pensamientos maternos a la cabeza: «Estaba tan preocupada, no vuelvas a hacérmelo nunca más, dónde estabas, estoy tan contenta de que estés bien». Pero se sentía demasiado feliz para decir nada de esto en voz alta, y se limitó a seguir estrechando a la niña entre sus brazos.

—Mira, Leila —dijo Dee.

Ella se separó de la niña y vio que esta alzaba el brazo y miraba fijamente el cielo.

La aurora boreal estaba en pleno apogeo. Una oleada de luz verde con ribetes dorados y violáceos rasgaba el cielo. Y las luces se movían, como si fuesen seres vivos, palpitantes. Ninguno de los cielos que Leila había visto podía compararse con la belleza del que contemplaba en ese instante. No parecía un fenómeno de la naturaleza, sino algo desatado a propósito sobre la Tierra. Ahora comprendía por qué había tantos mitos en torno a ese fenómeno, por qué los antiguos creían que era un mensaje de un dios benevolente que quería recordarles su amor. Era algo majestuoso. No había visto nunca nada parecido. La había dejado sin aliento, como su carrera por el bosque.

Recordó la parte que más le gustaba de la historia, el fragmento sobre el maestro con corazón de guerrero. Aguardó a que la voz de su padre prosiguiera el relato, a que los detalles se fueran ordenando y ocuparan su lugar. Pero el fragmento le resonaba una y otra vez en la mente con la misma voz imprecisa con la que había recordado la historia desde que despertó en el hospital.

La aurora boreal era tan preciosa como esperaba, y no quiso ni parpadear mientras la contemplaba, mientras buscaba en su vacía mente algún retazo de su vida pasada,

aunque fuesen los posos, las cenizas, un simple montón de polvo que hubiera quedado allí del tiempo anterior al accidente. Pero no experimentaba ninguna catarsis en su interior, ninguna epifanía ascendía a la superficie, ningún recuerdo afloraba, impulsado por el panorama que observaba con tanta atención.

Probó cerrando los ojos y apretando la mandíbula, como si los recuerdos pudieran estar ocultos en algún músculo anquilosado. Pero las únicas imágenes que desfilaron por su mente fueron las de las fotografías que le habían enseñado en el hospital: las fotos de la escuela de su hermana y las del álbum de boda de sus padres. Recordó una imagen en la que aparecían ellos cuatro en la playa, y lo surrealista que había resultado mirarse a sí misma sin saber dónde o cuándo había sido tomada la fotografía. Cerró los ojos con tanta fuerza que le dolieron y, al abrirlos otra vez, aparecieron solo unos puntitos blancos.

La aurora era absolutamente impresionante, pero carecía totalmente de sentido para ella. Podría haber estado mirando igualmente un crepúsculo o un amanecer espectacular. O podría haber estado mirando el cielo estrellado de Misisipi en compañía de Hudson. A decir verdad, esto último habría resultado, seguramente, mucho más significativo. Había hecho el viaje en balde; no había sido más que una agradable y engañosa distracción de la realidad a la que debía enfrentarse: su vida anterior estaba perdida, tal vez por completo.

Bajó la vista y apoyó una mano en la espalda de Dee. Le alegró comprobar que la sudadera de la pequeña parecía abrigar más que la suya. Se secó las lágrimas de la cara.

—Estoy muy contenta de que estés bien.

Dee parecía un poco confusa; se volvió de nuevo hacia las luces celestes y musitó:

—Yo también estoy contenta de que estés bien. ¿A que es precioso?

Leila se dejó caer, exhausta, sobre la hierba fresca.

—Ya lo creo.

Dee se tendió junto a ella, apoyándole la cabeza en el hombro. La aurora siguió exhibiéndose como si fuera consciente de la audiencia y quisiera ofrecer un gran espectáculo. Los cambios más sutiles dejaban a Leila maravillada, provocándole murmullos de placer, y desaparecían con la misma facilidad con la que habían surgido, como llevados por el viento.

Brendan y Harriet fueron corriendo hacia donde estaban sentadas junto al riachuelo. El guarda forestal iba detrás, algo rezagado, hablando por radio y asintiendo con aire sabihondo, como si él hubiera sabido desde el principio lo que iba a suceder. La pareja lloraba y cubría a su hija de besos y abrazos.

—Qué contenta estoy de que Leila te haya encontrado —dijo Harriet con la niña en brazos, y le dio las gracias sin expresar verbalmente las palabras.

A todo esto, aparecieron los demás campistas de la fiesta de cumpleaños, aunque se mantuvieron a cierta distancia para dejar tranquila a la familia. Leila los miraba feliz al comprobar que la noche no había acabado, después de todo, en tragedia.

Procuró dejar de lado por ahora su decepción por no haber recuperado la memoria. Ya habría tiempo de sobra para lamentarse cuando estuviera sola.

Dee se reía sin parar, encantada por la atención que le prestaba todo el mundo.

—No sabía que me había perdido. Estaba triste y quería quedarme sola un rato.

Brendan, feliz, apoyó la frente en la de su hija, abrazando a su mujer al mismo tiempo.

—La próxima vez que te pongas triste, hazlo en un sitio que no sea tan grande ni tan espeluznante, por favor. —Besó a las dos mujeres más importantes de su vida y cerró los ojos, agradecido, sin duda, por poder abrazarlas a ambas.

Observando a la familia, Leila comprendió que lo que había buscado siempre y esperado incluso, pese a la dura realidad, era un feliz reencuentro familiar bañado en lágrimas. «Yo nunca tendré nada parecido —pensó—. Nadie me cogerá en brazos así, haciéndome sentir que ese es mi lugar. Nunca disfrutaré de un reencuentro similar, y ya va siendo hora de que lo acepte.»

Pensó en sus tíos de Luisiana, la única familia que le quedaba. Eran jóvenes y todavía no tenían hijos. Ellos le habían abierto su hogar y su corazón, y hasta le habían deseado suerte para este viaje descaminado que tan empeñada estaba en hacer. La habían ayudado a comprar el coche y a aprender a conducir. Leila no tenía ningún recuerdo de ellos antes del accidente, pero eran los únicos parientes que le quedaban.

Ya era hora, comprendió; ya era hora de dejar de perseguir lo que había perdido. Había emprendido este viaje porque necesitaba alejarse de una vida que le resultaba extraña, y en algún punto del camino se había perdido ella misma. Había querido creer que la visión de unas luces espectaculares en el cielo podría cambiar algo en su interior, algo que, seguramente, había quedado dañado de forma irreparable. Ya era hora también de dejar esos deseos locos de recordar. Había llegado el momento de empezar a vivir lo que la vida le ofreciera. Pero en el presente, no en el pasado. Había llegado el momento de volver a casa.

4

Leila se despertó lentamente, permitiéndose unas cabezadas más hasta que sintió que el sueño se había esfumado. Se sentó y tomó un trago de agua filtrada del arroyo que guardaba en el termo. Bajó la cremallera de la tienda, arrojó sobre la hierba la bolsa de lona con todas sus cosas y salió al sol de media mañana.

El *camping* estaba silencioso. Todavía flotaba en el ambiente el aroma de los desayunos preparados en las hogueras: salchichas, beicon, café instantáneo... A través de los árboles distinguía las telas de colores de las demás tiendas, pero no apreciaba ningún movimiento. Todo el mundo debía de haber salido a caminar, a pescar, o bien a avistar pájaros. Cogió el móvil y enchufó los auriculares. Antes de desbloquear la pantalla, quiso ahuyentar las expectativas de encontrar algún mensaje, pero pese a ello se sintió decepcionada al comprobar que el teléfono no le reservaba nada. Desactivó la opción de repetición, deseleccionó *Oh Comely*, de Neutral Milk Hotel, y desplazó el cursor con el dedo para escoger otra canción al azar.

Mientras la música inundaba el mundo a su alrededor, empezó a desmontar los postes de la tienda. Trabajaba sin ánimo, no tenía prisa por marcharse. La música, por algún motivo, le sonaba especialmente bien en ese momento. Cada nota le llegaba con nitidez, cada verso le parecía lleno de sentido, conmovedor. Pero no era una nueva canción, pues recordaba haberla escuchado en el coche con Bree.

Cuando terminó de recoger la tienda, se la llevó junto con el bolso a la oficina del *camping* y las dejó en la puerta mientras entraba a revisar el correo.

—¿Estás segura de que no quieres quedarte unos días más? —preguntó Liza cuando le dijo que se marchaba. Había llegado un fajo de cartas, y la mujer, que exhibía unas uñas de impecable manicura, las revisaba con una lentitud exasperante, separándolas de la propaganda y haciendo dos montones diferentes—. ¿Cómo es que has decidido marcharte?

—Ya ha llegado el momento —contestó Leila queriendo leer el encabezamiento de los sobres de las cartas por encima del hombro de Liza. Uno de los auriculares se le había caído y oscilaba entre ambas mujeres, mientras que el otro seguía emitiendo música de fondo solo para ella—. ¿Sabes dónde están Dee y sus padres? Quería despedirme de ellos antes de marcharme.

—Han ido al pueblo de compras —informó Liza cogiendo el último sobre y colocándolo en uno de los montones sobre la mesa—. Deberían estar pronto de vuelta.

—¿Nada? —inquirió Leila señalando el correo.

—Lo siento.

—No importa. —Pensó en dejar una dirección por si acaso, pero quizá había llegado también el momento de dejar a Hudson atrás. Si hubiera querido algo de ella, ya se lo habría comunicado a estas alturas. No. Tendría que contentarse con el recuerdo de aquella noche. A lo mejor, irónicamente, debía aprender a olvidar.

Salió de la oficina y llevó las cosas al coche. Las guardó en el maletero, rodeó el vehículo y enchufó el móvil en la toma de corriente del salpicadero. Bajando las ventanillas y subiendo el volumen, se sentó sobre el capó para esperar a que volviera Dee con sus padres. Cuando sonaban ciertas canciones, Leila era capaz de recordar exactamente dónde las había escuchado por primera vez: en una interminable extensión de campos de trigo en Kentucky, en un atasco de tráfico entre Indiana e Illinois, o en el comedor de un hotel (con el cable de los auriculares metido sin querer en el jarabe de arce), mientras observaba a las chicas de un equipo de fútbol de secundaria, que esperaban en la cola del desayuno continental cotorreando sin parar...

Cerró los ojos ante el deslumbrante sol y, sin saber por qué, se preguntó cómo habría ido el encuentro de Elliot con Maribel. Al cabo de unos minutos, Harriet, Brendan y Dee aparecieron en un Prius de color verde oliva y aparcaron en la plaza contigua. Era Harriet quien iba al volante; esta vez llevaba el pelo recogido en una coleta, dejando a la vista un cuello esbelto y elegante. En cuanto el coche se detuvo, Dee se desabrochó el cinturón y bajó de un salto para saludarla.

Ella se bajó del capó y recibió de inmediato un gran abrazo de la niña. Aunque Leila era bajita, los brazos de Dee apenas le llegaban a la cintura.

—Buenos días —saludó Harriet abriendo el maletero. Sacó un par de bolsas reciclables llenas hasta los topes de vegetales y le pasó una a Brendan.

—Buenos días —respondió Leila.

—Mamá y papá me han comprado unas acuarelas —informó Dee separándose de ella—. Vienen con un montón de pinceles, así que si quieres pintar conmigo, puedes. ¿Estás ocupada?

—No puedo, Dee. —Se agachó para ponerse a la altura de la pequeña—. He de volver a casa. —Lo había dicho enseguida para no alargar la despedida, pero una vez que las palabras habían salido de sus labios, le parecían un tanto bruscas. Temió la reacción de la niña.

—¡Ah! —Dee se miró los pies—. No es por mi culpa, ¿verdad? Porque me perdí, aunque en realidad no me perdí.

—No, claro que no. Ya he hecho lo que vine a hacer. He visto la aurora boreal.

—Es verdad. —Leila le observó los ojos; no parecía que fuera a llorar—. No importa que no puedas recordar. Ya sé que la culpa no es tuya, ni mía ni de nadie. Me puse triste ayer, pero ahora ya estoy bien.

Leila se rio y le alborotó los rizos.

—Estupendo. Yo también estoy bien.

—Pero... —Titubeó—. No te olvidarás de mí, ¿verdad?

Leila se quedó sin aliento, prácticamente al borde del llanto. Le dio otro abrazo a Dee.

—¡Ni hablar!

Sin los rodeos improvisados ni la relajada curiosidad que había caracterizado su viaje hacia el norte, Leila llegó a Luisiana en poco más de una semana. Al entrar en la ciudad, le pareció extraño estar en un sitio que le resultaba al menos un poquito familiar.

Todavía le hacía falta el GPS de su móvil para encontrar la casa de sus tíos, pero la zona le resultaba familiar en general. También le pareció extraño recordar los lugares que desfilaban por la ventanilla, o echar un vistazo a un tramo en particular de tiendas y locales de comida rápida, y reconocerlo. Aunque tampoco se acordaba de gran cosa, aparte de su partida y de algún trayecto por la autopista con su tía para ir al cine o al centro comercial. Pero eso, para ella, ya era más de lo normal.

Cuando entró en el sendero, las luces de la casa de sus tíos estaban encendidas. Puso el freno de mano, apagó el motor y se quedó sentada allí dentro un instante. Dio unas palmaditas en el salpicadero, felicitando al coche por sus esfuerzos. Hudson debía de haber hecho maravillas para que un coche tan viejo funcionara razonablemente a lo largo de más de quince mil kilómetros.

—Deja ya de pensar en él —dijo en voz alta. Se bajó del coche con cierta desgana y caminó hacia la casa.

Se oía ruido en la cocina: una sartén crepitando, un cuchillo golpeando rítmicamente sobre la tabla de cortar...

—¡Eh, hola! —gritó Leila.

Tía Cathy salió de inmediato de la cocina secándose las manos con un trapo que llevaba sobre el hombro.

—¡Leila! ¡Dios mío, qué alegría volver a verte! Te hemos echado de menos. —Se abrazaron un momento—. Entra. Tom y yo estamos preparando tu plato favorito.

Leila la siguió.

—¿Mi plato favorito?

—¡Sí! Suponíamos que estarías hambrienta cuando llegaras. ¿Cómo te ha ido el viaje de vuelta, por cierto?

—Bien. Muy largo.

—Ya lo creo. Has conducido más a tus diecisiete años que mucha gente en toda su vida —dijo Cathy riendo, mientras entraba en la cocina y se iba directa a la tabla para seguir cortando vegetales.

Tom, que estaba salteando cebolla, apio y pimiento morrón en una cazuela grande, dejó la cuchara de madera y le dio Leila un abrazo rápido.

—Me alegro de que hayas vuelto.

—¿Qué estáis preparando? Huele de maravilla. —Inspeccionó la cocina, sin acabar de deducirlo por los ingredientes. Salchichas, arroz, camarones, pollo, tomates de lata y pimientos morrones. Pero había un aroma especiado que no lograba identificar.

Tom y Cathy se miraron. Era una mirada que Leila había captado muchas veces entre sus compañeros de clase, en Texas, y que significaba: «No se acuerda». Antes se sentía avergonzada cuando veía esa mirada, como si ella tuviera la culpa de no recordar. Ahora estaba resignada y comprendía que debía acostumbrarse. A menos que cortara las relaciones con todo el mundo, era una mirada con la que siempre se tropezaría.

—Es jambalaya —explicó Cathy—. Esta era la receta de tu madre. Tu abuela nos hacía la peor jambalaya del mundo, pero tu madre había jurado que ella nunca les daría a sus hijos este plato mal preparado. —Cogió un puñado de ocra cortada, sujetando los trozos con la parte plana del cuchillo para echarlos en la cazuela del arroz. Sin decir palabra, Tom le puso la mano en la cintura y la besó en la mejilla, pegando la cara a la suya un momento antes de volver a concentrarse en su cazuela de vegetales salteados.

Leila decidió en ese instante no volcarse demasiado en sí misma ni permitir que sus propias penas le hicieran olvidar las ajenas. Cathy aún estaba padeciendo la pérdida de su hermana, y ella no recordaba haberle preguntado desde hacía mucho cómo lo llevaba.

—¿Puedo echar una mano? —preguntó.

—Debes de estar exhausta. ¿Por qué no te sientas? No sabíamos bien a qué hora llegarías exactamente, y esto todavía necesita otra media hora más o menos.

—Prefiero quedarme de pie. Es agradable estirar las piernas. Puedo poner la mesa si quieres. Ahora tengo experiencia. He visto mundo. He conocido incluso a un experto en poner la mesa. Y creo haber aprendido un par de cosas.

Dejando la tabla y el cuchillo en el fregadero, tía Cathy sacó una sartén pequeña y la puso en el fogón con un chorrito de aceite de oliva. Después, con los brazos en jarras y una amplia sonrisa, se dio la vuelta para mirar a su sobrina.

—Será un honor contar con los servicios de una persona que ha visto en acción a un experto en poner la mesa. Aunque confío en que nuestros enseres no sean demasiado vulgares para alguien tan distinguido. Por favor, saca la vajilla de porcelana.

Leila, siempre dispuesta a bromear, ya iba a responderle, pero algo la detuvo antes de decir ni una palabra. Esa sonrisa...

¡Por Dios! No era una imagen del todo clara, pero recordaba esa sonrisa.

Su madre solía sonreír así: la posición de la boca, los hoyuelos pronunciados, la dentadura no del todo blanca, pero perfectamente alineada... No era la imagen de una foto ni de un vídeo. Era un recuerdo. Borroso e impreciso como una palabra cuyo significado conocía, aunque no lo supiera definir. Pero era un recuerdo de todos modos: Cathy tenía la misma sonrisa que su madre.

Casi inmediatamente después de la alegría de este descubrimiento (y había sido cosa de una fracción de segundo, mientras su tía todavía la miraba expectante, aguardando su réplica), Leila sintió, quizá por primera vez, el dolor de haber perdido a su familia. Desde el accidente se había compadecido mucho de sí misma, pero nunca hasta ese momento había tenido nada tangible que echar de menos de sus padres y de su hermana. Y comprendió que todo cuanto recuperase de ellos, cualquier ínfimo recuerdo que lograra abrirse paso entre la niebla de su cerebro, traería consigo un sentimiento de pérdida. Durante el resto de su vida, cualquier pensamiento sobre su familia, por feliz que se sintiera de tenerlo, estaría teñido de pena.

—Si oyes un estrépito en el comedor, quiere decir que tu porcelana no está a la altura de mis exigencias —dijo finalmente con la intención de salir de la cocina para poner la mesa, pero incapaz de hacerlo hasta que su tía dejó de sonreír.

5

Leila apartó la vista del libro un segundo, poniendo el dedo en el punto donde se había quedado para encontrarlo fácilmente más tarde. La canción que había empezado a sonar en los altavoces era buenísima, y en circunstancias normales no se habría atrevido a cambiarla. Pero el libro que estaba leyendo resultaba cautivador también, y la letra de la canción era tan buena que habría sido como leer dos cosas a la vez. Así pues, pulsó el botón de avance hasta encontrar una pieza instrumental que le sirviera como música de fondo y volvió a la lectura.

Al pie del diván estaba el libro que había terminado ese mismo día. Un vaso de té helado iba formando un cerco en la superficie de la mesita auxiliar. Por la ventana de detrás del diván, que daba a un patio cubierto de césped, entraba una brisa fresca que ningún ventilador habría podido superar. Cathy y Tom se habían ido a la ciudad a pasar el día, dejándola con horas por delante de música, libros y restos de jambalaya.

Desde su regreso, había descubierto varias cosas: las 10:30 era la hora perfecta para levantarse, pues representaba el justo equilibrio entre dormir hasta tarde y no derrochar el día; la jambalaya era la mejor comida del mundo, especialmente tal como su tía (y su madre) la preparaban; la cicatriz apenas visible que tenía en el codo procedía de una pelea con su hermana cuando eran pequeñas... No recordaba, sin embargo, por qué se habían peleado exactamente, pero la imagen de Olive arañándola y luego, al ver la sangre, disculpándose entre lágrimas, había acudido a su mente un instante después de descubrir la cicatriz mientras se duchaba.

En vez de tratar de recordarlo todo, Leila iba a centrarse ahora en los descubrimientos. No tenía importancia si estaba redescubriendo algo de su pasado o sacando a la luz alguna cosa totalmente nueva.

Eso era lo que había hecho con la música del móvil durante el viaje y era lo que pensaba hacer con todo lo demás, empezando por los libros de su habitación. Tía Cathy había logrado inscribirla a tiempo en la escuela secundaria local para que repitiera el último curso. Las clases darían comienzo en un par de semanas, y ella pensaba leerse todos los libros que pudiera hasta entonces, para seguir des-

cubriendo cosas.

Dio un sorbo de té helado y pasó la página, dejando con los dedos una mancha de humedad. Continuó leyendo, hundiéndose un poco más en el diván y sumergiéndose del todo en el libro, completamente satisfecha. El mundo que la rodeaba estaba compuesto solo de detalles: el diván de cuero bajo su cuerpo, el aire que le cosquilleaba en el cuello, el sabor del té en la boca... Todo lo demás quedaba borrado, reemplazado por el libro.

No sabía cuánto tiempo llevarían sonando los golpes cuando los oyó por fin. Si no hubiera terminado un capítulo exactamente en el intervalo entre dos canciones, tal vez se habría zambullido en el siguiente y no habría oído nada. Usando como punto una postal sin escribir de Alaska, puso el estéreo en pausa y aguzó al oído para averiguar de dónde procedían los golpes, si es que todavía seguían sonando.

Hubo un momento de silencio. Ya iba a poner la música otra vez cuando los oyó de nuevo en la puerta principal. Dejó el libro sobre el diván y caminó sin prisa para abrir, dispuesta a firmar el albarán de entrega de algún paquete. Ya tenía ganas de volver a leer el libro. Abrió la puerta distraídamente.

Fue al verle la cara cuando se dio cuenta de lo mucho que había soñado que él se presentaba así, por las buenas. Aunque no tenía el mismo aspecto: se le notaba más que antes la barba incipiente de la barbilla, y tenía profundas ojeras, como si se hubiera pasado toda la noche conduciendo. Llevaba una camiseta arrugada, y los vaqueros le venían muy holgados; debía de haber perdido peso. El sol estival le había aclarado el pelo y bronceado la piel, y conferido un brillo especial a los ojos, como si estuvieran bajo unos focos.

Había tenido su nombre en la punta de la lengua tanto tiempo que, prácticamente, se le escapó de la boca.

—Hudson...

—Tenías razón. —Mantenía las manos entrelazadas e hizo crujir los nudillos. Leila se sorprendió mirándolas también, esperando verlas cubiertas de grasa, como si él acabara de salir del taller—. Me ha costado mucho darme cuenta de que tenías razón. —Se mordió los labios y bajó la vista, pero enseguida se obligó a mirarla de nuevo a los ojos.

Ella estaba demasiado atónita para hablar y siguió paseando la mirada de las manos al rostro del chico.

—Aquella noche, en el lago, yo sabía muy bien lo que estaba haciendo. No ignoraba ni mucho menos las consecuencias de perderme la entrevista. Quería quedarme en Vicksburg, quería continuar trabajando en el taller y conservar mi vida tal como estaba. —Se pasó una mano por el pelo y luego se frotó la nuca, como si la tuviera dolorida—. Tú tenías razón. Me daba miedo el cambio, aunque fuera por mi bien. Y tendría que haberme dado cuenta cuando me lo dijiste. Pero fui un estúpido y, en vez de escucharte, me puse como loco contigo. Me he pasado los dos últimos meses tratando de localizarte para decírtelo.

»Es increíble —prosiguió, burlón—: me hiciste pasar la mejor noche de mi vida y ni siquiera te pedí tu número de teléfono. No podía llamarte ni escribirte. Así que me fui a Texas. Fui a la ciudad donde me dijiste que te habías criado. Con las famosas hormigas. He estado en Fredericksburg quince días intentando encontrarte, esperando que volvieras pronto a casa.

Leila frunció la frente. Iba a preguntarle por las postales, por si las había recibido y, al mismo tiempo, le contemplaba la boca, concentrándose sobre todo en los labios, cuyo recuerdo le ponía la carne de gallina. Finalmente, captó sus palabras.

—¿Fuiste a Fredericksburg? Si solo viví allí hasta los once años.

Él se echó a reír y se frotó otra vez la nuca con la mano.

—Sí, al final lo averigüé. Y después recordé que la matrícula de tu coche era de Luisiana. Únicamente sabía que tenía que encontrarte, que debía disculparme.

—Hudson —dijo Leila traspasando el umbral. No entendía cómo había tardado tanto en acercarse a él. Pero ahora dudaba entre abrazarlo, o besarlo, o qué... Después de tanto tiempo pensando que él no quería saber nada de ella, ahí lo tenía, delante mismo, deseando que ella volviera a entrar en su vida.

—Siento haberte gritado aquel día. Siento haber dejado que te fueras —le dijo Hudson. Dio un paso hacia ella. Estaban muy cerca. Leila creyó percibir en él el olor del Misisipi, aunque seguramente era solo el recuerdo—. Ya sé que es una locura, después de una única noche y de dos meses de silencio, pero eres lo que tengo más claro en mi vida, Leila.

Estas palabras removieron algo dentro de ella. En un abrir y cerrar ojos, la distancia entre ambos había desaparecido y se encontraron el uno en brazos del otro. El beso de Hudson fue tal como Leila lo recordaba, suave e intenso a la vez. Como si aquellos labios estuvieran hechos para los suyos. Sintió una oleada de felicidad. No era alivio ni paz, sino pura alegría, quizá por primera vez en su vida.

Ahora sí que había llegado a casa.

Este libro utiliza el tipo Aldus, que toma su nombre
del vanguardista impresor del Renacimiento
italiano Aldus Manutius. Hermann Zapf
diseñó el tipo Aldus para la imprenta
Stempel en 1954, como una réplica
más ligera y elegante del
popular tipo
Palatino

***
**
*

Aquello que creíamos perdido
se acabó de imprimir
un día de verano de 2015,
en los talleres gráficos de Egedsa
Roís de Corella 12-16, nave 1
Sabadell (Barcelona)

***
**
*

SAls
12/16

DATE DUE

